# 레전드급 전생자 1

홍성은 퓨전 판타지 소설

초판 1쇄 찍은 날 § 2021년  2월 16일
초판 1쇄 펴낸 날 § 2021년  2월 23일

지은이 § 홍성은
펴낸이 § 서경석

총괄팀장 § 노종아
편집책임 § 강서희
디자인 § 스튜디오 이너스

펴낸곳 § 도서출판 청어람
등록번호 § 제387-1999-000006호
등록일자 § 1999.  5.  31
어람번호 § 제1-3116호

주소 § 경기도 부천시 부일로 483번길 40 서경B/D 3F (우) 14640
전화 § 032-656-4452  팩스 § 032-656-4453
http://www.chungeoram.com
E-mail § chungeorambook@daum.net

ISBN 979-11-04-92313-5 04810
ISBN 979-11-04-92312-8 (세트)

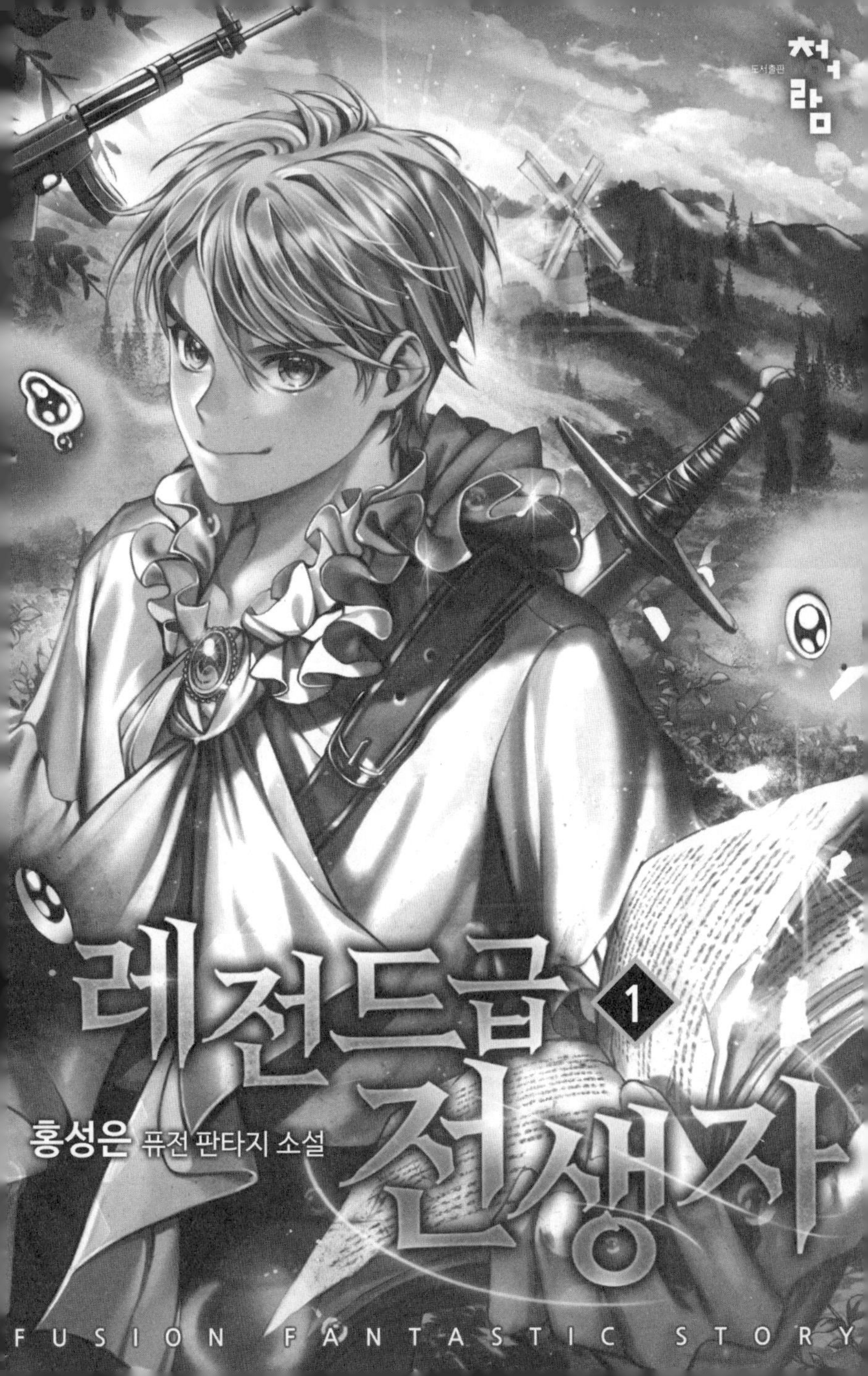
도서출판
레전드급 전생자 1
홍성은 퓨전 판타지 소설
FUSION FANTASTIC STORY

# 목차

**1장**   태어날 세계를 잘못 골랐다 ·· 7

**2장**   나 혼자 트레저 헌터 ·· 67

**3장**   주인공이 힘을 얻음 ·· 119

**4장**   기습적으로 찾아오기에 기연 ·· 167

**5장**   귀족가의 망나니가 되었다. ·· 213

**6장**   성장하는 힘 ·· 263

제1장

—

태어날 세계를 잘못 골랐다

"태어날 세계를 잘못 골랐어."

나는 어느새 입버릇이 된 이야기를 입에 올리고 있었다.

지구.

나의 고향 세계.

사실 좋은 세계다.

지나치게 좋아서 문제였지.

얼마나 좋았는지 다른 세계의 이방인들이 노리고 침략해 올 정도였으니까.

"태어날 세계를, 잘못 골랐어."

두 번이나 같은 소릴 연속으로 해댔으니 또 그 소리냐는 동료의 타박이 날아와야 할 타이밍이다. 하지만 내 혼잣말에 반응하는 이는 아무도 없었다.

정확히는 내 주변에는 아무도 없었다.

나는 혼자였다.

"으…… 쿨럭, 쿨럭."

입에서는 세 번째의 입버릇 대신 기침과 함께 피가 튀어나왔다.

임무는 이미 실패했다.

다행인지 뭔지 중요한 임무는 아니었다. 그냥 정찰 임무였으니.

상부에선 우리의 소식이 끊긴 것만으로도 적들이 기지 근처로 다가왔음을 눈치챌 수 있을 테니 우리가 완전히 실패한 것만은 아니었다.

그러나 동료들이 죽어나갔고, 나도 곧 죽을 테니 임무는 실패다. 이게 성공한 거라면 먼저 죽어간 내 동료들이 너무 억울하잖아.

물론… 나도 억울하다.

다리를 움직일 수 없게 된 건 이미 좀 됐다. 손가락을 움직일 수 없게 된 것도. 입은 아직 살아 있지만, 슬슬 혀가 굳어가는 것 같고 눈도 침침하다.

나는 한숨을 내쉬려고 했지만 어쩐지 잘 되지 않아 그만두었다. 숨 쉬는 것도 힘겨우니, 한숨은 사치스럽게 느껴졌다.

아무래도 올 게 온 것 같군.

"태어날… 세계를……. 잘못 골랐어……."

아무도 듣지 않더라도 마지막 유언으로 기침 소릴 남기긴 좀 그랬다. 그래서 나는 마지막 힘을 짜내어 뭔가 그럴 듯한 유언을 남기려고 했지만, 결국 나온 건 평소의 입버릇뿐이었다.

─찾았다! 여기에 있었군. 내가 찾던 인재가!

죽을 때가 다 돼서 그런가, 환청이 들렸다.

─크흠, 자네. 태어날 세계를 잘못 고르셨다고?

환청은 익살스러운 목소리로 내게 물었다. 미안하지만 고개를 끄덕일 힘은 남아 있지 않았다.

─그 문제를 내가 해결해 줄 수 있는데, 내 제안을 받아들이겠나?

그게 무슨 소리지? 나는 생각만 했지만, 그 생각만으로 대답이 되었는지 환청은 계속 말했다.

─만약 자네가 내 제안을 받아들인다면 자네는 다른 세계로 향하게 될 것이네.

다른 세계? 이제 와서 무슨.

─아, 지금의 몸으로 가게 된다는 건 아니야. 알다시피 자네의 몸은 죽음을 앞두고 있으니.

너무 확실히 말하지 말아줄래? 그 단어를 되도록 떠올리지 않으려고 노력하고 있었는데.

─간다면 아마 자네의 정신만이 가게 될 거야. 새로운 육신

을 얻게 될 거고, 새로운 생명을 얻게 될 테지.

환청 주제에 꽤나 수다쟁이였다. 말소리도 빠르고.

—내 말소리가 빠른 건 자네의 목숨이 얼마 남지 않았기 때문이야!

아, 그러세요. 그것 참 배려가 대단하네.

—자, 제안을 받아들이겠는가? 죽기 전에 결정하게!

길게 생각할 일은 아니었다. 애초에 내 입버릇이 무엇인가? 만약 다시 태어날 세계를 내가 직접 고를 수 있다면…….

아니, 고를 수 없어도 좋다. 나는 죽고 싶지 않았다. 적어도 이대로 죽는 것보다는 다른 세계로 향하는 것이 나으리라.

—그래, 그대로 죽는 것보다야 낫겠지. 누군가에게는 그 죽음, 영원한 안식이 그토록 바랐던 것이겠지만 자네에겐 그렇지 않을 테니.

내게는 환청의 주인공이 그의 말에 나오는 바로 그 누군가인 것처럼 들렸다.

—제안을 받아들인 것으로 알겠네.

환청은 내 의문에 대답해 주지 않고, 이제까지 수다를 떤 게 거짓말처럼 엄숙하게, 그리고 단호하게 선언했다.

뭐, 나도 결정을 무를 생각은 없다. 고개를 끄덕일 수 있었다면 고개를 끄덕였을 거다.

—다시 눈을 뜨면 새로운 세계일 거야. 내가 그 세계를 직접 안내해 주지 못하는 건 아쉬운 일이네만…….

환청의 목소리에선 기묘한 회한, 그리고 후련함 같은 게 느껴졌다. 회한과 후련함이라니. 모순된 거 아닌가? 그러나 환청은 내 의문에 아무 반응도 하지 않았다.

—부디 즐겨주게나.

그 시점에서 환청은 끊겼고, 내 의식 또한 완전한 어둠 속으로 꺼져들었다.

\*　　　　\*　　　　\*

나는 눈을 깜박였다.

그랬다. 눈을 뜬 게 아니라 깜박였다.

즉, 나는 이제까지 눈을 뜨고 있었고 아주 잠깐 동안 눈을 감았다 뜬 것에 불과했다.

"어?"

나는 고개를 갸웃거렸다. 불과 몇 초 전, 나는 죽음을 맞이했을 터였다. 의식이 어둠에 물들어 아무것도 보이지 않고 느껴지지 않는 상태로 빠져드는 것을 나는 분명히 인지했다.

그런데 지금 나는 눈을 깜박였다.

마치 죽은 적이 없는 것처럼.

"뭐지?"

기억이 혼란스러웠다. 죽었던 나에 대한 기억과 동시에, 방금 전까지 눈을 뜨고 있던 나에 대한 기억도 흘러 들어왔다.

"내, 나의 이름은……."

이 혼잣말에 대한 대답은 동시에 두 개 떠올랐다.

지구의 김연준.

그리고 라틀란트의 카를 페르디넌트였다.

"카를?"

처음 듣는 이름이었다. 동시에 지난 12년간 수백 번, 어쩌면 수천 번 들은 이름이기도 했다. 뭐야, 이거. 모순이잖아.

그러나 모순이 아니었다.

"내가 카를로 환생하게 된 건가?"

아니, 환생이라 하기엔 좀 애매했다.

라틀란트의 카를 페르디넌트가 지구의 김연준에 대한 기억을 갑자기 깨닫게 되었다는 것보다는, 지구에서 죽은 김연준이 카를의 몸으로 다시 눈을 떴다는 느낌이 더 강했다.

그 일례로 카를이 쌓아온 기억은 어딘지 모르게 피상적이었으나, 김연준으로 죽기 전의 기억은 방금 전의 일처럼 느껴졌다.

"대체 뭐가 어떻게 된 거지?"

의문을 떠올리자 가장 먼저 떠오른 것은 바로 내가 김연준으로서 죽기 전에 들은 환청의 내용이었다.

―다시 눈을 뜨면 새로운 세계일 거야.

"…환청이 아니었던 건가?"

내가 알기론 내가 살던 지구에는 라틀란트라는 나라는 없었던 것으로 기억한다. 카를의 12년짜리 기억을 살펴봐도 이 세계는 이방인들이 침략해 오지도 않았고 상대적으로 평화로웠다. 비록 제국 밖의 야만인들이 간혹 변경을 어지럽히는 일은 있지만 이거야 뭐 애교 아닌가.

즉, 여기는 지구가 아니다.

그렇다면 진짜로 그 환청의 주인공이 나를 다른 세계에서 새로 태어나게 해준 건가?

그럴지도 모르고, 아닐지도 모른다.

사실 이런 게 뭐 그리 중요하겠는가.

"살았다!"

이거면 되는 거 아니겠는가.

더욱이 라틀란트의 카를 페르디넌트 전하께오선 꽤나 귀한 몸이셨다. 무려 라틀란트 제국의 황제의 피를 이은 위대한 혈통의 소유자이셨으니 말이다. 비록 황제가 되기엔 황위 계승권이 지나치게 낮긴 했지만 그게 무슨 상관이란 말인가.

중요한 건 오직 하나.

"나는 귀족이다!"

귀족이 뭐냐! 황족이다!!

아니, 귀족이니 황족이니를 다 떠나서, 어느 사회이건 존재할 수밖에 없는 '특권계층'이다!

중요한 건 이거였다.

그리고 나는 내가 특권계층임을 온몸으로 실감하고 있었다.

딱 내가 지금 누워 있는 침대의 이 푹신함만 봐도 알 수 있는 일이다. 침대 매트리스 안에 스프링을 채워 넣어 아주 허리가 녹는 것 같았다. 이 세계, 이 시대의 기술 수준이 지구와 비교해서 어느 정도인지는 잘 모르겠지만, 적어도 아무나 사용할 수 없는 침대라는 건 확실했다.

게다가 침대가 어찌나 넓은지 성인 남자 다섯 명이 함께 누워도 될 정도였고, 혼자서 베개를 다섯 개를 쓰고 있었다. 그런 데다 그 베개와 매트리스를 덮은 침대 커버, 덮은 이불에 이르기까지 전부 뭔가 윤이 나고 부들부들하고 따뜻한 더없이 고급스러운 소재를 쓰고 있었다.

참고로 지구에선 한창 생존 전쟁 중이라 인류의 생산능력은 저하되고 자원은 고갈되었다. 그 탓에 전선에 내몰린 일개 병사였던 나는 요 10년간 침대 비슷한 거라도 써본 적이 없었다.

정원 다섯 명인 침상에 열 명씩 꾸겨 자는 게 보통이고, 새 모포라도 보급받을 수 있었으면 그날은 운수 좀 좋은 날이었지. 정찰부대 특성상 노숙도 일상이었다.

그런데 지금 나는 이 넓고 좋은 침대를 혼자 쓰고 있다.

"하핫."

웃음소리가 절로 나왔다.

그래, 이제야 상황 파악이 좀 되는군. 이런 호화로운 침대에서 잘 수 있는 귀하신 몸이다. 돈도 많고 권력도 세겠지. 밥도 맛있는 걸 먹을 테고 어쩌면 간식을 맛볼 수 있을지도 모른다! 그것도 달콤한 걸로 말이다!!

"흐흐훗……!"

아무래도 이번엔 태어날 세계를 제대로 고른 것 같았다.

아직 침대 밖으로 나가보지는 않았지만, 그거야 카를의 기억을 되새겨 보면 금방 알게 될 일이다. 카를이 사는 곳은 아주 큰 궁전이었다. 역시, 내 생각대로야!

그렇게 좋아하던 것도 잠시.

"…음? 아니, 뭔가 좀 이상한데."

나는 고개를 갸웃거릴 수밖에 없었다.

"왜 궁전 밖으로 나간 기억이 없지?"

아무리 귀한 신분이라지만 열두 살 꼬맹이인 카를은 당연히 그 또래가 가지고 있을 법한 호기심과 모험심, 그리고 장난기를 갖고 있었다.

그럼에도 불구하고 궁전 바깥으로 나간다는 건 상상조차 못 할 금기였다.

카를이 한 최대의 모험이라고는 궁전의 자기 방이 있는 2층에서 1층으로 통하는 중앙 계단의 손잡이를 미끄럼틀 삼아 내려간 것 정도였다.

그리고 이상하게도 카를에겐 어머니에 대한 기억은 없었다. 아버지에 대한 기억도 아주 흐릿했다. 이 나라의 위대하고 존경받는 황제 폐하라는 것 정도가 카를이 아버지에 대해 품고 있는 막연한 이미지의 전부였다.

　게다가…….

　"쿨럭! 쿨럭! 으……! 헉?!"

　몸이 묘하게 으슬으슬하고 안 좋았는데, 기침을 하고 났더니 입을 가린 가녀리고 하얀 손에 새빨갛게 피가 묻어 나오고 있었다.

　"뭐, 뭐야! 이거……!"

　병에 걸린 건가? 아니, 카를의 기억에 따르면 병에는 걸린 적은 없다. 그냥 몸이 약해서 이런 거라고? 아오, 얼마나 몸이 약해야 기침하다 각혈을 하는 거야?

　나는 도움을 구하기 위해 침대를 가린 커튼 같은 것을 열려고 했다. 그런데 카를의 기억은 이 행위를 아주 꺼렸다.

　지금은 자고 있어야 할 시간이었고, 침대 바깥으로 나오는 행위는 엄격히 금지되어 있었다. 만약 허락도 받지 않고 커튼을 거뒀다간 하녀장에게 크게 혼날 터였다.

　"그게 무슨 개같은……!"

　나는 덜덜 떨리는 손끝을 내려다보며 욕설을 내뱉었다. 황자답지 않은 못 배워먹은 행위였으나 그런 걸 신경 쓰고 있을 때가 아니었다.

　왜 황자가 하녀장한테 혼나? 이 철저하게 통제된 생활은 뭐지? 이게 제대로 된 대우가 맞나?

　카를은 당연히 그렇다고 생각했던 모양이고 나는 카를의 기억 외에 이 세계의 상식을 모르니 뭐가 맞는지는 모르지만……

"아니, 내가 죽겠는데 지금 그딴 게 중요하냐!"

촤악!

나는 침대를 가린 커튼을 거뒀다.

커튼 너머의 광경은 카를에겐 익숙한 광경이었으나 내겐 그렇지 않았다. 방은 12살짜리 소년이 혼자 지내기에는 지나치게 넓었고 화려했지만 동시에 어딘지 모르게 황량한 느낌이었다.

어린 카를은 커튼을 거두자마자 하녀장의 호통이 날아드는 상상을 하며 혼자 참았던 모양이지만 방 안에는 카를, 그러니까 나를 제외하고는 아무도 없었다.

"누구 없나?!"

나는 카를이라면 절대 하지 않을 행동을 했다. 자고 있어야 할 시간에 커튼을 걷고 침대에서 나온 걸로도 모자라 사람을 부르다니.

그러나 아무도 내 부름에 답하지 않았다.

내 목소리가 너무 작아서 그런가?

"누구……! 쿠헉, 콜록! …젠장!!"

더 큰 목소리를 내보려고 했지만 실패했다. 나온 건 큰 기침 소리뿐이었다. 그리고 기침 소리를 크게 냈음에도 밖에는 인기척조차 들리지 않았다.

나는 방을 둘러보았다. 어쩌면 하녀를 부르는 종이나 차임벨, 혹은 끈 같은 거라도 있을지도 모르니 말이다. 카를의 기억

속엔 그 어느 것도 존재하지 않았지만, 혹시 모르지 않는가.

그렇게 시선을 돌리고 있자니, 침대 옆에 놓인 협탁이 눈길을 끌었다. 정확히는 협탁 위에 놓인 것이 내 시선을 억지로 잡아끌듯 붙들어두고 있었다.

그곳에는 화려한 방의 장식물들과 비견되도록 소박한 모양의 목걸이가 하나 놓여 있었다. 은빛으로 반들반들 닦인, 무늬 없고 장식물이 달리지 않은 목걸이였다.

이 목걸이에 왜 이렇게 마음이 이끌리는지 모르겠다.

나는 충동적으로 목걸이에 손을 뻗었다. 그리고 그대로 목걸이를 착용했다. 목걸이는 열두 살짜리 소년의 목에는 조금 컸으나, 착용하자마자 적당한 길이로 자동으로 조절되었다.

뭐야, 이 세계의 목걸이에는 이런 기능도 있는 건가?

내가 그렇게 태평하게 생각하고 있을 때였다.

─주인님, 다시 뵙게 되어 영광입니다.

갑자기 환청이 들렸다.

환청은 지구에서 김연준으로서 들었던 것과 같은 방식으로 느껴졌다.

다만 목소리는 다른 사람의 것이었다.

지구에서 들었던 환청은 다 늙어가는 노인의 목소리였다면, 이번 목소리는 청아하고 아름다운 소녀의 목소리였다.

─그런데 혼의 형태가 약간······. 아니, 전혀 다르시군요. 설마······! 주인님께서 목적을 이루신 건가요?

나는 놀라서 선 자리에 그대로 굳어버린 채였지만, 환청은 계속해서 혼자 뭔가 알아들을 수 없는 이야기를 떠들었다.

"···그게 무슨 소리지?"

―역시 그랬군요! 그렇다면······. 지금의 주인님은 새 주인님이시로군요.

이 목걸이는 대체 무슨 소릴 하고 있는 거지? 나는 생각했다. 그리고 너무나 자연스럽게 내게 환청을 들려주는 주체가 목걸이임을 깨닫게 되었다.

―처음 뵙겠습니다, 새 주인님.

그 목걸이가 내게 인사했다.

―저는 전 주인님의 명령에 따라, 앞으로 새 주인님을 보조하게 될 인공 정령 라플라스라고 합니다.

"인공 정령······. 라플라스?"

카를에게는 이런 목걸이, 그리고 인공 정령에 대한 기억이 없었다. 당연히 라플라스라는 이름도 처음 듣는다.

―네, 새 주인님.

내 혼잣말을 자신을 부르는 말이라 착각한 건지, 라플라스는 공손히 대답했다.

그래, 뭐. 카를이 목걸이에 대해 알고 있든 말든 무슨 상관이랴. 라플라스가 나를 주인으로 섬기고 내게 도움을 준다고 하니, 굳이 거절할 건 없을 것이다.

"내게 도움을 줄 수 있다고 했지? 구체적으로 어떤 도움을 줄 수 있는 거지?"

　―전 주인님께서는 대현자의 지식과 지혜, 경험과 기억, 그리고 기술과 힘을 새 주인님께 물려드릴 수 있도록 안배하셨습니다.

　라플라스는 엄숙히 선언했다.

　―즉, 새 주인님께서는 대현자가 남긴 모든 유산의 상속자가 되신 겁니다.

　나는 라플라스의 말에 흥분했다.

　대현자의 유산이라니! 대현자가 뭔지는 잘 모르겠지만 아무튼 대단한 사람일 것이다. 그렇다면 그 유산도 대단하겠지.

　그런데 내가 그 상속자라니! 상속이라는 단어와는 아무런 연이 없었던 김연준으로서의 신세를 생각하면 그야말로 삶이 폈다. 쫙 폈다! 태평양만큼이나!

　"큼, 크흠."

　너무 좋아서 표정 관리가 안 된다. 나는 몇 차례 헛기침을 해 요동치는 마음을 가라앉히고 다시 입을 열었다.

　"흠, 그렇군. 그렇게 된 거로군. 그럼……. 그 현자는? 이름이 뭐지?"

　유산을 물려받는 상속자로서 그 유산의 원래 주인이 누군지 정도는 알고 있어야 될 것 같았다. 그래야 감사의 말이라도 올릴 테니까. 그런 생각으로 한 질문이었는데, 라플라스의 대답은 의외 그 자체였다.

―새 주인님께서 잘 알고 계시는 분입니다.

"내가?"

―네.

라플라스는 태연하게 답했다.

―전 주인님의 성함은 라틀란트의 카를 페르디넌트입니다.

"라틀란트의… 카를? 페르디넌트?"

어디서 들어본 이름이다. 되게 익숙하기도 하고…….

―네, 바로 지금 새 주인님이 머물고 계신 육신의 원래 주인이었습니다.

맞다.

나였다.

물론 지금의 나는 내가 김연준이라고 생각하고 있지만, 지난 12년간 카를로 살아온 기억이 있기도 하고 지금의 몸은 카를의 그것이기도 하니까.

"아니, 아니. 이상한데? 카를은… 적어도 내 기억에는 12살짜리 어린애인데? 별로 대현자 같지도 않고."

―지금 시점의 전 주인님은 그러실 겁니다.

지금 시점? 그게 무슨 뜻이냐고 묻기도 전에, 곧장 라플라스의 말이 이어졌다.

―하지만 미래의 전 주인님은 그렇지 않습니다.

"미래라……."

나는 탄식하듯 라플라스의 말을 받았다. 어째 이야기가 좀 수상해지는 것 같은 생각이 들었기 때문이었다.

내가 이런 생각을 하고 있다는 걸 아는지 모르는지, 라플라스는 계속해서 이야기했다.

—전 주인님께서는 특별한 능력을 지니고 계셨습니다. 어떤 원인으로든 사망을 맞이하게 되면 지금 시간대의 이 공간으로 돌아오게 되는 능력. 전 주인님께서는 무한 회귀의 저주라고 부르셨습니다.

라플라스의 이야기를 딱 들은 순간, 나는 고개를 갸웃거렸다.

"그거 좋은 거 아니야?"

정찰병이었던 나도 그 능력이 지닌 전략적 가치가 막대하리라는 것 정도는 이해할 수 있다. 미래를 미리 경험하고 과거로 돌아올 수 있다면, 그것만큼 강력한 무기가 없을 것이다.

"왜 저주라고 불렀지?"

—전 주인님께서도 처음에는 그렇게 생각하셨습니다. 이 능력 덕에 전 주인님께서는 세상의 모든 것을 다 아는 대현자가 되셨으니까요.

아, 그렇게 대현자가 된 거구먼. 반복학습의 위대함이라고 해야 하나. 수없이 삶을 반복하면서 경험하고 배우고 익히다 보면 자연스레 대현자가 될 법도 하다.

카를이 미래의 대현자라고 해서 무슨 소린가 했는데, 그런 거라면 납득이 간다. 라플라스의 시점에서 그건 이미 겪은, 알고 있는 일이지만 지금의 나, 열두 살의 카를 시점에서 보자면 그건 미래의 일이니 말이다.

─하지만 수만 번, 수십만 번이나 같은 생애를 반복하면서 죽음이라는 결말에 절대 도달할 수 없다는 것을 알게 된 순간, 전 주인님께서는 절망하셨고 당신께 일어나는 일이 저주에 불과하다는 결론을 내리게 되셨습니다.

라플라스의 말을 듣고 나는 지구에서 들은 환청을 기억해 냈다.

'그래, 그대로 죽는 것보다야 낫겠지. 누군가에게는 그 죽음, 영원한 안식이 그토록 바라왔던 것이겠지만 자네에겐 그렇지 않을 테니.'

노인의 목소리를 한 환청은 분명 그렇게 말했었다.

만약 라플라스의 전 주인이 만약 그 환청의 주인이었다면, 이해가 가지 않는 것은 아니다. 수십만 번이나 같은 생애를 되풀이했다면 그야 죽고 싶어질 만도 하겠지.

─게다가 전 주인님께서는 수없이 회귀 전생을 되풀이하시면서 기억에 혼선이 생겼고, 더불어 삶의 의욕이 급격히 저하되는 부작용을 겪고 계셨습니다. 이 문제를 해결하기 위해 전 주인님께서 제작한 것이 바로 저, 라플라스의 목걸이입니다.

라플라스의 이야기가 흥미로워졌기 때문에, 나는 그냥 입을 다물고 그녀의 이야기를 들었다.

─전 주인님께선 절 제작하신 후 자신의 모든 기억과 힘, 성취를 제게 맡기셨고, 대신 본인께선 깡그리 기억을 삭제하

신 후 평범한 열두 살 난 소년의 상태로 돌아가셨습니다. 그럼으로써 잃어버렸던 활력을 되찾고 인생을 흥미롭게 사실 수 있으리라 믿으셨죠.

내가 아마 그 상태이리라. 막 전생하고 회귀한 상태의 카를. 물론 전과 다른 점은 있다. 그것은 내게 김연준으로서의 기억과 자아가 남아 있다는 점이었다.

─그러나 전 주인님의 그러한 아이디어에는 약간의 흠결이 있었습니다. 그것은 바로…….

"쿨럭! 쿨럭! 커헉!!"

하필이면 그때, 기침이 터져 나왔다.

그리고 피. 토혈.

몸 상태가 이상할 정도로 좋지 않았다. 이마에 손을 대보니 열이 펄펄 끓었다.

아, 그랬지. 나는 도움을 청하려고 했었지.

애초에 하녀장의 분노를 감수하고 침대의 커튼을 연 이유가 그거였다.

─…전생의 기억 없이, 아무런 대비 없이 그냥 살아남기에 라틀란트의 카를 페르디넌트로서의 삶은 그리 녹록하지 않다는 점이었습니다.

그리고 라플라스의 의미심장한 목소리가 이어졌다.

"그게, 후우……. 무슨 뜻이지? 라플라스."

─지금은 주변에 아무도 없으니 크게 상관없습니다만, 다른

사람 앞에서 직접 목소리를 내어 제게 말씀을 주시는 건 앞으로 삼가시는 편이 좋으리라 조언드립니다. 새 주인님.

'말을 하지 말라고? 그럼 라플라스와의 대화는 어떻게 하면 되는 거지?'

—그렇게 하시면 됩니다.

나는 순간적으로 라플라스의 대답이 무슨 의미인지 이해하지 못했으나, 곧 지구에서의 일을 기억해 냈다. 그 환청, 아마도 라플라스의 전 주인일 진짜 카를과 나는 목소리로 대화한 적이 한 번도 없다. 내가 생각을 하면 환청이 멋대로 알아듣고 이야기를 진행시키는 식이었지.

'알았어.'

이런 식으로 하면 되려나?

—새 주인님께서는 전 주인님보다 이해가 빠르시군요.

대화가 성립했다.

내가 '말하듯이' 생각하면 라플라스가 멋대로 알아듣는다. 앞으론 이렇게 하면 될 것 같다. 목이 아파서 말하기도 힘든 상태였는데, 마침 잘됐다.

'방금 말한 그 전 주인님이란 건 아무 기억도 없는 열두 살 꼬맹이를 말하는 거겠지?'

—물론 그렇습니다.

칭찬이 아니잖아.

그건 그렇고, 아무래도 상황이 별로 좋지는 않은 것 같았다. 라플라스의 말을 듣자 하면 지금의 나는 아무 대비 없이 그냥 살아남기는 힘든 상황에 놓인 모양이니 말이다.

'라플라스.'

―네, 새 주인님.

'대비하지 않으면 살아남기 힘들다고 했지?'

―그렇습니다, 새 주인님.

'나는 어떤 대비를 해야 하지?'

열두 살의 카를은 아는 것보다 모르는 게 더 많았다. 황위 계승권을 지닌 위대한 혈통의 주인이면서도 왜 이런 궁전에 유폐되어 사는지 의문조차 지니지 않았다.

나를 위협하는 적이 누군지, 그리고 어떤 수단으로 위협해 올 건지 알아야 했다. 그래야 미리 대비하고 살아남을 수 있을 터였다.

―…그것은 말씀드릴 수 없습니다.

그런데 믿었던 라플라스가 내 기대를 배신했다.

'뭐야? 날 도와준다며?'

―네, 저는 주인님을 돕기 위해 존재합니다. 그것이 전 주인님이든, 새 주인님이든, 상관없어요. 하지만 아무 조건 없이 무제한적으로 도와드릴 수 있는 건 아닙니다.

'조건이 붙는 거야?'

―그렇습니다, 새 주인님.

라플라스의 말에 어이가 없었지만, 나는 최대한 긍정적으로 받아들이기로 했다. 반대로 말하면 조건만 만족하면 도움을 받을 수 있다는 소리 아닌가?

'그 조건이란 게 뭔데?'

—경조사비입니다.

'…뭐?'

갑자기 그게 무슨 뜬금없는 개소리지?

내가 직접 그렇게 묻기 전에, 라플라스가 먼저 대답했다.

—전 주인님이 설정하신 룰입니다. 주인님이 한 번 돌아가실 때마다 조의금 10루블, 죽음을 극복하실 때마다 축의금 20루블이 주인님의 경조사비 계좌에 송금됩니다.

—주인님께서는 이 경조사비를 지불하셔서 제 도움을 받으실 수 있게 되어 있습니다. 이 경우, 조의금이든 축의금이든 구분하지 않습니다.

그게 뭔……. 아니, 따지는 건 나중에나 하자.

'그래서 내 계좌에는 몇 루블 남아 있지?'

—새 주인님의 계좌에는 0루블이 남아 있습니다. 새 주인님께서는 아직 돌아가신 적도, 죽음을 극복하신 적도 없으니까요.

당연하다고 해야 하는 건지, 어떤 건지는 잘 모르겠지만 어쨌든 전 주인의 계좌를 이어받지는 못하는 모양이었다.

그 망할 늙은이, 유산을 줬으면 그걸 꺼낼 수 있는 열쇠도 주고 가야 할 거 아냐? 이래서야 그림 속의 떡이잖아?

나는 괜히 대현자를 욕했다.

그런 내 마음속을 들여다본 건지, 아니면 그냥 우연의 일치인지 라플라스가 이렇게 말했다.

─전 주인님께서 이렇게 말씀하셨습니다.

아니, 엄숙하게 선언했다.

─삶이 너무 쉬우면 재미가 없다, 고.

"아니, 그게 무슨 개소리야!"

너무너무 어이가 없어서 결국 나는 다시 입을 열고 말았다.

아까 이번에는 태어날 세계를 제대로 골랐다고 했던가? 아무래도 그 말을 정정해야 쓰겠다.

나는 이번에도 태어날 세계를 잘못 고른 것 같았다.

\*          \*          \*

서기 2021년 8월, 지구에 차원문이 열렸다. 그 차원문을 통해 들어온 이방인으로 인해 지구 인류는 처음으로 '이웃 세계'의 존재를 인지하게 된다.

이웃 세계의 이방인들이 본색을 드러내기까지는 그리 오랜 시간이 걸리지 않았다. 이웃 세계는 멸망을 앞두고 있었고, 이방인들은 지구 인류를 절멸시킨 후 지구를 자신들의 새로운 보금자리로 만들려 들고 있었다.

그렇게 일어난 전쟁이 바로 생존 전쟁이었다.

이웃 세계의 이방인들은 지구 인류를 모든 면에서 압도하고 있었다. 지구 인류로선 마법으로밖에 느껴지지 않을 정도의 초월적인 과학기술력, 그리고 이방인 개개인이 갖고 있는 특이한 초능력, 심지어 단순한 신체 능력에 이르기까지. 지구 인류가 이길 수 있는 점이 없었다.

지구 인류는 패퇴를 거듭했다.

개전 초기에는 목숨이라도 보전하겠답시고 이방인들에게 항복한 이들도 적지 않았다. 그러나 이방인들은 지구 인류를 포로로 잡기는커녕 가축으로조차 여기지 않고 가차 없이 죽여 나갔다.

이방인들은 지구인보다는 차라리 지구의 개나 소를 더 귀중하게 여겼다. 지구 인류가 기르는 가축들 때문에 이방인들이 대량살상무기를 터뜨리지 않는다는 이야기도 농담 같지 않게 돌았을 정도니 말 다 했지.

지구 인류에게 승산은 조금도 없었으나 이래 죽으나 저래 죽으나 마찬가지니 지구 인류 또한 전력을 다해 싸웠다.

그런데 그냥 죽으란 법은 없는 건지 상상조차 안 했던 변수가 생겨났다. 이방인이 뚫어놓은 차원문을 통해 불어오는 이웃 세계의 바람에 노출된 지구인들이 하나둘 특별한 능력에 눈 뜨기 시작한 것이 바로 그것이었다.

이 현상을 각성이라 이름 붙였고, 각성으로 인해 얻게 되는 능력을 각성 능력이라 불렀다.

"나도 각성했었지."

나, 지구인 김연준도 이 각성을 거쳤다. 그리고 각성 능력을 얻었고⋯ 그 각성 능력 때문에 김연준은 죽기 직전까지 탄식하게 됐었다.

태어날 세계를 잘못 골랐다, 고.

그런데⋯⋯.

"이게 왜 여기서 나와?"

그저 혈통이 좀 좋을 뿐인, 기침만 해도 각혈을 할 정도로 연약한 열두 살 어린애의 신체 능력으로는 앞으로 닥칠 위기를 극복하는 것이 거의 불가능하다는 라플라스의 확언 아래 나는 살아남기 위해 뭘 어떻게 해야 할지 고민했다.

아니, 고민해 봤자 별다른 아이디어가 나올 리 없지. 내게 도움을 준다고 말한 라플라스는 조건을 내밀었고, 그 조건은 지금의 나로선 도저히 채울 수 없는 거였다.

차라리 지금 한 번 죽을까 고민하기도 했다. 죽으면 조의금 10루블이 나올 테니, 그 10루블로 라플라스의 도움을 살 수 있게 된다. 앞뒤는 들어맞는다.

그러나 이 방법에는 결코 사소하지만은 않은 문제가 하나 있다.

"그런데 과연 나한테도 그 무한 회귀의 저주라는 게 걸려 있을까?"

지금의 나는 카를이지만 실은 카를이 아니다. 내 자아는

나 스스로를 지구의 김연준이라 주장하고 있다.

즉, 내가 죽어도 카를처럼 다시 살아날 수 있다는 보장은 어디에도 없었다.

이걸 확인하는 가장 확실한 방법은 한 번 죽어보는 거지만, 이 방법에도 문제는 남아 있다.

만약 내게 무한 회귀의 저주가 걸려 있지 않다면?

"그냥 죽는 거지, 뭐."

죽긴 싫다. 이미 한 번 죽고 이 세계로 넘어왔는데, 여기까지 와서 또 죽고 싶진 않다.

설령 이대로 죽을 가능성이 1% 미만이라 하더라도 시도해 보기 싫은 방법이다. 그런데 내 생각에 내게 무한 회귀의 저주가 걸려 있지 않을 확률은 그보다 훨씬 높을 것 같았다.

―가능성은 대단히 희박합니다. 그냥 0%라고 생각하시는 편이 나을 것 같군요.

뜻밖에도 라플라스가 대답해 주었다. 혼잣말이었는데.

"그러니까… 나한테는 무한 회귀의 저주가 안 걸려 있을 거다?"

―네, 그렇습니다. 전 주인님의 몸에 새 주인님께서 임하신 건 이번이 처음이라 어디까지나 이론상의 이야기입니다만.

그렇다고 진짜 0%인지 아닌지 실제로 증명해 보겠다고 한 번 죽어볼 수야 없다.

"결국 처음으로 돌아왔잖아."

별 능력도 없는 열두 살 소년이 혼자서 뭘 어떻게 해서 위기를 대비한다는 거지? 라는 근본적인 문제는 해결되지 않은 채였다.

"아오!"

나는 답답한 나머지 눈을 꽉 감았다.

이건 김연준으로서의 버릇이었다.

아무 의미도 없는 단순한 버릇인 건 아니었다. 비록 일개 병사라곤 해도 김연준은 각성자였고, 따라서 각성 능력을 갖고 있었다. 그리고 각성자는 눈을 꽉 감고 의식을 침잠시키는 것으로 '각성창'이란 걸 열 수 있다.

하지만 김연준은 죽었고, 나는 지금 카를의 몸으로 전생한 상태다. 그러니 아무리 이런 짓을 해봐야 각성창이 열릴 리가…….

"어?"

그런데 각성창이 열렸다.

"왜지?"

왜긴 왜야, 내가 김연준이니까! 단순하게 생각하면 간단한 일이었다. 도리어 열고 보니 왜 이제까지 이 발상을 못 했는지가 더 이상할 정도였다.

―새 주인님, 뭘 하고 계신 건가요?

입 다물고 가만히 있던 라플라스가 내 반응에 호기심이라도 느꼈는지 질문을 던져왔다.

'어, 응. 각성창이 열렸어.'

―각성창이란 게 뭔데요?

모르나? 뭐, 모를 수도 있지. 이 세계에는 각성이라는 현상이나 각성 능력의 존재가 밝혀지지 않았을지도 모르는 일이다. 지구에서도 실제로 각성자가 나타나기 전까진 만화 같은 데나 나오는 단어였으니 말이다.

그런데 이거 말해줘도 되나 몰라. 뭐, 말해줘도 별일은 없겠지. 따라서 나는 말해주기로 마음먹었다.

'10루블만 내라.'

물론 공짜로는 아니었다.


*          *          *


"각성창이란 건 각성하면 생기는 창문을 말해."

나는 라플라스에게 설명을 시작했다.

그렇다고 내가 라플라스에게서 10루블을 받아낸 건 아니었다.

라플라스는 어차피 거래로 10루블을 받는다 한들 그건 '경조사비'가 아니니 그 돈으로 '라플라스의 도움'을 받을 수 없음을 내게 주지시켰다.

그럼 뭐, 10루블 받아봐야 아무 의미 없지.

대신 나중에 내가 어떤 방법으로든 경조사비를 마련해서

정식으로 도움을 줄 때 덤을 약간 얹어주기로 합의를 봤다. 애매한 거래지만 이 정도가 최선이리라.

"각성자가 눈을 감고 의식을 침잠시키면 창문 비슷한 게 보이는데, 이걸 엶으로써 각성자는 각성 능력을 활성화시킬 수 있게 돼."

설명을 입으로 말하는 이유는 그냥 생각으로 설명하기 귀찮아서다. 어차피 이 자리에 다른 누군가가 있는 것도 아니고.

'말하듯이 생각'하는 것과 그냥 생각하는 걸 분리하는 건 마치 호흡을 의식적으로 하는 것과 비슷한 불편함이 있었다. 익숙해지면 곧잘 하겠지만, 아직은 아니었다.

─그래서 '각성창'이라 이름이 붙은 거로군요.

"그래, 맞아. 그런데 창문 안에 들어 있는 건 각자 능력에 따라 달라."

누군가는 창문을 열면 마력이 흘러나와 마법을 사용할 수 있게 된다고도 했고, 누군가는 창문을 통해 사흘 후의 미래가 보인다고도 했다. 누군가는 진리를 보았다고 했고, 누군가는 칼 한 자루가 들어 있다고 했다.

사람들은 그들을 각각 마법사, 예언자, 연금술사, 검사라 불렀다. 이런 식으로 붙여진 개념이 소위 말하는 각성 직업이다.

─그럼 새 주인님의 창문에는 어떤… 것이 들어 있었나요?

내 설명을 듣고 난 라플라스는 조심스럽게 질문했다.

눈치가 빠르군. 보통 각성자의 각성 능력에 대해 묻는 건 금기에 속한다. 누군가에겐 콤플렉스이기도 하고, 다른 누군가에겐 약점이기도 할 테니까. 그러니 라플라스의 태도는 틀리지 않았다.

군이 분류하자면 내 경우는 전자다. 콤플렉스. 그렇긴 하지만 딱히 비밀로 할 만한 것도 아니다. 그래서 나는 그냥 쿨하게 털어놓았다.

"내 건 그냥 창고였어."

—창고요?

"응. 물건을 넣고 뺄 수 있더군."

아무거나 넣을 수 있는 것도 아니다. 조건도 붙는다. 집어넣으려는 물건은 창문 크기보다 작아야 하며, 내가 손으로 들고 있을 수 있어야 했다.

그래서 내 동료들은 날 두고 포터라 불렀다. 일명 각성 직업 포터.

—좋아 보이는데요.

"솔직히 나쁘지 않지. 다만… 나만 갖고 있는 능력이 아니어서 그렇지."

각성창을 창고 대신으로 쓸 수 있는 놈들은 나 말고도 많았다. 심지어 그놈들에겐 각성창의 창고화는 주된 기능조차 아니었다.

아까 말한 각성창에 칼 넣고 다니는 놈도 칼 외의 것을 각성창에 집어넣고 다닐 수 있었다. 어쩌면 오히려 창고로 못 쓰는 애들이 더 드물지도 모른다. 아, 아무리 그래도 이건 과장인가. 어쨌든 적다고는 할 수 없었다.

현실이 이렇다 보니 사실 포터는 각성 직업이라 볼 수 있는 부류의 것이 아니었다. 동료들이 나를 포터라 부르는 것 자체가 일종의 비아냥에 가까웠다.

더욱이 내 진짜 각성 직업은 따로 있다. 그저 그 직업이 지구에서 별 쓸모가 없었을 뿐이다. 그게 내가 입버릇처럼 태어날 세계를 잘못 골랐다고 말한 이유이기도 했고, 진짜 직업이 포터라 놀림받은 까닭이기도 했다.

뭐, 지금 중요한 건 그게 아니다.

"솔직히 콤플렉스였는데……."

나는 눈을 꾹 감고 의식을 침잠시켜 각성창을 열고 창고 안에 처박아두었던 물건을 꺼냈다.

"…이렇게 도움이 될 줄은 몰랐군."

K—2 한 정과 탄창 두 개.

—그게 뭔가요?

라플라스가 호기심을 드러냈다.

"이거? 후후, 총이야."

—총이요?

라플라스의 반응을 보아하니 이 녀석 총에 대해 모르는 눈치다. 대현자의 지식과 경험을 가진 라플라스가 총에 대해 모른다는 것은 곧 이 세계의 그 누구도 총이라는 개념에 대해 알지 못한다는 소리도 된다.

그렇다면 적어도 적의 무지를 이용해 빈틈을 찌를 수단 정도는 되겠지. 좋은 징조다. 아무것도 없는 것보다는 확실히 낫다.

그런데…….

"이거 지금 내가 쓰기에는 너무 크잖아."

아직 어린애인 카를의 체구가 너무 작아서 K—2를 제대로 견착할 수가 없다. 이래서야, 바주카포처럼 개머리판을 어깨 위에 올리고 쏴야 할 판이다. 그런데 카를의 팔 힘으로 K—2의 반동을 제대로 받아낼 수 있을까? 그럴 리가. 어림도 없지!

"끄으응……!"

차라리 K—2의 개머리판을 접는 게 낫겠다 싶어 개머리판을 접어보려고 했지만, 카를의 힘으론 개머리판을 접는 것조차 불가능했다.

"헉, 허억."

이것만으로 숨이 차다니! 대체 몸이 얼마나 약한 거야?

"에잇, 진짜!"

이래서야 제대로 된 전투를 치를 수 있을 리 만무했다. 제대로 쏘지도 못할 총은 그냥 짐짝에 불과하다.

나는 빠르게 포기하고 K—2를 다시 각성창 안에 도로 집어던지곤 그 자리에 널브러졌다.

―그런데 총이란 게 뭔가요?

그러고 보니 아직 라플라스의 질문에 제대로 대답해 주지 않은 채였다. 나는 적당히 K―2의 제원에 대해 설명해 주었다. 그러자 라플라스가 알았다는 듯 대꾸했다.

―아, 마법사가 아닌 사람도 쓸 수 있는 마법봉 같은 거로군요?

"…비슷한 게 있어?"

―별로 대중적이지는 않지만 아주 없지는 않아요.

"아… 그래?"

소리가 들린다. 희망이 무너지는 소리. 총이라는 단어만 모를 뿐, 비슷한 개념의 무기가 있다면 그에 대한 대처 수단도 나와 있을 거라는 추측은 어려운 게 아니었다.

그렇다면 총 한 정으로 상황을 뒤엎는 것도 힘들다는 결론밖에 나오지 않는다. 그것도 제대로 견착도 못 하는 애송이라는 주어를 붙인다면? 힘들다는 표현은 불가능하다는 표현으로 바뀌겠지.

"이런……."

갑자기 숨 쉬기가 갑갑해져서 길게 한숨을 내쉬고 있을 때였다. 갑자기 어디선가에서 으지직하는 불길한 소음이 들렸다.

뭐야, 희망이 무너지는 소리가 이렇게 실감 나게 들릴 리가 없는데?

내가 그런 뻘 생각이나 하고 있던 순간, 쿠당탕하는 큰 소리와 함께 천장이 무너져 내렸다. 그리고 무너진 천장을 통해 큼지막한 바위가 쿵 하고 떨어져 내려 방금 전까지 내가 누워 있던 침대를 박살 냈다.

"……."

뭐야, 이거.

—축하드립니다, 새 주인님.

그때, 라플라스가 말했다.

—죽음을 극복하셨습니다. 경조사비 계좌에 축의금으로 20루블이 송금되었습니다.

라플라스의 말대로, 나는 무사했다. 무너진 천장에서 떨어진 바위는 정확히 침대가 있었던 자리만을 초토화시켰기 때문이다.

만약 내가 침대 위에 그대로 누워 있었더라면 절대 살아남지 못했겠지만, 나는 값비싼 카펫이 깔린 방바닥에 널브러져 있었기에 무사할 수 있었다.

"…아니, 무슨."

당황한 탓에 머릿속이 하얘졌지만, 뒤이어 찾아온 건 분노였다.

"…하녀장!"

어린 카를은 이 시간대에 침대에서 벗어나면 하녀장에게 크게 혼났었다. 그래서 카를의 기억을 지닌 나도 침대 밖으로 나오는 걸 꺼렸고 말이다.

이 시간대에 침대 밖을 벗어나지 않게 교육된 황자 카를, 그리고 정확히 침대만 박살 낸 천장 위의 바위.

이게 과연 우연일까?

아닐 것이다.

차라리 좀 부자연스러웠으면 좋을 정도로 물 흐르듯 인과관계를 연상시킬 수 있다.

그러나 나는 바로 하녀장에게 따지러 방문을 열고 밑으로 내려가지 않았다. 분노 다음에 찾아온 것은 공포였기 때문이었다.

과연 이게 하녀장 혼자 계획한 일일까? 하녀장 혼자 저 집채만 한 바위를 황자의 방 천장에 설치하고, 황자가 자고 있을 만한 시간에 천장이 부서지도록 설계할 수 있을까?

그럴 수도 있겠지만, 훨씬 더 높은 확률로 그렇지 않을 것이다.

거의 확실하게, 적은 다수다. 세력이다.

반면 나는 주변에 믿을 만한 사람 하나 없다. 어린 카를은 하녀들이 자신의 편이라 믿었던 모양이지만, 나는 믿을 수 없다. 이런 일을 겪고도 믿는 게 이상하지.

아니, 하나 있나?

'라플라스.'

지금 당장은 이 라플라스라는 이름의 인공 정령만이 내 편이었다.

─네, 새 주인님.

내 부름에 라플라스가 대답했다.

그러고 보니 아까 전에 20루블이 들어왔느니, 어쨌느니 했었지. 라플라스는 경조사비를 대가로 내게 도움을 줄 수 있다고 말했었다.

그렇다면 지금이 바로 그때다.

'네 도움이 필요해.'

─그것이 제 역할입니다.

기분 탓일까, 라플라스의 목소리에는 약간의 희열이 묻어나는 것처럼 들렸다.

\*            \*            \*

그런데 어떤 도움을 받아야 할까? 지식? 힘? 내게 지금 당장 필요한 건 그런 게 아니다.

정체도 모르고 전력도 모르고 틀림없이 다수일 적을 상대로 두고 어쭙잖은 힘으로 대항해 봐야 부딪혀서 깨질 가능성이 높았다.

혹시 모르지 않냐는 생각이 살짝 들긴 했지만 잊으면 안 된다. 라플라스를 만든 대현자는 '삶이 너무 쉬우면 재미없다'는 좌우명을 갖고 산 미친놈이다. 고작 한 번 죽음을 극복한 값으로 일인 군단급의 무력을 선물해 줄 리 만무하다.

그러니 지금은 이 상황을 타개하고 앞으로 어떻게 움직여야 할지 판단 근거가 되어줄 정보가 보석보다 귀했다.

그런데 카를은 아무것도 모른다. 정말 너무할 정도로 이 세계에 대한 지식과 정보가 없다. 지구 출신인 나, 김연준도 이 세계에 대해서 아는 게 있을 리가 없다.

그러니 막 받은 20루블로는 정보를 사야 했다.

─새 주인님께서 10루블을 지불하시면 지금 상황과 앞으로의 대책에 대해 대략적인 조언을 드릴 수 있습니다. 10루블을 지불하시겠습니까?

내가 대충 결론을 내릴 무렵, 라플라스가 이렇게 제안했다.

그게 바로 내가 원하는 거였다.

'그렇게 해줘.'

─알겠습니다. 10루블이 차감되었습니다. 이제 남은 새 주인님의 경조사비는 10루블입니다.

이런 식으로 말해주는군. 덧셈 뺄셈을 내가 할 필요가 없는 건 다행이다. 김연준일 때부터 산수에는 자신이 없었다. 카를은… 덧셈은 할 줄 아는데 뺄셈을 할 줄 모르는군. 그래도 황자인데 이 정도 교육도 못 받은 건가?

아니, 이런 잡상에 잠길 시간은 없었다.

라플라스가 설명을 시작했다.

─먼저 현재 새 주인님의 상태에 대해 말씀드리겠습니다. 지금 새 주인님께서는 [쇠갑꽃 뿌리 독 중독], [한시적 쇠약 저

주], [세균성 호흡기질환]에 걸려 계십니다.

"…뭐?"

중독, 저주, 병. 불길한 키워드들뿐이다. 아니, 불길한 정도가 아니다. 카를에겐 현실이었다. 애 몸이 왜 이렇게 쇠약하나 했더니만 아주 그냥 삼중고였다.

내 기억 속의 어린 카를 자신은 병에 걸려 있지 않다고 생각했지만, 그건 아무도 이게 병이라고 알려주지 않았기 때문에 그렇게 인식했을 뿐이었으리라.

―다음으로 현재 새 주인님이 놓여 계신 상황에 대해 말씀드리겠습니다. 새 주인님께서는 지금 생명을 위협받는 상황입니다. 앞으로 12분 후, 주인님의 목숨을 노리는 적이 고용한 용병이 새 주인님의 죽음을 확인하기 위해 찾아올 것입니다.

카를의 죽음을 확인하는 데는 하녀들만 보내도 충분할 터였다. 그럼에도 불구하고 용병을 보낸다는 것의 의미는 파악하기 어렵지 않았다.

만약 카를이 살아 있다면 죽이려는 거겠지.

산 넘어 산이라더니, 이럴 때 쓰는 말인가. 너무 어이가 없어서 웃음이 나온다. 그러나 실제로는 웃음소리가 나오지도 않았다.

라플라스의 침착하고 냉정한 목소리는 계속해서 이어졌다.

―마지막으로 주인님께서 앞으로 세우셔야 할 대책에 대해 말씀드리겠습니다. [중독]과 [저주], [질병]을 치유하시고 가능

한 한 빠르게, 흔적을 남기지 않은 채 이 방을 탈출하시는 것이 통계적으로 볼 때 가장 생존 확률이 높았습니다.

"…하."

한숨이 절로 나왔다.

"아주 진짜, 제대로 죽이려고 작정했군."

남 일처럼 이야기하고 있지만 이거 다 내 일이다. 제대로 판단하고 행동하지 않으면 죽는 건 카를이 아니라 나다.

'라플라스! [중독], [저주], [질병]을 치유할 방법이 있어?'

─그 질문에 대한 대답은 합쳐서 3루블입니다. 지불하시겠습니까?

나는 잠깐 고민했지만 고민할 일이 아니라는 것을 곧 깨달았다. 이 상태로 저택에서 탈출한다는 건 말이 안 된다. 나는 곧장 고개를 끄덕였다.

'그래.'

─이제 남은 새 주인님의 경조사비는 7루블입니다.

라플라스는 그렇게 정산부터 해주고 곧장 설명을 시작했다.

─[쇠갑꽃 뿌리 독 중독]에서 벗어나려면 [쇠갑꽃 열매]를 복용하시고, [한시적 쇠약 저주]에서 벗어나려면 [저주 인형]을 부수시면 됩니다. [세균성 호흡기질환]에서 벗어나려면 [짙푸른 허브 사탕]을 입에 머금고 계시면 됩니다.

뭐야, 그런 걸 나더러 어떻게 구하라는 거야? 그렇게 투덜거릴 참이었는데, 그 전에 라플라스의 말이 이어졌다.

─[쇠갑꽃 열매]는 옷장 첫 번째 서랍의 옷 밑에 깔린 파란 상자 안에 들어 있습니다. 좌우측에 칼날이 달려 있으니 세로로 여십시오. 녹색 잎이 달린 빨간 열매입니다. 잎과 함께 섭취하셔야 합니다.

　─[저주 인형]은 협탁의 세 번째 서랍의 바닥을 뜯어내시면 발견하실 수 있습니다. 완전히 파괴하실 필요는 없고 인형의 가슴께에 있는 새 주인님의 머리칼을 뽑아내시면 저주가 풀립니다.

　─[짙푸른 허브 사탕]은 찬장의 가장 높은 칸에 놓인 유리병에서 파란 사탕을 집으시면 됩니다. 다른 색 사탕은 수면제이니 주의하시길.

　대답 내용은 만족스러웠다. 고작 3루블 냈을 뿐인데 10루블짜리 대략적인 조언보다 길고 상세하며 현실적으로 도움이 된다.

　'그런데… 왜 여기 다 있어? 약이라든가, 인형이라든가, 열매라든가.'

　─만약 일이 틀어져 사전에 음모가 발각될 경우를 대비한 것입니다. 본격적으로 계획을 진행하기 전에 누가 감찰이라도 와서 새 주인님의 상태를 확인이라도 하면 바로 의심을 사게 될 테니까요. 그럴 때 빠르게 대처하려면 이 방 안에 해결 방법을 전부 배치하는 게 좋을 테죠.

　라플라스는 단정적으로 말했다. 하긴 라플라스에겐 카를의 수십만 번에 달하는 생애의 기억이 저장되어 있다고 했지. 그러니 아마도 이 정보는 카를이 하녀장을 심문해서 얻은 답일 가능성이 높았다.

'그래도 아군이 아예 없진 않은 모양이로군.'

하녀장을 비롯한 카를의 죽음을 원하는 세력이 상대 세력의 감찰을 염려한다는 건, 그 상대 세력이 카를의 생존을 원한다고 해석해도 무리는 아니리라. 그들이 아주 내 편은 아니더라도 최소한 내 목숨을 노리지 않는다는 것 자체로 긍정적으로 받아들일 수 있었다.

—방금 전 질문에 대한 대답은 유료였습니다. 더불어 제가 드린 [각성창]에 대한 질문에 대답해 주신 값으로 얻으신 '덤'을 방금 다 쓰셨음을 고지해 드립니다.

어째 술술 대답해 준다 했다. 이게 덤이었나.

아무튼 답은 나왔으니 행동을 해야 할 듯싶었다. 그것도 가능한 한 빨리! 라플라스에게서 답을 듣는 데 시간을 꽤 썼으니 서두를 필요가 있으리라.

그래서 나는 곧장 옷장에 달려들어 서랍을 열었다. 서랍 안에는 옷이 잔뜩 들어 있었다. 황자용의 고급 옷들이군. 나는 옷들을 조심스럽게 들어 올렸다. 라플라스의 흔적을 남기지 말라는 말을 기억하고 있던 덕이었다.

옷들을 치우니 서랍의 바닥면에는 색만 다르고 똑같이 생긴 상자들이 잔뜩 들어 있었다. 그중에서 파란 상자를 찾아 집었다. 잘 보니 라플라스의 말대로 상자의 양옆에는 칼날이

번뜩이고 있었다.

칼날에 손을 댄다고 크게 다치진 않겠지만 출혈을 피하긴 힘들어 보였다. 누가 상자에 손을 댔다는 건 금방 알려지겠지. 핏자국은 잘 지워지지 않으니 말이다.

라플라스의 말대로 파란 상자를 열었더니, 그 안에는 녹색 잎이 달린 빨간 열매가 보였다. 나는 그것을 한꺼번에 입에 넣었다. 열매는 달았으나, 잎은 썼다.

'흔적을 남기지 말라고 했지.'

라플라스의 조언을 되새기며 나는 파란 상자를 도로 덮어 원래 있던 자리에 놓았다. 그리고 덮여 있던 옷들을 도로 올리고 서랍을 닫아 본래 상태로 되돌려 놓은 후, 이번에는 협탁으로 가 세 번째 서랍을 열었다.

세 번째 서랍 안에는 아무것도 들어 있지 않았다. 나는 곧장 서랍을 완전히 꺼내 뒤집어엎었다. 그러자 이중 바닥이 떨어져 내리며 납작하게 눌린 저주 인형이 모습을 드러냈다.

'왠지 소름 돋는데.'

그러나 눌려 있던 저주 인형이 펴지면서 몸이 좀 편해진 것 같은 느낌이 들었다. 이것도 저주 탓인가.

나는 인형이 상하지 않도록 조심스럽게 인형의 가슴을 긁어내 내 머리카락을 뽑아내고 인형을 제자리에 돌려놓았다. 다시 인형이 눌렸음에도 몸이 괜찮은 걸 보니 저주가 풀린 게 맞나 보다.

'맞겠지?'

—맞습니다.

웬일로 순순히 대답이 돌아왔다. 이건 공짜였나 보다.

—이 질문에 대한 대가는 이미 지불하셨으니까요.

아항.

마지막으로 [짙푸른 허브 사탕]인가. 그런데 카를의 키가 너무 작아서 찬장의 사탕 유리병을 꺼낼 수가 없었다. 적당히 발판이 되어줄 만한 것을 찾아봤지만, 하녀들이 미리 치워놓은 건지 하나도 없었다.

"쳇!"

위험 부담이 있지만 별수가 없다. 나는 찬장으로 기어 올라갔다. 그나마 쇠약 저주가 풀리고 쇠갑꽃 열매의 효험이 듣고 있는 건지 몸 상태가 많이 나아져 할 수 있는 선택이었다.

"휴⋯⋯. 파란색, 파란색⋯⋯. 여기 있다."

유리병을 꺼내 뒤적거려 파란 사탕을 찾은 나는 곧장 그걸 입안에 넣었다. 잘 녹여 먹으면 되겠지. 사탕 맛은 사탕이라는 단어에서 기대한 것과 달리 아주 썼다. 몸에 좋은 건 입에 쓰다고, 참아야지 뭐 어쩌겠어.

유리병을 원래 자리에 돌려놓고, 나는 찬장에서 내려왔다. 내 몸무게 때문에 앞으로 넘어져 와장창 다 깨지는 사태도 각오했는데, 다행히 찬장은 잘 버텨주었다. 고급이라 그런가?

"허우⋯⋯."

안도의 한숨을 내쉰 나는 아까에 비해 숨 쉬기가 편해진 것을 느꼈다. 달달 떨리던 손끝도 말을 듣기 시작했고, 무엇보다 탈력감에 지배당하던 몸에서 힘이 솟아났다.

"좋아, 이제야 자신이 좀 붙는군."

다소 용기를 얻은 나는 방에서 탈출하기 위해 문으로 향했다. 그러나 그 방법은 폐기해야 했다. 혹시나 싶어 문에다 귀를 대고 소릴 들어봤더니, 밖에서 인기척이 들렸다. 아직은 소리가 멀지만, 곧 용병들이 오겠다 싶었다. 벌써 시간이 이렇게 됐나.

"하는 수 없지."

나는 창문을 열었다. 관리가 잘되어 있었던 건지, 목재 창문은 소리 없이 미끄러지듯 열렸다.

"아니, 이런 쌍……!"

창문 바깥의 광경을 확인한 나는 욕설을 내뱉었다. 창문 밖은 테라스도 없이 곧장 절벽이었고, 거친 바닷바람이 휘몰아치고 있었다.

"…에잇!"

상반신을 창문 밖으로 내밀어보니, 다행히 발을 디딜 공간은 있었다. 고민할 시간은 없었다. 한번 기합을 넣은 나는 곧장 창문을 넘었다. 창틀을 붙잡은 채 자세를 잡은 후, 나는 바깥에서 창문을 밀어 닫았다. 창문은 열릴 때처럼 소리 없이 닫혔다.

'자, 이제 어쩌지?'

각종 상태 이상에서 벗어나 힘이 좀 났다고는 하지만 카를은 아직 어린애였고 가벼웠다. 거친 바닷바람은 카를의 몸을 지금이라도 하늘로 불어 날릴 것 같았다. 그 뒤엔 추락, 그리고 사망이 기다리고 있겠지.

─그 질문에 대한 대답은 유료입니다.

갑자기 무슨 소린가 했더니, 방금 전의 내 생각이 라플라스에게 새어 나간 모양이었다.

'아, 그냥 혼잣말이야.'

몇 분도 채 지나지 않아 방 안쪽에 인기척이 느껴졌다. 이대로 창틀에 기대고 있을 순 없다고 판단한 나는 절벽에 딱붙어 적당히 발 디딜 곳을 찾아 움직이기 시작했다.

고작 옆으로 3m 정도 이동한 것뿐인데, 해풍 탓인지 절벽바위엔 물기가 있어 몇 번을 미끄러질 뻔했다. 아슬아슬하네.

"후……."

긴장 탓인지 체력 소모가 심한 느낌이다. 아무리 상태 이상에서 벗어났다고 해도 카를의 체력이 또래의 그것을 넘어서진 않는다. 이대론 오래 버티기 힘들 거다.

잠깐 고민한 나는 눈을 꾹 감아 각성창을 열었다. 다행히 삭지 않은 멀쩡한 로프가 있었다. 로프 외에는 제대로 된 등산용품 하나 없었지만 그나마 내가 정찰병이라 이런 로프도 보급받을 수 있었던 거였다. '포터'라서 잡다한 물건들을 내가다 떠맡은 것도 이유 중 하나지.

어쨌든 로프라도 묶어서 몸을 지탱할 곳을 만든다면 조금이라도 더 오래 버틸 수 있을 거다. 그런데 로프를 묶을 만한 곳이 있을지 모르겠네.

주변을 두리번거리다 앵무새 부리처럼 비죽 튀어나온 곳을 발견했다. 좋아, 저기로 가면 되겠군. 그런데 저기까지 어떻게 가지?

그렇게 고민하고 있을 때, 창문이 벌컥 열렸다.

아니, 왜 갑자기 창문이 열려?!

나는 너무 놀라 소리를 지를 뻔했지만, 실제로는 입을 꾹 다문 채 인기척을 죽일 수 있었다.

이것도 정찰병으로서 훈련받은 덕이다. 물자 부족을 훈련으로 때우려 든 건지 훈련을 참 사람 죽일 것처럼 시켰었지. 그게 죽은 다음에나 도움이 되다니, 아이러니도 이런 아이러니가 없다.

다행히 나는 이미 창문에서 꽤 멀어져 있어 들키지는 않았다.

어휴, 저 자리에 그냥 머물러 있었으면 그대로 들켰을 거다. 그리고 잡혀 죽었겠지.

소리 없는 안도의 한숨이 절로 나왔다.

대신 내 쪽에서도 창문을 연 놈이 누군지 보이지 않았지만, 그걸 봐서 뭐 하겠는가. 복수는 카를이 이미 수천 번 이상 해 줬을 거다. 난 살아남기만 하면 된다.

창문은 곧 닫혔다. 그렇다고 창문 쪽으로 돌아갈 마음은 나지 않았다. 나는 오히려 반대쪽으로, 그러니까 앵무새 부리 쪽으로 향했다.

몇 번 아슬아슬한 순간이 있었지만, 결국 나는 앵무새 부리에 도착했다. 악전고투를 하며 앵무새 부리에 로프를 묶었을 때쯤, 그동안 조용히 있던 라플라스가 갑자기 입을 열었다.

─축하드립니다, 새 주인님. 죽음을 극복하셨습니다. 경조사비 계좌에 축의금으로 20루블이 송금되었습니다. 이제 남은 경조사비 잔액은 27루블입니다.

"…하!"

다른 그 어떤 감정보다도 살아남았다는 환희가 먼저였다.

원래대로라면, 그러니까 내가 아닌 어린 카를이었다면 이 시점에서 저 용병에게 걸려 살해당했을 것이다. 그 죽음을 극복했기에 축의금이 들어온 거겠지.

"하하, 네가 없었으면 여기까지 오는 데 목숨이 몇 개 필요했을지 의문이군."

라플라스가 사랑스럽게 느껴지는 순간이었다. 그때 마침 라플라스가 입을 열었다.

─그 질문에는 대답해 드릴 수 있습니다. 전 주인님은 처음에 저택에서 빠져나오시는 데만 200번가량 사망하셨습니다.

"200번이나?"

─네. 그때는 저도 없었고, 전 주인님도 경험이 부족했으

니까요.

아, 아예 처음 말이군. 하긴 제아무리 미래의 대현자라도 당시에는 아무것도 모르는 평범한 열두 살 어린애 카를이었을 테니 그렇겠지.

그래도 200번이라는 사망 회수는 조금 충격적이다. 그렇게 곱씹던 도중, 어떤 번개 같은 생각이 튀어나왔다.

"가만? 그럼 내가 이번에 200번가량의 죽음을 극복한 셈이니 나한테는 4,000루블이 들어와야 되는 거 아니야?"

—같은 사인에는 한 번씩만 축의금이 송금되도록 설정되었습니다.

아니, 왜?! 나는 목소릴 내어 말하지 않았지만, 내가 무슨 생각을 하고 있는지 제대로 짚은 라플라스는 곧장 이렇게 이어 말했다.

—왜냐하면 삶이 너무 쉬우면 재미없으니까요.

솔직히 욱했다. 그래서 외쳤다.

"나는 재미없어!"

울분에 비해선 확연히 작게. 파도 소리가 크긴 했지만 사람 목소리다. 소릴 질렀다가 들킬 위험은 얼마든지 있었다.

아, 갑갑하다.

—전 주인님께선 그렇게 말씀하셨습니다.

"나도 알아!"

라플라스에 대한 감사의 마음이 술에 물 탄 듯 옅어짐과 동시에 역시 다시 태어날 세계를 잘못 골랐나 하는 생각이 들기 시작했다.

*　　　*　　　*

바닷바람을 맞아가며 로프를 고정시키고 몸을 묶어 적어도 힘이 빠져 추락하는 상황은 면하게 됐다. 그렇다고 안심하긴 이르다. 이런 바람을 계속 맞고 있다간 체온이 떨어져 체력을 계속 소모하게 된다.

별로 그러고 싶진 않았지만 상황이 이러니 어쩔 수 없다. 나는 각성창에서 판초 우의를 꺼내 입었다. 으, 냄새. 그래도 이게 체온을 잃는 것보다는 낫겠지. 그렇다고 우의에 발열 기능이 있는 것도 아니니, 이대로 버틴다고 좋을 건 없다.

마침 20루블이 추가로 들어왔으니, 이걸 써먹어 보도록 하자.

'라플라스.'

─네, 새 주인님.

'이제부터 어떻게 해야 하지?'

─질문이 지나치게 모호합니다.

'나도 알아, 젠장.'

─대략적인 브리핑을 다시 받으시겠습니까?

'10루블짜리 말이지?'

그건 너무 비쌌다. 내가 확실하게 포인트를 짚어서 제대로 된 질문을 했을 때 라플라스는 당장 도움이 되는 정보를 고작 3루블에 훨씬 더 상세하게 말해줬었다.

즉, 질문의 방식에 따라 얻을 수 있는 정보의 질과 양, 그리고 가격에 차이가 있으리라고 유추할 수 있었다.

나는 끙끙대며 다시 머리를 짜냈다.

'내가 다음으로 할 수 있는 행동 중, 가장 생존 확률이 높은 선택지를 가르쳐 줘.'

—해당 질문에 대한 답은 1루블짜리와 27루블짜리가 있습니다.

뭐야, 왜 두 개가 있어? 나는 분명 '가장'이라는 조건을 달았는데! 게다가 두 정보의 가격 차이가 왜 이렇게 커?

나는 그렇게 라플라스에게 따지려 들었지만, 곧 생각을 바꿔 먹었다.

[중독], [저주], [질병]의 세 상태 이상을 치유하는 것에 3루블이 들었다. 27루블짜리 정보라면 단순 계산으로도 그 9배의 가치가 있는 정보일 터였다.

하지만 27루블이라는 가격이 지나치게 비싼 것도 사실이다. 지금 내 전 재산을 모조리 털어 넣으라는 소리니 말이다. 그래서 라플라스는 1루블짜리 선택지도 줌으로써 내게 판단할 여지를 준 것일 터였다.

나는 결단을 내렸다.

'라플라스. 나는 가장 생존 확률이 높은 선택지를 달라고

했어.'

따지기로.

ㅡ27루블을 지불하시겠습니까?

라플라스의 대꾸는 쿨하기 짝이 없었다. 역시 생존 확률이 더 높았던 건 27루블짜리였나. 하긴 그렇지. 가격 차이가 몇 배인데.

'그래.'

ㅡ알겠습니다. 27루블이 차감되었습니다. 이제 남은 새 주인님의 경조사비는 0루블입니다.

내가 직접 내린 결정이긴 하지만, 막상 잔고가 0이라는 소리 들으니 섬뜩한 느낌이 들었다.

ㅡ새 주인님이 지금 계신 지점에서 15m가량 수직으로 내려가신 후, 새 주인님 시점에서 왼쪽으로 5m가량 가보시면 주변과 약간 색깔이 다른 바위가 보이실 겁니다.

ㅡ그 바위를 잘 살펴보시면 인공적으로 파낸 것으로 보이는 작은 구멍이 하나 있는데, 그 구멍으로 왼손 약지를 넣어보십시오.

라플라스의 말을 흥미롭게 듣고 있었는데, 그 시점에서 갑자기 설명이 툭 끊겼다.

ㅡ27루블로 말씀드릴 수 있는 내용은 이것이 전부입니다.

'…그래?'

어쩌면 화를 내야 할 국면일지도 몰랐다. 그러나 나는 화가 나지 않았다. 라플라스가 말해준 정보는 화를 내기엔 지나치게 흥미로운 내용이었다. 내 육체 나이, 그러니까 지금 카를의 나이에 걸맞은 모험심을 자극하는 내용이기도 했고.

아니, 이런 거에 나이가 어디 있어? 남자는 아무리 자라도 마음속 어딘가 소년 시절의 모험심을 감추고 있다. 그리고 나라고 예외는 아닌 모양이었다.

'일단 가봐야겠군.'

두근거림을 감추고 나는 로프를 쥔 손에 힘을 주었다. 앵무새 부리가 내 무게를 잘 버텨줬으면 좋겠는데. 일말의 불안함을 끌어안은 채, 나는 강하를 시작했다.

"헉, 헉……."

분명 독과 저주, 질병으로부터 벗어났음에도 불구하고 거친 숨이 다시 새어 나왔다. 하긴 단련을 제대로 하지 않은 몸이니 당연한 걸지도 모른다. 로프를 잡고 여기까지 내려오면서 카를의 부드러운 손바닥 껍질이 벗겨졌지만 나는 고통을 느끼지 못했다. 흥분해서 그렇겠지.

악전고투 끝에 나는 라플라스가 지정한 위치에 도달할 수 있었다. 알아보기 힘들긴 하지만 확실히 주변 바위들과 아주 약간 색깔이 다른 바위가 보였다. 그리고 라플라스가 말한 위치에 손가락이 들어갈 만한 구멍도 있었고.

"후욱, 후우……!"

나는 거칠어진 숨을 가다듬으며, 라플라스가 말한 대로 약지를 구멍 안에 집어넣었다.

"열려라, 참깨."

아무 생각 없이 지껄인 말이었지만, 바위는 소리 없이 안쪽으로 굴러 들어갔다. 내가 들러붙어 있던 바위였던지라, 내 몸도 자연히 안쪽으로 휘말려 들어갔다.

"어쿠쿠."

간신히 균형을 잡고, 정신을 차리고 보니, 나는 입을 쩍 벌린 동굴 입구에 서 있었다.

"비밀… 동굴?"

그것 참 가슴 뛰는 단어다.

나는 잡고 있던 로프를 도로 각성창 안에 집어넣었다. 로프의 반대쪽 끝이 앵무새 부리에 꽉 묶여 있긴 했지만, 다시 눈을 떴을 때 로프는 깔끔하게 사라져 각성창 안에 수납되어 있었다. 이게 내 각성창의 몇 안 되는 유용한 점 중 하나였다.

뿌듯하게 가슴을 한차례 두들겨 주고, 나는 시야를 동굴 안쪽으로 향했다. 동굴 안쪽은 시꺼먼 어둠으로 가득 차 아무것도 보이지 않았다. 시간대가 밤이기도 했지만, 동굴 안까지 달빛이 들어오지 않기 때문이었다.

"달빛이 진짜 밝은 거였군."

나는 새삼 실감하며 각성창 안의 손전등을 찾아 꺼내기 위해 다시 눈을 감았다. 에이, 이런 건 한 번에 해야 되는데. 그런 생각을 하며.

그러나 다음 순간.

"……!"

나는 소리 없이 전율했다.

"라플라스, 라플라스."

─네, 전 주인님.

"라플라스, 고맙다. 이건 27루블의 가치가 있는 정보였어."

─알아주시니 다행입니다.

"아니, 그 정도가 아니야."

내 몸이 저절로 부르르 떨렸다. 추위 때문이 아니었다.

"와! 내가 진짜 제대로 된 세계에 태어났네!"

─…네?

"좋은… 밤이구나! 하하하하!!"

나는 크게 웃었다.

\*        \*        \*

지구의 김연준이던 시절, 내가 입에 달고 살았던 말이 있었다.

"태어날 세계를 잘못 골랐다니까."

그 이유는 바로 내 각성 직업 때문이었다. 아무 쓰잘데기가 없어서 포터라고 조롱받던 내 각성 직업. 내가 군이 위험한 정찰 임무에 자원한 것도 그 각성 직업 때문이었고, 어떻게 보자면 내가 죽은 것도 그 각성 직업 때문이었다.

트레저 헌터.

이것이 내 진짜 각성 직업이었다.

트레저 헌터는 성장형 직업으로, 유적을 탐사하고 기록한 탐사 일지와 유적에서 발굴한 유물을 각성창 안에 집어넣을 때마다 추가 능력을 얻는다. 굳이 분류하자면 대기만성형 직업으로, 충분히 성장한 트레저 헌터는 각성자들 중에서도 꽤 강력한 부류에 속했다.

그럼에도 불구하고 내가 포터라 폄하당한 건 선배 트레저 헌터들 때문이었다.

"후배들 먹을 건 남겨줘야지, 지들끼리 다 털어먹는 게 어디 있어."

트레저 헌터에 의해 이미 탐사되고 발굴된 유적과 유물이 추가 능력을 부여해 주는 건 단 한 번에 불과하다. 이미 누군가의 각성창에 들어갔다 나온 유물은 다른 트레저 헌터에겐 아무것도 가져다주지 않는다.

그리고 나는 트레저 헌터로서는 꽤나 후발 주자였다. 내가 각성할 때쯤엔 지구에 남아 있는 유적과 유물들이 싹 다 털려 버린 뒤였다. 상황이 이렇다 보니, 성장할 방법이 없는 나는 내 각성창을 그냥 창고로나 쓰는 수밖에 없었다.

그나마 이방인 점령지역에는 선배들의 손이 닿지 않아 미탐사 유적이 남아 있을지도 모른다. 그런 생각에 이르게 된 나는 미약한 기대를 걸고 정찰병으로 지원했다.

하지만 별 뚜렷한 성과는 없었다. 나중에나 알게 된 사실인데, 이방인들 중에서도 트레저 헌터가 있고 그놈들이 자기들 점령지역의 유적을 싹쓸이해 먹었다고 한다.

사정이 이렇다 보니 동료들도 꽤 짜증 났을 내 입버릇을 그냥저냥 받아넘겨 준 거였다.

"그런데! 그랬는데! 여기에서!!"

유적이라니!

고양감으로 가슴이 터질 것만 같다!

"흐하하하하하!!"

나는 크게 웃으며 각성창에서 '그 물건'을 꺼내 들었다. '그 물건'이 뭐냐고? 바로 이거다!

"[탐사 일지]!"

트레저 헌터가 유적에 입장하면 자동으로 생성되는 게 바로 이 [탐사 일지]다. 바꿔 말하면 각성창 안에 [탐사 일지]가 생성되었다는 것은 곧 해당 유적이 아직 다른 트레저 헌터에게 털리지 않은 미답지라는 소리도 된다.

진짜 [탐사 일지]가 생성된 건 나도 처음 봤다. 그 전까지 말로만 듣던 이야기였는데, 막상 당사자가 되고 보니 사람이 기분 좋아 죽을 수도 있겠구나 싶다.

"히얏호!"

내가 그렇게 혼자 미쳐 날뛰고 있을 때였다.

―저… 새 주인님.

라플라스가 망설이듯 입을 열었다.

―무슨 일이신가요?

하긴 라플라스 입장에선 이게 뭔 일인가 싶긴 할 거다. 내가 아무 설명도 하지 않고 갑자기 미쳐 날뛰기 시작했으니 말이다.

"아, 그게 말이지."

이 일에 대해 누구에게라도 자랑하고 싶은 기분이었기에, 나는 내 과거사와 이 유적이 내게 어떤 의미가 있는지에 대해서 라플라스에게 털어놓았다.

꽤 길게, 내 체감으로는 약 10분 정도 수다를 떤 시점인 것 같다.

―방금 들은 정보의 대가로, 몇 가지 이야기를 더 해드릴 수 있게 된 것 같군요.

담담히 내 이야기를 듣던 라플라스는 문득 그런 말을 꺼냈다. 내 입장에선 그냥 한탄만 늘어놓은 것뿐인데 이걸 덤 취급해 주다니, 왠지 일방적으로 이득을 본 기분이다.

―이 던전은 대현자께서 직접 건설하신 곳으로, 회귀 초반의 지나치게 어려운 생존 난이도를 감안해 어린 카를의 낮은 생존 능력을 보조하기 위한 목적으로 만들어졌습니다.

"엥? 아니, 대현자는 미래의 대현자라며? 그런데 대현자 기준으로 과거 시점인 지금 어떻게 이런 걸 만들어놔?"

―자세한 것은 유료라 말씀드릴 순 없지만, 제가 새 주인님

의 침대 옆에 놓여 있던 것을 떠올려 보십시오.

그러고 보니 라플라스의 목걸이도 미래의 대현자가 만든 것임에도 불구하고 12살 시점의 카를 방 침대 옆 협탁 위에 놓여 있었다.

"그렇다면… 대현자는 미래의 물건을 과거로 보낼 수 있었다는 건가?"

아니, 물건 정도가 아니다. 라플라스는 이 유적도 대현자의 작품이라고 했다. 즉, 내 가설이 맞는다면 건축물마저도 미래에서 과거로 보낼 수 있다는 의미가 된다.

―그 질문에 대한 대답은 유료입니다.

그러나 내 야심차게 내놓은 가설에 돌아온 대답은 이거였다.

줄 수 있는 건 어디까지나 힌트 정도라는 건가.

"알았다, 알았어."

그런 건 나중에 미뤄놔도 된다. 살아남고 나서 경조사비가 남아돌 때 알아내도 될 일이다.

"어쨌든 이 던전을 공략하면 앞으로 살아남는 데 도움이 되는 뭔가를 얻을 수 있다는 거지?"

―네.

라플라스의 담담한 대답이 지금은 달콤하게 들렸다.

"…그리고 추가로 트레저 헌터로서의 추가 능력도 얻을 수 있게 될 테고."

나는 아직 손에 들린 [탐사 일지]를 내려다보며 입술을 핥

왔다.

─그건 저도 잘 모릅니다만. 어떤 게 가능한 겁니까?

"나도 이야기만 들었지, 실제로 어떻게 되는 건지는 몰라."

하지만 탐사 일지가 나타난 이상 유적 탐사에 대한 보상을 받을 수 있을 건 거의 확실했다. 그러니까 대현자가 원래 의도한 것보다 더 많은 것을 얻을 수 있을 거라는 의미다.

문자 그대로 일석이조, 일거양득, 도랑 치고 가재 잡고 꿩도 먹고 알도 먹기다.

"자, 그럼 한번 가볼까!"

나는 의욕 충만하게 나섰다.

제2장

—

나 혼자 트레저 헌터

    내가 대현자의 유적을 탐사하기 시작하고 약 한 시간 정도
가 흘렀다.

    "헉, 헉, 흐억, 허억."

    동굴 안에는 내 거친 숨소리가 가득 찼다.

    ─축하드립니다, 새 주인님. 죽음을 극복하셨습니다. 경조
사비 계좌에 축의금으로 20루블이 송금되었습니다.

    그 와중에 라플라스의 목소리는 침착하기 짝이 없었다.

    "주, 죽을 뻔했어."

    내가 죽을 뻔했음에도 불구하고.

    ─새 주인님의 경조사비 계좌에는 잔액으로 100루블이 남

아 있습니다.

"다섯 번이나!"

그렇다. 다섯 번.

나는 대현자의 던전에 들어온 이후, 벌써 다섯 번이나 죽음의 위기를 겪었다. 100루블이라는 금액이 그것을 증명한다. 한 번에 20루블씩이니까 다섯 번. 내가 아니라 카를이라도 할 수 있을 정도로 간단한 덧셈이었다.

아니, 곱셈인가?

이런 건 중요하지 않다. 아무튼 이 유적에는 열두 살짜리 애가 아니라 성인이라도 즉사를 피하기 어려운 함정들이 즐비했다는 점이 훨씬 더 중요하다.

발판을 밟으면 독 발린 화살이 날아오는 함정에 멀쩡하던 바닥이 무너져 내려 추락사시키는 함정, 코너를 돌면 벽에서 갑자기 불길이 나오질 않나 천장에서 기요틴을 연상시키는 칼날이 떨어지질 않나…….

"내가 트레저 헌터가 아니었으면 진짜 죽었을 거야……."

트레저 헌터에게는 각성과 동시에 기본적인 함정 감지 능력과 위기 감지 능력이 주어진다.

보통 사람보다 아주 약간 감이 뛰어난 정도라 각성 능력이라고 하기엔 좀 부끄러운 정도긴 했지만, 위험한 정찰 임무를 수행하면서도 내가 그럭저럭 질기게 살아남을 수 있었던 원동력이기도 했다. 지구에선 결국 적의 기습에 죽긴 했지만…….

그거야 뭐, 아무튼.

"죽이려고 환장했냐!"

—네, 바로 그 목적입니다.

라플라스가 정답을 맞췄다는 듯 대답해 줬다.

"아, 알겠다. 어린 카를의 생존 능력을 보조한다더니, 여기서 많이 죽어서 경조사비 많이 벌어 가라는 뜻이었구나!"

그 덕에 벌써 100루블이나 벌었네?

아오, 진짜!

나는 분명 비꼬듯 말했는데, 라플라스의 차분한 목소리가 이어졌다.

—전 주인님께선 이쯤해서 죽음에 익숙해지셔서, 함정마다 10번씩은 사망을 경험하시고 가셨지만요.

라플라스의 말을 들은 나는 순간 아연함을 느꼈다. 함정마다 10번씩이면 지금까지 나온 함정만으로도 50번이다.

아니, 카를 놈 진짜 변태인가? 무한 회귀의 저주라더니, 그 정도면 자기 손으로 자신의 삶을 저주로 만드는 수준이다.

"그런데 가만, 좀 이상한데. 죽음에 익숙해졌다고?"

위화감을 느낀 나는 당장 따졌다.

"카를은 죽을 때마다 기억이 리셋되는 거 아니었어?"

—그런 말씀을 드린 기억은 없습니다만.

라플라스는 태연히 답했다.

—전 주인님께서는 전 주인님께서 원하실 때만 기억을 지

우실 수 있었습니다.

"…아, 그래?"

그러자 자연히 다음 의문이 떠올랐다.

"그런데 같은 사인에는 한 번만 루블이 지급된다며?"

―같은 사인에는 한 번만 축의금이 지급된다고 말씀드렸습니다.

"응, 그랬지. …어?"

―그렇습니다. 조의금은 중복으로 지급이 됩니다.

"아……."

쓸모없는 정보를 얻었다. 단 한 번도 죽을 생각이 없는 나는 쓸 수 없는 방법이다.

―다만 이 경우에도 같은 곳에서 너무 많이 죽으면 삶이 지나치게 쉬워지기 때문에, 조의금을 얻을 수 있는 건 사인당 10번으로 제한이 됩니다. 이 제한은 기억을 리셋하실 때마다 함께 리셋되고요.

그렇구나. 카를 본인에게도 제한은 걸려 있었구나. …전혀 위안은 안 되지만.

그러다 문득 나는 어떤 소름 돋는 사실을 떠올렸다.

"그럼 카를은 여기서 죽어서 침대 위로 돌아간 후, 다시 여기까지 와서 죽길 반복했다는 거야? 그것도 50번에 걸쳐서?"

만약 그랬다면 소름 돋는 변태다.

―처음엔 그러셨습니다.

소름 돋는 변태가 맞았다.

—하지만 사망 후 되돌아올 시점을 정할 수 있게 되신 후부터는 죽기 직전 시점으로 돌아오시게 설정하셨습니다. 아, 이건 제게 맡겨진 능력이지요.

그러고선 지금에야 생각났다는 듯 라플라스는 내게 이렇게 말했다.

—아, 새 주인님께서도 부활 시점을 지정하실 수 있습니다만.

"유료겠지?"

—100루블입니다.

욕 나오는 가격이다. 그런데 문제는 가격에 국한되어 있지 않다.

"게다가 나에겐 무한 회귀의 저주가 걸려 있지 않다며?"

—네. 저주가 걸려 있지 않을 가능성이 100%에 수렴한다고 말씀드렸습니다.

"그럼 나한텐 무용지물 아니야?"

—그럴 가능성이 100%에 수렴합니다.

라플라스는 태연히 대꾸했다. 놀리는 거야, 뭐야? 나는 라플라스의 목걸이를 짜게 식은 시선으로 내려다봐 주었지만 라플라스는 아무 말도 하지 않았다.

나는 끙, 하는 소리와 함께 몸을 일으켰다. 수다를 떨다 보니 호흡도 가라앉았고 심장박동도 안정을 되찾았다.

"후… 어쨌든 나는 끝까지 가야지."

군이 유적을 완전히 공략하지 않아도 [탐사 일지]의 기록 보너스는 주어지지만, 나는 그럴 생각이 없었다. 당연하지만 일지의 탐사 기록이 충실할수록 보상이 더 좋아지니까.

…아직 보상을 받아본 적은 없지만, 선배들이 그렇다고 했다.

그 선배들도 유적을 깨본 적이 없는 포터였지만.

그거야 뭐 아무튼!

"후… 읍!"

나는 다시 숨을 참고 앞으로 내달리기 시작했다. 그러자 뜬금없이 바닥에서 창이 휙 솟아 나왔다. 바닥을 밟은 것도 아닌데 그냥 창이 나오다니, 시대에 걸맞지 않게 레이저나 초음파 감지 센서라도 달린 건가?

나는 허리를 비틀어 창을 피했다. 그리고 곧장 그 자리에서 데굴데굴 굴렀다. 아니나 다를까, 이번엔 천장에서 창이 튀어나왔다. 그대로 살짝 점프. 머리 위와 발밑을 칼날이 휙 가르고 갔다. 너무 높게 뛰었는지 머리털 몇 가닥이 잘린 것 같지만 아무튼 세이프다.

"알고 있었다고!"

자신만만하게 외치긴 했지만, 위기 감지가 없었다면 즉사였다. 함정 감지의 유효 거리는 불과 1m 좀 넘는 정도고 함정의 종류나 극복 방법까지 알려주는 건 아니라서 위기 감지에 의

지해야 했다.

─축하드립니다, 새 주인님. 죽음을 극복하셨습니다. 경조사비 계좌에 축의금으로 20루블이 송금되었습니다.

"뭐?! 왜 20루블이야? 설마 이 세 개가 한 세트 취급이냐?!"

─잔액은 120루블입니다.

"어, 야! 어어? 히이익!"

제대로 따질 새도 없이 뒤에서부터 바닥이 무너져 내리기 시작했다.

젠장, 이럴 줄 알았으면 입 털지 말걸! 괜히 호흡 낭비했네!!

이런 불평을 늘어놓을 여유도 없이 나는 앞으로 달리기 시작했다.

살아야 한다!

살려면 뛰어야지!

뛰어라!!

                    *          *          *

─훌륭하시군요, 새 주인님.

라플라스가 나를 칭찬했다.

─전 주인님께선 한 번도 죽지 않은 채 여기까지 오신 일이 없습니다.

하나도 기쁘지 않았다.

"…네 전 주인은 조의금 벌려고 일부러 죽었다며."

―그렇긴 하지만요.

어쨌든 이로써 함정 지대를 돌파했다. 통로의 끝에 보란 듯이 문이 위치해 있었다. 어느 정도 숨을 고른 후, 나는 문을 향해 나아갔다.

"문에는 함정이… 없군."

함정 감지가 반응하지 않았으니, 이대로 열어도 될 것 같다. 나는 문고리에 손을 대고 단번에 문을 열어젖혔다.

그러자 갑자기 화약 터지는 소리가 따다닥 들렸다. 나는 움찔하며 곧장 그 자리에 포복했다.

뭐야, 총소린가? 위기 감지는 조용했는데?!

―축하드립니다!

결과만 놓고 보면 화약이 터진 건 맞았다.

…그 화약이 불꽃놀이할 때 쓰는 화약이라 그렇지.

다섯 색의 불꽃이 화려하게 어두운 유적 내부를 밝혔고, 천장에서 색종이 두 개가 풀려 내려왔는데 그 종이에는 '경축!', '던전 첫 클리어!'라는 내용의 글자가 새겨져 있었다.

"…라플라스."

―네?

"네 전 주인은 악취미야."

―네…….

라플라스는 긍정인지 부정인지 알 수 없는 반응을 보였다.

하긴 피조물인 라플라스가 자기 창조주를 욕하는 것도 어렵겠지.

좀 놀림당한 느낌이긴 하지만, 좌우지간 던전을 클리어한 건 맞는 것 같았다.

방의 정중앙에 스포트라이트가 비추고 있었는데, 그 빛이 내리쬐는 곳에 상자가 하나 놓여 있었다. 노골적으로 여기 와서 이것 좀 열어보라고 외치고 있는 것 같은 인테리어다.

나는 조심스럽게 상자에 접근했다.

함정 감지, 위기 감지, 둘 다 조용했다.

그럼 안전하겠지? …그렇겠지? 유적에 들어오자마자 하도 당했더니 내 능력에 대한 확신도 녹아 없어진 것 같았다.

방어적인 자세로 손을 뻗고 상자를 열자, 뚜껑은 소리 없이 열렸다. 그리고 아무 일도 없이 내용물을 드러냈다.

상자 안의 내용물은 다음과 같았다.

뭔가 작은 알갱이들이 가득 든 주머니, 딱딱한 돌 같은 핑크빛 결정이 몇 덩어리 든 주머니, 그리고 라플라스의 목걸이와 비슷한 디자인의 반지 하나였다.

"라플라스."

—네, 새 주인님.

"이게 뭐지?"

—후추, 암염, 그리고 [성장의 반지]입니다.

"후추?"

─네. 비싼 향신료입니다. 환금성도 좋고요. 같은 무게의 황금으로 교환할 수 있습니다.

후추 비싼 건 나도 알고 있다. 지구에서도 보급품 빼돌려 먹고살던 양반들이 가장 우선적으로 노리던 물품이었고.

그런데 후추는 가루 아니었나? 이 알갱이가 후추라고?

뭐, 이 세계의 후추는 이렇게 생겼나 보지. 나는 그냥 넘어가기로 했다.

어쨌든 이 세계에서도 후추가 비싸게 팔린다니 안심이다. 이걸 팔아서 필요한 돈을 마련할 수 있게 됐으니. 그러다 문득 이런 생각이 들었다.

"줄 거면 차라리 금화로 주지."

─금화는 주조처가 새겨져 있어서 사용하기 곤란한 점이 있습니다. 출처를 금방 추적당하지요. 받아주는 곳도 생각보다 찾기 힘듭니다. 도망자가 쓰기에 그리 좋은 화폐는 아니지요. 덤으로 무겁기도 하고요.

무거운 거야 내겐 각성창이 있으니 별로 문제가 아니지만, 나머지 문제는 확실히 걸림돌이 될 것 같았다. 납득한 나는 고개를 두어 번 끄덕여 주고 다음 물건에 시선을 돌렸다.

"그럼 이 암염은?"

─후추가 워낙 비싸다 보니 후추로 거래를 할 수 없는 상황도 생기는데, 그런 곳에서도 암염은 보통 받아줍니다. 그리고 요리에 뿌려 먹으면 맛있습니다.

잔돈 개념인가. 세심하기도 하지.

나는 후추 주머니와 암염 덩어리를 각성창 안에 집어넣고, 마지막으로 반지를 집었다. 누가 보더라도 이 반지가 가장 가치 있어 보일 것이다.

"이 반지는 뭐야? [성장의 반지]라고 했었지?"

―착용해 보시죠.

후추와 암염에 대해서는 기다렸다는 듯 설명하던 라플라스가 반지에 대해선 입을 다무는 게 수상하긴 했기에, 나는 바로 캐물어보았다.

"그러고 보니 후추랑 암염에 대한 건 다 말해줬잖아. 그건 유료 아니었어?"

―네. 이 던전의 보상과 세트 취급입니다.

"아, 덤인 건 아니었구나."

하긴 황족 출신 꼬맹이가 향신료 비싼 줄 알기나 하겠나. 아직 세상 물정 모르는 어린 카를이 후추나 암염을 아무 데나 버리고 다니지 않도록 안배한 결과물이리라.

뭐, 하필 [성장의 반지]만 말 안 해주는 건 좀 불만이긴 했지만, 나는 라플라스의 말대로 잠자코 반지를 손가락에 끼워 넣었다.

그러자 놀라운 일이 일어났다.

"시선이 높아졌어!"

마치 상자를 밟고 올라선 것처럼, 시선이 갑자기 올라갔다.

내가 그렇게 감탄하고 있으려니, 라플라스가 어째선지 좀 뿌듯해하는 목소리로 내게 말했다.

―새 주인님께서 커지신 겁니다. 거울로 확인해 보시죠.

"거울?"

내가 되물으며 시선을 돌리니, 어두워서 보이지 않았던 벽 쪽을 향해 스포트라이트가 비쳤다. 마치 여기 좀 보라는 듯. 그리고 그 벽에는 거울이 박혀 있었다. 거울이 내 시선을 마법처럼 끌어당겼다.

"헉."

거울에 비친 내 모습은 성인이었다. 아직 애송이처럼 보이긴 하지만 그래도 키와 체구만큼은 한 사람 몫의 어른 같아 보였다.

"어, 어."

나는 조금 당황해서 반사적으로 손가락에서 반지를 뺐다. 그러자 몸 크기가 슈르륵 줄어들더니 원래의 모습으로 돌아왔다. 그러니까 12살짜리 카를의 모습으로 말이다.

신기하다!

"…이거 원리가 뭐야?"

그렇게 라플라스에게 질문하면서 다시 반지를 끼자 슈르륵 커지며 어른의 모습이 되었다.

와, 이거 진짜 신기하다!

―그 질문에 대한 대답은 유료입니다.

매우 익숙한 대꾸가 돌아와, 나는 차라리 안심하고 말았다.

"그렇군."

나는 성인의 모습으로 팔다리를 움직여 보았다. 제자리에서 팔짝팔짝 뛰어보기도 하고, 괜히 빈 상자를 들어보기도 했다. 움직여 보니 알겠는데, 아무래도 그냥 몸만 커진 게 아니라 신체 능력이 그에 맞춰서 성장한 것 같다.

자의 반 타의 반 살아남기 위해 억지로 단련했던 지구의 김연준 시절 갖췄던 신체 능력에 비하면 손색이 좀 많지만 이게 어딘가. 문자 그대로 애와 어른의 차이다.

"어떻게 이런 게 가능한 거지?"

대체 원리가 뭔지는 모르겠지만, 감도 안 잡히지만…….

"뭐, 마법 같은 거겠지."

대충 납득하고 넘어가기로 한 나는 픽 웃으며 반지를 빼 각성창 안에 넣었다. 어떤 의도를 갖고 한 행위는 아니었다. 그냥 버릇, 무의식적인 행동이었다.

그런데 그 순간, 반지의 효과가 없어져 줄어든 키가 다시 훌쩍 커지는 게 시야로 느껴졌다.

"어, 어라?"

방금 무슨 일이 일어난 거지?

─과연! 그것이 새 주인님의 능력이로군요.

내가 영문을 몰라 당황하고 있는데, 라플라스가 묘하게 흥분한 목소리로 그렇게 외쳤다.

"…그래, 맞아!"

한 번도 직접 써본 적이 없어서 순간 당황하긴 했지만 사실 이건 트레저 헌터로서의 능력, 그러니까 유물을 각성창 안에 넣어놓기만 해도 유물의 능력을 활용할 수 있는 그 능력이 발동한 거였다.

각성창 안에 든 반지의 능력을 내 의지대로 켜고 끌 수 있음을 나는 본능적으로 깨달았다. 게다가 On/Off만 있는 게 아니라, 능력을 천천히 개방하면서 13살, 14살, 15살의 모습을 취하는 것도 가능했다. 세심하게 능력을 제어할 수 있게 된 거다.

─유물의 능력을 그렇게 자유자재로 활용하시다니……. 새 주인님께선 정말 대단하시군요!

"아, 이번엔 진짜 칭찬받은 거 같아."

그 전까진 12살짜리 꼬맹이랑 비교당하는 느낌이라 좀 자존심 상했었는데, 이번엔 비교 대상이 없는 만큼 제대로 내 능력을 인정받은 느낌이다.

"아무튼 이걸로 생존 가능성이 훅 높아진 거 같은데."

어른이 됨으로써 신체 능력이 상승하고 체구가 커져 생존에 유리해진 것은 물론, 단순히 내가 내 모습을 자의적으로 바꿀 수 있게 됨으로써 얻는 이득도 크다.

적어도 어린 카를을 죽이려 한 자들은 자신들의 목표물이 갑자기 성장했다고는 상상조차 못 할 테니까. 개인적으로는

적들이 날 죽었다고 생각하길 바라지만, 설령 그것들이 아직
도 날 찾고 있다 하더라도 모습을 바꾼 날 쉽게 알아보지는
못할 것이다.

―그런데 [탐사 일지]는 기록 안 하세요?

내가 흐뭇해하고 있으려니, 라플라스가 오지랖을 부렸다.
그런 녀석의 오지랖은 나를 더욱 흐뭇하게 만들어주었다.

"아, 말 안 했었나? 유적을 돌아다니기만 해도 [탐사 일지]는
자동적으로 기록돼."

―네, 말씀 안 하셨어요.

"그랬구나……."

할 말이 없네.

"좋아, 그럼 내친김에……."

나는 각성창 안에서 [탐사 일지]를 꺼내 들었다.

"나도 기록된 [탐사 일지]를 보는 건 처음이야. 진짜 자동적
으로 기록됐는지 보자고."

―네!

나는 [탐사 일지]를 열어 보았다. 그러자 진짜로 내가 통과
해 온 통로가 다 기록되어 있고, 그 통로마다 있었던 함정의
종류와 돌파한 방법까지 다 적혀 있었다.

"와, 신기하네."

[탐사 일지]에 기록된 내용을 천천히 훑어보면서, 나는 불과
몇 시간도 지나지 않았지만 어느새 추억이 된 기억들을 되새

김질했다.

"저땐 죽을 뻔했지. 아, 저때도 죽을 뻔했고. 와, 이땐 진짜 죽는 줄 알았는데."

지나고 보면 다 추억이다.

…….

아무튼 추억이다.

"음……. 어?"

그런데 보다 보니 이상했다. [탐사 일지]는 별로 두껍지 않았다. 기껏해야 20페이지 정도밖에 되지 않는, 차라리 책자라 부르는 게 더 괜찮을 법한 두께였다. 그런데 채워진 내용은 불과 16페이지, 나머지 4페이지는 빈 종이였다.

그 백지를 팔락거리며 넘기다 보니, [탐사 일지]의 마지막 페이지에 이런 내용이 적혀 있었다.

─이 유적의 탐사 보상을 받으시겠습니까?
─YES / NO

"으음?"

이 내용이 그냥 기록된 내용의 마지막에 적혀 있었다면 별 이상함을 느끼지 못했을지도 모른다. 그런데 백지가 한참 있고 맨 마지막에 이 내용이 적혀 있으니 뭔가 묘한 위화감이 들었다.

혹시나 하는 마음에, 나는 라플라스에게 질문을 던져보았다.

"라플라스. 이 유적에 혹시 비밀방 같은 게 남아 있어?"

─그 질문에 대한 대답은 유료입니다.

대답은 즉시 돌아왔다. 호오? 이것 봐라?

"그래? 얼만데?"

─100루블입니다.

"하핫!"

나는 웃었다. 웃을 수밖에 없었다. 아니, 어이없어서 나오는 웃음이 아니다. 진짜 기꺼워서 웃는 웃음이다.

비밀방에 대한 질문을 했는데 그 질문에 대한 답이 유료고 그것도 100루블이다? 이 말은 곧 비밀방이 존재하고 그 비밀방에 100루블, 어쩌면 그 이상의 가치가 있는 보상이 있다는 소리밖에 안 된다!

"이거 흥분되는데?"

나는 [탐사 일지]를 몇 번 툭툭 건드리고 각성창 안으로 밀어 넣었다. 그리고 즉시 비밀 통로가 있는지 조사하기 시작했다.

100루블을 내고 비밀 통로에 대한 답을 듣는 건 간단하지만, 그건 나중으로 미뤄도 상관없는 일이다. 일단 내가 찾아보고 못 찾겠다 싶을 때나 물어보면 된다.

잠시 후.

"찾았다!"

답은 의외로 쉬웠다. 알고 보니 쉬웠다는 말을 덧붙여야 할 것 같지만 아무튼 나는 비밀 문을 찾아냈다.

"얍!"

나는 거울이 있는 쪽의 벽을 살짝 밀었다. 그러자 거울이 뒤로 밀리면서 뒤쪽의 공간이 모습을 드러냈다.

"스포트라이트가 힌트였군……."

단순히 반지를 끼고 거울을 보라는 뜻이 아니라, 다음 나아갈 길이 거울 뒤에 있음을 가리키는 거였다. 대놓고 준 힌트라고 할 수도 있지만, 내 입장에서 보자면 답을 찾고 나서야 비로소 그 의미를 알게 된 거긴 했다.

─훌륭하십니다, 새 주인님. 사실 전 주인님께서는 첫 던전에서 비밀 통로를 발견한 경우가 거의 없습니다.

"거의 없다는 건 있긴 하다는 거군."

─네, 공략을 구매하시면 자연히 알게 되는 사항이니까요.

100루블을 내고 말인가. 미리 잔뜩 죽어서 루블을 충분히 벌어들였다면 선택해 볼 수도 있었던 선택지다. 하지만 나는 단 한 번도 죽을 생각이 없으니 그 방법은 쓸 수 없다.

"자, 그럼 이제 가볼까?"

100루블짜리 비밀 통로 끝에 뭐가 놓여 있을지 참 기대가 크다.

　　　　*　　　　*　　　　*

　비밀 통로는 별로 길게 이어지지 않았다. 기껏해야 10m 정도의 짧고 어두운 통로를 지나면 끝이다. 나는 손전등을 켜고 길을 나아갔다.

　길 끝에는 문이 하나 더 있었다. 아무 장식 없는, 무거운 돌문.

　문은 잠겨 있었다. 문에 딱히 열쇠 구멍 같은 건 보이지 않았지만, 이 유적을 들어오기 전에 본 거랑 비슷한 구멍은 보였다. 손가락을 넣는 구멍. 나는 구멍 안에 손전등을 대고 들여다보았지만, 함정 감지와 위기 감지는 조용했다.

　그럼 할 일은 하나뿐이지. 나는 손가락을 넣었다. 그러자 문은 소리 없이 열렸다.

　이번에는 폭죽이 터지지도 않았고 축하 메시지를 담은 종이가 내려오지도 않았다. 그리고 스포트라이트도 없었다. 그저 은은한 조명이 사위를 어스름하게 밝히고 있을 뿐이었다.

　그러나 그 차이가 내 마음을 뒤흔들지는 못했다. 진짜 내 마음을 뒤흔든 건 방의 중앙에 놓인 상자였다.

　정확히는 그 상자 안의 내용물이었다. 이전과 달리 상자는 열린 채 방치되어 있었는데, 그 내용물이 상자 밖으로 흘러넘칠 정도로 많았다.

　그리고 그 내용물이란 바로 금화였다! 엄청나게 많은 양의 금화! 반짝반짝하게 닦인 금화의 표면이 은은한 조명을 반사시켜 방 안을 황금빛으로 물들이고 있었다.

"후후, 후하하……! 우하하하하!!"

나는 방금 전까지 느끼던 짜증을 깨끗이 잊었다. 이걸 보고도 짜증을 부릴 수 있다면 그 사람은 미녀를 봐도 그 내장 안의 내용물부터 떠올릴 사람임에 틀림없다. 아니, 그 정도의 목석이 짜증이라는 감정을 느낄 수나 있을까? 결국 아무도 없나? 없겠지!

"금이다! 황금이다! 나는 이제 부자다!"

나는 환호하며 곧장 상자를 향해 돌진했다. 중간에 혹시나 해서 단 한 순간 움찔긴 했지만, 함정 감지도 위기 감지도 조용했다. 안전을 확신한 나는 바로 달려들었다.

"이건 이제 내 거다!"

나는 금화를 모조리 각성창 안에 쓸어 담았다. 사양 같은 걸 할 필요가 있을까? 거리낄 이유가 없다! 나는 카를이고 이 금화는 틀림없이 카를을 위해 예비된 물건이니 이 모든 금화의 정당한 주인은 바로 나다!

"흐힛, 흐힛, 흐히히힛!"

그 작업을 하는 동안 내 입에서는 쉬지 않고 기괴한 웃음소리가 흘러나왔다.

─금화를……. 금화를 그렇게 많이 담으시면 무겁지 않을까요?

"그건 걱정 마. 내가 바로 이 구역의 에잇톤 트럭이라고!"

내 각성창은 용량도 크고 체감 무게 비율도 낮았다. 각성창 안에 8톤까지는 집어넣어도 별문제 없이 움직일 수 있었다.

그래서 특별히 크고 넓은 내 각성창 용량을 아는 사람들 사이에서 따로 붙여진 별명이 에잇톤 트럭이었다. 이것도 별로 좋아하는 별명은 아니었지만 지금은 기껍기 그지없다.

그치! 1톤 포터보단 에잇톤 트럭이 낫지!

─사실 이 보상 방의 금화는 욕심을 너무 부려선 안 된다는 걸 교훈으로 남기기 위한 의도였습니다만…….

"아, 그런 거야? 금화를 너무 많이 들고 가면 몸이 너무 무거워지니까 적당히 챙겨야 한다는 그런 의도? 아하하하핫!"

별로 비웃을 생각은 없었지만 입에선 자동으로 쾌활한 웃음이 나갔다. 솔직히 내가 이럴 만도 하지! 이거 후련하잖아! 대현자를 상대로 계속 엿만 먹다가 이제야 좀 한 방 먹인 느낌이라 통쾌하기까지 하다!!

"라플라스, 이거 전부 얼마야?"

─1,000달란트입니다.

이 질문에 대한 대답은 유료가 아니었던지, 라플라스의 입에선 대답이 바로 튀어나왔다. 달란트는 처음 듣는 단위였지만 상관할 건 아니었다.

"금화 천 개!"

─그렇게도 부르지요. 하지만 좀 다릅니다.

라플라스는 냉정함을 유지한 채 계속 설명했다.

─달란트는 지금은 멸망한 고대 제국의 금화로, 현재 라틀란트 제국에서 통용되는 라틀란트 은화의 100배 정도 가치를 지닙니다. 라틀란트 항구 부두 노동자의 월급이 라틀란트 은화 열 개니, 새 주인님께서는 그 달란트 금화 하나로 10개월을 생활하실 수 있는 셈이 됩니다.

라플라스의 설명을 들으며 나는 속으로 손가락 꼽아가며 잘 안 돌아가는 머리로 계산해 보았다. 부두 노동자의 월급을 아무리 적게 쳐도 백만 원이라 가정하면, 금화 하나의 가치는 천만 원! 그 천 배면?

헉, 100억이다.

100억!

원화로 환산해 보니 현실감이 확 왔다. 동시에 내 입에서 이런 감탄사가 터져 나왔다.

"나는 이제 부자다!"

도망자 신세가 되어 라틀란트의 황자라는 신분을 숨기게 되면 나는 뿌리도 배경도 아무것도 없는 나그네 한 명일 뿐이다. 이런 내가 어디서 뭘 어떻게 살아야 할지 고민이 됐었는데, 미래에 대한 불안을 억지로 잊으려 애를 써야 했었는데.

이제 됐다.

이 금화만 있으면 어딜 가서도 남부럽지 않게 생활할 수 있을 것 같다.

"이야, 내가 다시 태어날 세계를 제대로 골랐네!"

나는 가슴을 치며 외쳤다. 흥분이 가라앉질 않는다. 정말 최고다!

─한창 기뻐하시는 도중에 죄송합니다만, 새 주인님. 말씀 드릴 내용이 있습니다.

"어, 왜?"

─이미 말씀드렸다시피 달란트 금화는 멸망한 고대 제국의 주화입니다.

피가 팍 식는 느낌이다. 나는 순간 찾아온 불안감을 애써 무시한 채 되물었다.

"그, 그게 뭐?"

─화폐로서의 기능은 소실된, 유물에 가까운 물건이라는 뜻입니다.

"그럼 뭐야? 돈으로 못 바꾼다는 소리야? 아니면 예쁜 쓰레 기라는 뜻?"

─아뇨, 오히려 그 반대입니다.

반대? 반대라면 오히려 더 비싸단 소린데……. 그럼 이 불안 감은 대체 뭐지?

─현 라틀란트 제국에서 고대 제국의 유물은 대단히 귀중 한 것으로 취급받습니다. 라틀란트 제국은 고대 제국의 정통 성을 승계했다고 주장하고 있거든요. 따라서 그 달란트 금화 도 본래 가치 이상의 귀중품으로 인정받을 것입니다.

"그렇구나. 역시 좋은 거였어!"

불안감을 무시하고 그저 기뻐하려던 찰나, 라플라스가 내게 찬물을 끼얹었다.

─그래서 말입니다만, 라틀란트 황제를 비롯한 황족들은 다른 사람이 고대 제국의 유물을 소유하는 것을 대단히 싫어합니다.

"…어, 왜?"

─그들은 자신이 고대 제국의 유물을 많이 가지고 있을수록 제국 지배자로서의 정통성이 강력해진다고 생각하기 때문입니다.

나는 잠깐 입을 다물었다. 라플라스의 말이 이해가 안 갔다.

"그게 말이 돼?"

─물론 말이 안 됩니다만. 가끔 인간은 이성적으로 판단한 결과보다 그냥 감정적으로 믿고 싶은 걸 믿는 경향이 있더군요.

인공 요정의 인간님 비판이야 그렇다 치자.

"즉, 뭐야?"

─고대 제국 유물 소유가 정식 법으로 금지된 것은 아닙니다만, 갖고 있다는 것을 들키면 신변이 위험해질 수 있습니다.

온몸의 힘이 쫙 빠졌다.

"보물인 건 맞는데, 위험한 보물이라, 이거군."

―그렇습니다. 처분하실 때에는 유의해 주십시오.

나는 긴 한숨을 내쉬었다.

"부자가 됐다고 생각했었는데……."

물론 나도 황족이다. 내가 바로 라틀란트의 카를 페르디넌트다. 내가 황족이 아니면 누가 황족이겠는가. 그러니 내가 향후 내 카를로서의 혈통을 제대로 활용할 수 있을 때, 고대 제국 유물인 달란트 금화들은 내 정통성을 증명하는 데에 큰 역할을 해줄지도 모른다.

그러나 문제는 내가 정체불명의 적에게 목숨을 위협받는 처지라는 점이다. 이런 내가 아무것도 모른 채 금화를 환전하겠다고 나대다가 무슨 일을 당할지 그림이 싹 그려진다.

적들의 위협으로부터 몸을 지키는 것으로도 모자라고, 그것들을 완전히 압도할 만한 힘과 세력을 갖추지 않는 한 이 금화는 각성창 밖으로 꺼낼 수 없다.

즉, 그림의 떡.

"괜히 좋아했네……."

너무 좋아했다 보니 낙차가 더 크다.

뭐, 그렇다고 금화를 상자에 되돌려 놓을 생각은 없지만 말이다. 사람 일은 모르는 법이니, 나중에 어디에 쓸모가 있을지 모르는 일 아니겠는가?

나는 아쉬움에 괜히 빈 보물 상자를 내려다보았다.

"…어?"

그런데 상자의 밑바닥이 조금 이상하다.

"으음?"

나는 상자를 자세히 살펴보았다. 미세한 위화감은 확실한 것으로 바뀌었다.

"이거, 바닥이 좀 높은데?"

설마 이거 금화가 많아 보이도록 바닥을 높게 깐 건가? 대현자가 그런 치졸한 짓을? 그럴 수도 있겠지. 하지만 아닐 수도 있었다.

상자 밑바닥을 까내는 작업은 별로 어렵지 않았다. 그러나 그 작업의 간단함에 비해, 과실은 달콤했다.

"보석!"

그렇다, 보석이었다. 영롱하고 찬란한 보석들! 하나같이 얼마나 세공이 잘됐는지 보상 방의 은은한 조명으로도 반짝반짝 빛나는 보석의 빛은 내 시선을 빼앗기에 충분했다.

보석에는 문외한이나 다름없는 내가 보기에도 이게 엄청나게 귀중한 물건들이리란 것은 직감적으로 알 수 있었다.

―축하드립니다. 비밀 보상 방의 비밀 보상을 찾아내셨군요.

라플라스의 목소리가 내게는 팡파르처럼 들렸다.

―왼쪽부터 [마정석], [영혼석], [정령석], [암흑석], [광휘석]입니다. 모두 대현자에 의해 가공된 매우 귀중한 소재들이죠.

"응? 그냥 보석이 아냐? 그럼 뭔데?"

―[마정석]은 [마법] 소재로, [영혼석]은 [술법] 소재로, [정령석]은 [정령법] 소재로, [암흑석]은 [흑법] 소재로, [광휘석]은 [성법] 소재로 사용됩니다. 새 주인님께서 이러한 힘을 다룰 의향이 있으시다면 도움이 될 소재들이죠.

[마법], [술법], [정령법], [흑법], [성법]이라……. 다른 건 다 생소하지만 마법만큼은 귀에 딱 들어온다.

지구에서도 마법사로 각성한 놈들이 있었는데, 놈들이 쓰는 마법은 아주 강력했다. 너무 강력해서 너무 부러웠지. 같은 각성자인데도 나와는 그렇게 차이가 나다니……. 억울해서 위가 뒤틀리는 것 같았다.

하지만 지금은 상황이 좀 다르다.

"그런 걸 배우려면 어떻게 해야 하지?"

―보통이라면 좋은 스승을 찾아 가르침을 구하고 오랜 기간 혹독한 수련을 거친 후에 우연한 깨달음이나 기연을 통해 습득하게 됩니다만, 새 주인님께는 그런 게 필요하지는 않습니다.

그럼 내겐 뭐가 필요하지? 나는 그렇게 묻지는 않았다. 답이 뻔했으니까.

루블.

뭐만 물어보면 유료라는 단어를 입에 달고 살긴 하지만, 사실 라플라스야말로 내게 있어 최고의 기연이었다. 어쨌든 대가만 치르면 답을 구할 수 있으니까.

"얼만데?"

따라서 내 질문은 이거였다.

―300루블은 있어야 기초 정도는 쌓을 수 있을 겁니다.

"그렇구나."

이번 유적 탐사로만 나는 200루블을 모았다. 말로는 200루블이지만 따지고 보면 10번이나 죽음의 위기를 넘겼다는 소리다.

300루블을 모으려면 다섯 번만 더 죽음의 위기를 넘기면 되는 건가.

"뭐, 하다 보면 모이겠지."

나는 다른 생각을 하기로 했다.

"그럼 그냥 보석으로서 내다 팔 수는 없는 거야?"

돈 생각.

―이 보석들의 진정한 가치를 알아볼 수 있는 이들은 매우 적습니다. 어지간한 보석상에선 평범한 루비, 사파이어, 진주, 오닉스, 다이아몬드로 팔릴 겁니다. 심하면 가짜 보석 취급을 받을 수도 있고요.

"그렇군……."

팔리긴 팔린단 소린가. 장기적으로 볼 때 아까운 짓일지는 몰라도 당장 사정이 급하게 되면 보석을 그냥 보석상에 넘겨도 된다는 건 나름 심적 위안이 되었다.

뭐, 어차피 당장 쓸 돈은 있다. 정확히는 돈이 아니라 후추나 암염이지만. 일단은 금화도 있고. 엄청나게 급한 일이 생기면 금을 녹여서라도 처분할 수 있으니까.

그렇게 생각을 정리한 후, 나는 보석들을 집어 각성창 안에 챙겨 넣기 시작했다.

보석끼리 부딪히지 않도록 보관하라는 소릴 어디서 들은 것 같아서 하나씩 집어서 담으며 세어보니 보석은 색깔별로 10개씩이었다. 그럼 총 50개인가. 마음이 든든해지는 숫자다.

"자, 이제 유적 탐사는 끝난 것 같은데?"

―던전입니다만.

"아, 아무튼."

나는 [탐사 일지]를 꺼내 들었다. 파라라락 하고 넘겨 보니 이번에는 마지막 페이지까지 일지가 싹 다 기록되어 있었다.

"봐, 다 끝났잖아."

마지막 페이지에 기록된 장면은 내가 상자 밑바닥을 뜯어 비밀 보상을 챙기는 거였다.

"크, 잘했다! 나!"

나는 새삼 나 자신을 칭찬했다. 저걸 발견한 건 순수하게 내 직감 덕이었기에 기쁨은 더욱 컸다.

―이 유적의 탐사 보상을 받으시겠습니까?

―YES / NO

이번에야말로 이 질문에 거리낌 없이 YES라 대답할 수 있겠다.

그런데… 이거 어떻게 대답하는 거지?

"흐음."

잠깐 생각한 나는 손가락으로 YES를 꾹 눌렀다. 그러자 분명 뒤표지와 붙어 있던 일지의 마지막 페이지가 팔락하는 소리와 함께 넘겨졌다. 아무래도 정답을 고른 모양이다.

그렇게 나타난 마지막 페이지의 뒷장에 자동으로 글씨가 새겨지기 시작했다.


―트레저 헌터 김연준의 유적 공략을 정산합니다.

―지금까지 탐사한 유적: 1

―이번 유적에서 발견한 유물 1,051개.


"응? 발견한 유물 1,051개?"

내가 그렇게 유물을 많이 챙겼던가? 나는 순간 고개를 갸웃거렸지만, 답은 금방 나왔다.

"고대 제국의 금화라더니, 금화 하나하나가 전부 유물인 거야?"

―그런 것 같군요.

나랑 같이 [탐사 일지]의 페이지를 보고 있던 라플라스가 추임새를 날렸다.

"하하, 이걸 전화위복이라고 해야 할지."

―그냥 복인 것 같은데요.

"그렇지?"

우리가 그런 대화를 나누고 있는 동안에도 페이지에 글자는 계속 기록되고 있었다.

―이번 유적에서 정산된 탐사 점수: 1,250점.

―총 탐사 점수: 1,250점.

"잉? 1,250점? 금화가 천 개에 보석이 50개, 반지가 하나인데……."

―아무래도 금화나 보석은 1점씩이고, [성장의 반지]는 100점 취급인 것 같네요.

"그 계산법으론 유적 탐사는 100점인가."

―네. 아닐 수도 있지만요.

뭐, 이건 유적을 추가로 탐사해 봐야 감이 잡힐 것 같다.

―탐사 점수를 소모하여 트레저 헌터의 추가 능력을 습득하실 수 있습니다.

―현재 능력: [위기 감지 1], [함정 감지 1].

―추가로 습득 가능한 능력: [위기 감지 2] 200점, [함정 감지 2] 200점, [비밀 감지 1] 500점.

"오! 이게 보상이구나!"

—흥미롭군요.

내가 막연히 그런 능력을 갖고 있다고 생각했던 게 문자로 표시되니 신기한 기분이 든다. 여기에 내 능력을 추가로 강화하고 새로운 능력까지 얻을 수 있다니……. 지금에서야 진짜 트레저 헌터가 되었다는 실감이 들었다.

그건 그렇고, 금화가 점수로 환산되어서 다행이다. 아니, 비밀 보상 방을 찾아낼 수 있어서 다행이라고 해야 하려나?

만약 비밀 보상 방이 없었더라면 받을 수 있었던 탐사 점수는 200점뿐이었을 테고, 그랬다면 셋 중에 무슨 보상을 얻어야 할지 고민 좀 했어야 될 거다.

그러나 금화가 유물로 판정된 덕에 고민할 필요가 없어졌다.

"[위기 감지 2], [함정 감지 2], [비밀 감지 1]을 전부 얻는다."

나는 글자를 꾹꾹 눌러가며 말했다. 이거 제대로 된 건가? 내가 하고도 의구심을 가지게 된 그때, 페이지에 새로운 글자가 새겨졌다.

—[위기 감지 2], [함정 감지 2], [비밀 감지 1]을 습득하셨습니다.
—남은 탐사 점수는 350점입니다. 다음 유적 탐사를 완료한 후 사용하실 수 있습니다.

─수고 많으셨습니다. 이 [탐사 일지]는 20초 후 소멸합니다.

오, 된 모양이네. 나는 괜히 [탐사 일지]를 그냥 손 위에 올려놓았다. 그리고 20초가 지나자, [탐사 일지]는 신기루처럼 사라져 버렸다.

"와!"

나는 짝짝짝 박수를 쳤다. 괜히 뭐 하나 이룬 기분이다. 신병훈련소를 졸업한 기분이랄까? …기분 나쁜 상상을 했군. 잊자.

"자, 그럼 이제 어쩌지? 라플라스, 여기서 나가려면 어떻게 해야 해?"

기분 전환 삼아서 밝은 목소리로 라플라스에게 묻자, 이번 대답은 공짜인지 즉시 돌아왔다.

─왔던 길로 돌아 나가시면 됩니다.

공짜일 만도 했다.

\*       \*       \*

라틀란트의 카를 페르디넌트 황자가 머물던 궁전은 지금 불타고 있었다.

예사 불은 아니었다. 아무리 황위 계승 순위가 낮다고 한들 황자는 황자. 그 황자가 머무는 궁전이다. 화재 예방을 위해 마법이 걸렸고 기껏 붙은 불도 금방 꺼버릴 수 있도록 곳곳에 소화 마법기가 배치되어 있었다.

갑자기 궁전 전체가 마법의 보호를 뚫을 정도로 강력한 불에 휩싸이지 않는 한, 궁전이 전소될 일은 없었다.

그러나 지금 바로 그 일이 일어나고 있었다.

카를의 궁전을 온통 뒤덮은 불길은 하늘을 향해 치솟았다. 그 광경은 마치 거대한 불의 군주가 하늘을 향해 주먹질을 하는 것처럼 보였다.

처음 보는 사람이라면 누구라도 압도당해 말문을 잊을 그 광경을 태연히 바라보는 이가 있었다. 마치 요리 기구에 붙은 불을 바라보듯, 불의 온도가 적당한지 측정하기라도 하듯 불타는 궁전을 바라보던 이는 문득 입을 열었다.

"카를 황자를 습격한 흉적들은 모조리 척살하였는가?"

그 질문에 대한 답은 곧장 이어졌다.

"예, 감히 황자 전하의 궁전을 범하고 불을 놓은 신원 불명의 용병들은 하나도 남기지 않고 그 자리에서 즉시 처형하였습니다."

답이 만족스러웠던 듯, 몇 번 고개를 끄덕인 그는 다시 입을 열어 질문했다.

"…다른 목격자는?"

"카를 전하를 모시던 하인과 시녀들도 황자 전하를 제대로 보필하지 못한 죄를 물어 모두 즉결 처형 하였습니다."

이어진 답에, 그는 기껍게 고개를 끄덕였다.

"잘했네. 혹시 살아남은 자가 있을지 모르니 이 주변은 확실히 봉쇄하게. 그리고 궁전의 불이 꺼진 후 철저히 수색해 생존자를 확보하도록 하게."

"명령대로 따르겠습니다."

"그리고……."

살의와 악의가 담긴 시선을 다시 궁전 쪽으로 보내며, 명령은 이어졌다.

"혹시라도 누군가가 자신을 카를 황자라 주장한다면, 감히 황족을 자칭한 불경죄를 물어 그 자리에서 처형토록 지시해 두도록."

명령을 받은 자는 마치 하늘의 계시라도 받은 듯 경건히 무릎을 꿇으며 이마를 땅에 박았다.

"말씀 받들겠나이다."

\*          \*          \*

─죽음을 극복하셨습니다. 경조사비 계좌에 축의금으로 20루블이 송금되었습니다.

내가 라플라스로부터 이 메시지를 듣게 된 건 던전 비밀 보상 방에 주저앉아 라면을 먹으려고 할 때의 일이었다.

라면. 그렇다. 인스턴트 라면이었다.

봉지에 든 라면을 네 조각 내고 스프를 잘 뿌려 넣은 후 데운 물을 봉지에 부어서 입구를 묶은 후 3분 후 풀어서 먹는 지극히 일반적인 라면이다. 누구는 이걸 뽀글이라고도 부르던데, 라면은 라면인데 라면을 왜 굳이 뽀글이라고 칭하는지는 모르겠다.

…뭐 아무튼.

밤새 죽을 고비를 12번이나 넘긴 나는 배가 고팠다. 졸리기도 했고. 여기저기 멍도 들었고, 긁히기도 했고, 심지어 베인 상처까지 있다.

내게는 적절한 식사와 치료, 그리고 휴식이 필요했다.

그래서 멍든 곳에 빨간 약 바르고 긁힌 곳에 빨간 약 바르고 베인 곳에 빨간 약을 바른 후, 막 물을 데워 라면을 먹으려던 참이었다.

"응? 뭐? 왜?"

이런 상황에서 라플라스가 뜬금없이 목숨을 건졌다고 말해 주니 기쁨보다 어이없음이 더 먼저 찾아왔다.

—주인님께서 용병들의 수색을 피해 궁전 안에 잘 숨어 계셨다면, 지금쯤 전신 화상과 호흡곤란으로 사망하셨을 겁니다.

라플라스의 대답을 들은 나는 몇 초간 입을 다물 수밖에 없었다.

아니, 라플라스의 대답이 무료라서 놀란 게 아니다.

"…놈들이 궁전에 불을 놓았군."

놈들의 대범한 짓에 놀란 탓이다.

—새 주인님께선 이해가 빠르시군요.

"어휴, 진짜."

살아남았다는 희열보다는 답답함 쪽이 컸다.

궁전에 불을 놓다니. 이게 상징하는 바는 꽤 컸다.

침대에 바위가 떨어지는 건 그래도 사고사 축이고, 독이나 질병, 저주도 적어도 제3자의 눈에 크게 띄진 않는다. 용병들은… 카를을 처치하도록 시키고 나서 다 죽여서 입막음을 한다면 그럭저럭 수습이 될 것이다.

그러나 궁전 전체가 활활 타오르는 건 단순히 눈으로 보기에도 일이 꽤 커 보인다. 보는 사람도 많을 것이고, 그만큼 없었던 일로 하기도 어렵다.

그것도 황족, 황자가 머무는 궁전을 불태우다니. 이건 황권에의 도전이라고도 볼 수 있는 행위다. 잘못하면 대역죄 취급을 받을 수도 있다는 소리다.

참고로 이건 내 생각이 아니라 카를이 지니고 있던 기억으로 알게 된 사실이다. 특별한 교육도 받지 못한 12살짜리 어린애도 아는 사실을 적들이 모를 리 없다.

그럼에도 불구하고 이런 일을 아무렇지도 않게 저지르는 적이라니…….

놈들의 세력은 대체 얼마나 강대한 걸까?

"넘어야 할 산이 태산이로군."

나는 한숨을 푹 내쉬었다. 내 한숨에 라면의 김이 훅 날렸다.

"어쿠, 이거 불겠다. 얼른 먹어야지."

나는 재빨리 라면을 먹기 시작했다.

라면은 벌써 좀 불어 있었다. 그 탓인지 평소보다 좀 덜 맛있는 것처럼 느껴지기도 했다. 하지만 본질적으로는 맛있다. 결국 불평을 삼킨 채 나는 정신없이 라면을 집어삼키기 시작했다.

─그거 맛있는 겁니까?

내가 먹는 걸 지켜보고 있었던 건지, 라플라스가 흥미로운 듯 질문을 던졌다.

"응."

나는 먹기 바빴기 때문에 단답형으로 대충 대꾸하고 계속해서 라면을 먹기 시작했다. 면이 좀 불었느니 뭐니 불평을 늘어놓았지만 역시 라면의 본체는 국물이다. 따뜻한 국물이 몸에 스며드는 듯했다.

"후아……."

마지막 국물을 마시고 기분 좋은 한숨을 길게 내쉬자, 라플라스가 감상을 말했다.

─맛있게 드시는군요.

"그야……. 맛있으니까."

혹시 먹어보고 싶은 거려나? 하지만 목걸이에 라면을 먹이는 법 따위는 모른다.

아, 그리고 보니 라플라스는 이 라면이라는 음식에 대해 모를 가능성 쪽이 더 높았다. 그야 그렇다. 내가 먹고 있는 라면은 각성창으로 공수해 온 지구제 음식이다.

그러니 궁금할 만도 하다. 대현자의 지식과 경험을 이어받은 녀석은 어지간한 걸로는 새롭다는 느낌도 못 받을 텐데, 라면은 분명 새로운 것일 테니까.

"밀가루로 만든 반죽을 길게 뽑아내서 기름에 튀긴 음식이야."

─알겠습니다.

그런데 반응이 의외로 밋밋했다. 이게 뭔지 궁금했던 게 아니었나? 어쩌면 비슷한 음식이 이 세계에도 존재할지도 모르는 일이다. 그렇다고 이걸 물어보는 것도 내가 착각했음을 스스로 고백하는 것 같아서 꺼려졌다.

그래서 그냥 입 다물고 있으려니, 라플라스 쪽에서 의외의 질문이 날아들었다.

─이제부터 어떻게 하실 건가요?

그것은 지금의 내겐 꽤 무거운 질문처럼 느껴졌다. 라플라스도 그걸 알면서 한 질문일 가능성이 낮다고는 안 보이는데. 그럼 라면 이야기를 꺼낸 건 분위기를 완화시키기 위한 수단이었을까? 모를 일이다. 묻지도 않을 것이고.

"일단 살아남아야지."

그보다 나는 던져진 질문에 답부터 하기로 했다.

다른 사람 몸으로나마 되살아났는데 또 죽을 순 없다. 나는 생존에의 강렬한 의지를 보였다. 그러나 라플라스가 원한 답은 이게 아니었는지, 녀석의 질문이 또 이어졌다.

―그다음에는요?

"그다음? 그다음은 당연히……."

나는 여러 가지를 생각했다.

힘을 얻어서 강해지겠다, 돈을 많이 벌어서 부자가 되겠다, 권력을 얻어서 큰소리치고 살겠다.

사람이 가진 기본적이고 기초적인 욕망들이 내 뇌리를 스치고 지나갔지만, 내 가슴을 뜨겁게 달군 건 결국 한이었다.

카를에게도 한은 있을 테지만, 나는 나 스스로를 김연준이라 인식하고 있고 지구의 포터로서 지낸 세월이 훨씬 더 길다.

결국 내가 품은 한이란 김연준의 한이라 해도 좋다.

"라플라스, 이 세계에 나와 같은 트레저 헌터가 또 있어?"

―그런 정보는 사실 유료입니다만, 이제껏 제가 보인 반응으로 갈음할 수 있겠군요.

라플라스에겐 대현자의 지식과 경험이 저장되어 있다. 그런 이 녀석이 내 [탐사 일지]를 보고 신기하다고 했다.

"없다는 말이군."

―제게서 확실한 대답을 들으시려면 1루블을 지불하셔야 합니다.

"그렇다면 결정했어."

나는 자리에서 일어나며 선언했다.

"내가 이 세계 최초이자 최고의 트레저 헌터가 되겠다."

김연준의 한이란 건 바로 그거였다. 각성했음에도 각성한 것처럼 살지 못한 것. 너무 늦게 태어났고, 너무 늦게 각성한 바람에 유적 하나 탐사 못 하고 평생을 짐꾼으로 산 것.

그러나 아직 탐사할 유적이 남아 있고 사냥할 보물이 남아 있는 이 세계에선 지구에서의 한을 풀고 김연준의 꿈을 이루는 것이 가능하다.

트레저 헌터로서 성장할 수 있는 길이 열려 있다!

그걸 깨닫자, 새삼 가슴이 벅차오른다. 눈시울이 붉어진다.

이 순간, 나는 내 인생의 목적을 확정했다.

―…다행입니다.

입을 꾹 다물고 있던 라플라스가 마침내 입을 열었다.

―그거라면 제가 도움이 될 것 같네요.

"…그러냐."

하긴 그럴 것이다. 이 세계의 모두를 안다고 공언할 정도인 대현자의 지식과 경험을 지닌 라플라스라면 틀림없이 내 도움이 되고도 남겠지.

"새삼스럽지만, 앞으로 잘 부탁해. 라플라스."

─제가 드릴 말씀입니다, 새 주인님.

라플라스가 말했다.

─새 주인님께서 이번 생의 목표를 이루실 수 있도록, 이 라플라스가 성심성의를 다해 보필하겠습니다. 앞으로 잘 부탁드립니다!

실로 든든한 인사였다.

＊　　　＊　　　＊

"와."

각성창에서 꺼낸 지구제의 하얀 약 두 알을 복용한 후 자고 일어난 나는 베이고 긁힌 상처에 벌써 딱지가 진 걸 보고 감탄했다.

"확실히 상처가 빨리 나아."

물론 이건 약 기운 때문이 아니다. 군대에서 보급 나오는 의약품이 좋으면 얼마나 좋겠는가?

"어리다는 게 좋긴 좋네."

열두 살의 어린 육체에 장점은 거의 없지만, 적어도 회복력만큼은 발군인 것 같았다.

아니, 어려서 좋은 점은 그뿐만이 아니었다.

성인일 때보다 잠도 푹 잘 자고, 밥을 덜 먹어도 배가 금방찬다.

하룻밤 사이에 죽을 고비를 여러 번 넘겨서 악몽이라도 꾸는 거 아닐까 걱정했었는데 웬걸, 꿈 하나 안 꾸고 죽은 것처럼 잤다.

라면 한 봉지에 배가 꽉 차는 포만감도 기분 좋다. 항상 위장 절반만 채우고 살았던 지구의 내가 불쌍할 정도로 행복하다.

"에라이!"

고작 배 꽉 찬 거 가지고 행복해하다니! 그것도 두 끼 연속으로 라면으로 배 채우고!

그치만 라면이 너무 맛있잖아! 이거 왜 이렇게 맛있지? 이것도 어려서 그런 건가? 확실히 어린애들이 면류를 좋아하던데.

아니, 따지고 보면 이것도 현실도피다.

고개를 흔들어 정신을 깨운 나는 침낭 말기도 귀찮아 그냥 그대로 각성창에 들어 넣고 바닥에 깔았던 방수 시트도 조심히 개어 집어넣었다.

방수 시트는 이 세계 기술로 만들 수 있을지 없을지도 모르니 찢어지지 않게 조심해야 한다. 뭐, 그냥 지구에서 조심히 접던 버릇이 남은 거기도 하고. 지구에서도 재보급이 잘 안 나오는 보급품이니.

물을 다 쓴 수통과 물을 데우느라 쓴 코펠과 고체연료까지 각성창에 정리한 나는 기지개를 켰다. 관절이 부드러워 그런지 우드득거리는 소리도 안 난다. 앞으로도 잘 때는 가급적

어린이 상태로 자야지. 나는 새삼 마음을 굳혔다.

　—지진 경보입니다.

　하는 김에 국민체조로 팔다리 관절까지 다 풀고 있는데, 라플라스가 뜬금없이 입을 열었다.

　"…뭐?"

　—24시간 안에 해당 지역에 지진이 일어날 가능성이 높으니 대피하시기 바랍니다.

　그렇구나. 지진이 오는구나. 나는 잠깐 멍하니 생각하다 어떤 의문을 떠올렸다.

　"이건 무료야?"

　—네. 예상치 못한 재난으로 인해 목숨을 잃으면 그것만큼 허무한 일이 없으니까요. 천재지변으로 인한 위기는 다른 질문이나 키워드 없이도 미리 경고해 드리도록 설정되어 있습니다.

　"24시간 안이라니, 언제?"

　—그 질문에 대한 대답은 유료입니다.

　아, 자세한 타이밍은 유료구나. 하긴 무료로 미리 경고해 주는 것만도 고맙다. 대현자답지 않은 마음 씀씀이다.

　아무튼 지진이 온다는데 이런 유적에 처박혀 있을 수는 없다. 매우 높은 확률로 지반이 무너져 내릴 테고, 그럼 지하에 있는 거나 다름없는 이 유적도 파손될 위험이 있었다. 갇혀 죽고 싶지 않으면 당장 빠져나가는 게 현명한 판단이겠지.

그렇게 생각하며 나는 재빨리 주변 정리를 시작했다. 뭐, 이미 챙길 건 다 챙겨놨으니 정리할 것도 없었지만. 자, 그럼 이제 나가볼까? 내가 그렇게 마음을 먹은 타이밍이었다.

—해일 경보입니다.

라플라스가 경보 하나를 더 얹었다. 하긴 생각해 보니 여긴 해안가다. 해안가에 지진이 터지면 지진해일도 몰려오게 마련이지. 항상 그런 건 아니겠지만, 이번엔 그런가 보다.

"알았다. 서둘러야겠군."

진짜로 죽고 싶지 않으면 서둘러야 할 상황이다. 나는 비밀 보상 방을 빠져나왔다.

비밀 통로를 빠져나오는 것에 1분도 채 쓰지 않았다. 비밀 통로를 완전히 빠져나와 거울 문을 닫으니, 어젯밤에 새로 얻은 비밀 감지가 발동하는 건지 거울 쪽에 위화감이 강하게 느껴졌다.

"이런 식으로 작동하는 거로군. 좋았어."

새로 얻은 능력을 써먹어보는 것에 성공한 나는 새삼 뿌듯해하며 다시 달리기 시작했다.

"그런데 이제 여기를 다시 통과해야 하는 거지?"

나는 내가 이미 한 번 돌파했던, 함정이 가득한 통로로 나왔다.

그런데 표현을 좀 고쳐야 할 것 같았다.

"뭐야, 여기 있던 함정들 다 어디 갔어?"

'함정이 가득한'을 '함정이 가득했던'으로.

내가 건드려서 발동되어 있던 함정들의 모습이 깨끗하게 사라져 있었고, 심지어 바닥이 무너지는 함정마저도 그런 일이 없었던 것처럼 평범한 바닥의 모습으로 돌아와 있었다.

함정이 초기화된 거냐면 그렇지는 않다. 이번에 새로 업그레이드된 내 트레저 헌터 능력, 함정 감지 2로도 함정의 존재를 발견할 수는 없었으니까.

─완전히 공략한 던전의 함정은 비활성화됩니다.

"뭐? 무슨 원리로?"

무너진 바닥조차 복원해 버렸으니, 이건 뭐 거의 물리법칙을 무시한 급이다. 내가 모르는 어떤 기술이 적용된 걸까? 아니면 마법?

내 질문에 대한 라플라스의 대답은 단호했다.

─그 질문에 대한 대답은 유료입니다.

"알았다, 알았어."

기대도 안 했다.

어쨌든 돌아 나오면서 다시 함정을 공략할 필요는 사라졌으니 나로선 다행이다.

나는 아무 방해 없이 통로를 뛰어 나갔다. 거치적거리는 게 없으니 유적을 빠져나오는 것 자체는 아주 쉬운 일이었다.

오히려 통로 밖으로 빠져나온 뒤가 문제였다.

철썩!

유적 깊숙한 곳에 들어와 있을 때는 들리지 않았던 파도 소리가 나를 반겼다. 햇살이 반짝이며 포말이 하얗게 부서지는 모습이 인상적이다.

"그러고 보니 여기 해안 절벽이었지."

살려면 다시 절벽을 기어 올라가야 한다는 현실 앞에, 나는 좌절할 것만 같았다. 마음 같아선 바다로 뛰어들고 싶은 비주얼이다. 하지만 해일 경보가 떨어진 마당에 그런 자살행위를 할 순 없지.

"안 되겠다. 라플라스! 생존에 가장 유리한 루트를 알려줘."

─1루블입니다.

가능하면 300루블 모을 때까지 루블을 쓰고 싶지 않았지만, 먼저 살아야 힘도 얻을 것 아닌가. 그냥 냅다 절벽을 기어 오르다 도중에 힘이 풀려서 떨어져 죽는다거나 하는 결말을 맞고 싶진 않았다.

"지불한다."

─알겠습니다. 1루블이 차감되었습니다. 이제 남은 새 주인님의 경조사비는 219루블입니다.

나는 라플라스가 알려주는 루트를 통해 절벽을 오르기 시작했다.

가장 빠른 루트도 아니고 가장 쉬운 루트도 아니지만 괜히 '가장 생존에 유리한 루트'가 아닌지라, 라플라스는 중간 중간에 팔을 내리고 쉴 수 있는 곳도 섞여 있고 좀 어렵긴 해도 내

현재 신체 능력으로 못 오를 것도 없는 곳으로만 나를 인도해 주었다.

그 덕에 나는 각오했던 것보다는 수월하게 절벽을 오를 수 있었다.

"허억, 허억, 어휴."

물론 각오했던 것보다 수월할 뿐, 힘들지 않았던 건 아니지만 말이다.

"이 몸은, 허억. 운동 좀, 허억. 해야겠군, 후우!"

[성장의 반지]로 얻은 어른의 몸은 내가 기대했던 것보다 조금 더 나약했다. 하긴 귀족 도련님에서 귀족 애송이가 된 것뿐이니 기대한 내가 잘못이긴 했지만, 아무리 그래도 그렇지.

─죽음을 극복하셨습니다. 경조사비 계좌에 축의금으로 20루블이 송금되었습니다.

"오. 이건 뭐야?"

─절벽을 오르다 체력이 다해 떨어져 돌아가신 전 주인님께서 보내신 축의금입니다.

"굳이 복잡하게 말하지 마."

어린 카를은 여기서도 몇 번 죽었던 모양이군. 혹시나가 역시나였다.

나는 쓴웃음을 흘리며 몸을 일으켰다.

"어휴, 허억, 허억."

이대로 퍼질러 누워 쉬고 싶은 기분이지만 여기서 쉴 순 없다.

"절벽을 다 올랐는데도 지진과 해일 분량의 축의금이 안 들어왔다는 건, 아직 지진과 해일의 영향이 미치는 곳을 완전히 벗어나지는 못했단 뜻이겠지?"

—그렇습니다.

내 혼잣말에 라플라스가 뜻밖에도 순순히 대답했다.

"뭐야, 유료 아니야?"

—이미 지불하셨으니까요.

"아, 아직 내비가 끝난 게 아니로군."

—내비가 뭔가요?

내비를 모르나? 아, 모를 만도 하지. 지구산 단어니까. 하지만 지금 당장 내비가 뭔지 설명하고 싶지는 않았다. 무엇보다 시간이 없다.

"여길 빠져나가면 알려주도록 하지. 그보다 얼른 가자. 난 살아야겠어."

지친 몸을 억지로 움직이며, 나는 라플라스를 재촉했다.

제3장
—
주인공이 힘을 얻음

  지금 내가 있는 장소는 궁전에 비해 지대가 좀 낮은 대신 수풀과 나무로 뒤덮여 있어 몸을 숨길 곳이 많았다.

  나는 최대한 기척을 숨긴 채 조심스럽게 앞으로 나아갔다. 신체가 단련되지 않긴 했지만 정찰병 시절의 경험이 어디 간 건 아니다.

  ―여기예요. 저 바위 뒤.

  "아, 저기까지?"

  라플라스가 지정한 곳에 적당한 크기의 바위가 보였다. 나는 포복으로 기어 바위 쪽으로 갔다. 그리고 슬쩍 바위 뒤를 보니, 라플라스의 말대로 병사 둘이 시퍼런 칼을 빼어 든 채

경계 중인 모습이 보였다.

자신들의 모습도 다른 곳에서 잘 보이지 않을 거고, 그렇다고 주변에 다른 상급자가 있는 것도 아님에도 임무에 충실한 모습을 보니 틀림없이 잘 훈련받은 정예병이다.

저 둘을 상대해야 하는 나에게는 안 좋은 신호다.

궁전 주변은 완전히 봉쇄되어 있고, 경계를 맡은 병사들은 보이는 생존자를 모조리 죽이라는 명령을 받은 상태다. 그 생존자가 설령 어린 카를 황자여도 예외는 아니다. 봉쇄망을 돌파하지 못한다면 내 목숨은 없다.

그나마 내가 온 이 지점이 가장 방비가 엷은 곳으로, 바다에 가까워 파도 소리에 어지간한 소음은 묻히고 짙은 수풀로 시야가 가려져 저 둘만 죽이면 봉쇄망을 돌파할 수 있을 거라고 라플라스가 말했다.

다만 만약 빠른 시간 내에 놈들을 제압하지 못한다면 둘 중 하나가 도망쳐 지원군을 불러오거나 교대하러 온 병력이 전투에 합류할 수 있기 때문에 되도록이면 둘을 거의 동시에 빠르게 처치할 필요가 있다.

평범한 12살 어린애는 물론, 평범한 스무 살 청년에게도 불가능한 일이다.


"여기서 저 두 놈을 저격하라고?"

—네. 새 주인님께서 말씀해 주신 K—2의 제원대로라면 가

능할 겁니다.

그러나 다행히 내게는 총이 있다. 어린애의 몸으로는 견착조차 힘들지만, 유적에서 구해 온 [성장의 반지]로 어른 모습을 취하면 되니 문제없다.

나는 여기 오기 전에 미리 소음기를 달아두고 장전까지 완료한 K—2 소총을 각성창에서 꺼내 들었다.

"좋아, 그럼 시작하자고."

나는 포복을 하느라 거칠어진 호흡을 가다듬고 적들이 동시에 등을 보이는 타이밍을 틈타 방아쇠를 당겼다.

타타탕! 타타탕!

탄약을 아끼고 싶은 마음은 굴뚝같지만 확실하게 적을 처치하기 위해 미리 조정간을 점사로 둔 탓에 세 번 연속의 총성이 두 번 울렸다. 적들이 피를 뿌리며 풀썩 쓰러지는 모습이 보였다. 됐다, 성공이다.

"으, 씨. K—2 소음기는 너무 구려."

아무리 소음기를 꼈다지만 총성을 완전히 지우지는 못했다. 이런 걸 정찰병한테 보급하다니. 하긴 지구군의 보급 상황을 고려하면 일반 병사에게 소음기를 준 것 자체를 고마워해야 하나.

만약의 상황에 대비해 바위 뒤에 숨어 상황을 지켜봤지만, 라플라스가 말한 대로 파도 소리에 지워지고 수풀에 가려진 덕인지 지원 병력이 오거나 하는 불상사는 빚어지지 않았다.

"좋아, 간다."

심호흡을 한 번 한 후, 나는 바위에서 뛰쳐나갔다.

바로 쓰러진 경계병 쪽으로 다가가니, 으, 으, 하는 신음 소리가 들렸다. 아직 살아 있다. 병사들이 갑옷도 입고 있었고, 나도 확실하게 해결하기 위해 동체 사격을 행한 탓인지 즉사시키진 못했나 보다.

나는 놈들이 내 얼굴을 보지 못하도록 발 쪽부터 접근해서, 개머리판으로 두 놈의 뒷목을 미친듯 후려쳤다.

아무리 카를이 훈련받지 못한 민간인 수준의 근력을 가졌더라도 딴에는 성인 남성이다. 물론 이것도 [성장의 반지] 덕이지만. 아무튼 내 공격을 피하려고 꿈틀거리던 병사들의 움직임도 얼마 지나지 않아 조용해졌다.

"헉, 허억, 후, 후우……."

─죽음을 극복하셨습니다. 경조사비 계좌에 축의금으로 20루블이 송금되었습니다.

숨을 고르고 있는 새, 라플라스의 청아한 목소리가 머릿속에 기분 좋게 울려 퍼졌다.

이놈들의 제압에 실패했다면 내가 죽었겠지. 카를은 이놈들한테 이미 몇 번 죽었을 테고. 그러니 축의금이 들어오는 거다.

─이걸로 이제 30분은 안전합니다.

그 말은 바꿔 말하면 30분 후에는 위험해진다는 소리다. 서둘러야 한다.

"두 놈인데 왜 20루블이야."

그래도 따질 건 따져야지.

내 툴툴거림에 라플라스는 할 말이 없는지 조용했다.

그래, 네가 무슨 힘이 있겠냐. 대현자가 정한 걸 테니 그러려니 해야지.

단념한 나는 시선을 기절한 두 놈 쪽으로 돌렸다.

나는 병사들의 옷을 벗겼다. 어려운 일은 아니었다. 멱살을 잡듯이 옷을 잡고 각성창 안에 집어넣으면 되는 일이니.

벗기다 보니 자연히 병사들의 무장에 대해 알게 되었다. 겉옷 아래에 사슬 갑옷을 받쳐 입고, 그 안에는 얇은 가죽 갑옷, 마지막으로 땀을 흡수하기 위한 천 옷까지 입었다.

내가 사격한 건 등 부분이라 직접적인 관계는 없었지만, 가슴 부분에는 얇게나마 철판 갑옷까지 입고 있었다.

더운데 이렇게 입고 다니느라 고생이 많았다는 생각이 먼저 들기는커녕, 이렇게 몇 겹씩 껴입고 있으니 총을 맞아도 안 죽지, 라는 생각이 먼저 들었다.

어쨌든 나는 전투에서 승리했고, 전리품을 챙길 권리가 있다. 병사들의 갑옷은 물론이고 투구에 칼과 방패, 쌈지까지 챙겼다.

땀을 듬뿍 머금은 속옷에는 손도 대기 싫었기에 그냥 남겨두었다. 덥긴 더웠구먼.

그렇게 거의 알몸이 된 두 병사를 수풀 속에 낑낑대며 던져

넣었다. 만약 다음 교대 병력이 오더라도 이들의 시체를 찾느라 몇 분 정도는 소모할 것이다. 상황 파악과 보고에 걸리는 시간은 더 많이 걸릴 거고. 그런 의미에서 볼 때는 감수할 만한 수고였다.

"어휴, 힘들어."

ㅡ저, 새 주인님.

라플라스가 뒤늦게 나를 불렀다.

ㅡ혹시 각성창에 사람 시체 들어갑니까?

"응, 들어가."

나는 생각 없이 답했다.

ㅡ그렇다면 그냥 저 시체들은 각성창에 보관하는 게 더 나을지도 모르겠습니다만…….

"……."

그러고 보니 그렇네? 내가 왜 굳이 땀 뻘뻘 흘려가면서 시체를 옮겨다 집어던졌지?

물론 그냥 아무 생각 없이, 라플라스가 그러라고 해서 그런 거긴 했다. 하지만 나는 나의 생각 없음을 인정하고 싶지 않았다.

"그냥 더 나은 거지? 안 그래도 내가 죽거나 그러는 건 아니지?"

ㅡ그건 그렇습니다. 각성창을 갖고 계시지 않았던 대현자님께서도 생존에 성공하셨으니.

"그럼 됐어. 난 내 각성창에 시체를 넣고 싶지 않아."

—아, 그건 그러시겠군요. 제 배려가 부족했습니다.

좋아, 잘 둘러댄 것 같다.

아니, 이러고 있을 때가 아니다.

그냥 자리에 주저앉아 쉬고 싶었지만 나는 피로한 몸을 채찍질하며 일으켰다. 지금은 전리품을 확인하고 있을 시간도, 늘어져 쉬고 있을 시간도 없다.

—저쪽입니다.

식은땀으로 범벅이 된 몸을 억지로 이끌고, 나는 계속 라플라스의 인도에 따라 이동했다.

마음은 조용하게 가고 싶은데, 긴장 탓인지 그냥 체력을 다 쓴 건지 호흡이 흐트러져 헉헉거리는 소리가 절로 났다.

흔적이 남지 않도록 주의하고 있긴 한데, 몸 상태가 이래서야 내가 제대로 하고 있는지 나 스스로도 의문이 들었다.

그렇다고 뒤돌아가 흔적을 지울 여유 따윈 없었다. 그런 짓을 하다가 교대 병력과 마주치면 본말전도니까. 나는 카를의 육체 능력을 탓하며 앞으로 나아가는 것에 집중했다.

그렇게 얼마나 움직였을까, 슬슬 머릿속이 멍해질 타이밍에 라플라스가 입을 열었다.

—죽음을 극복하셨습니다. 경조사비 계좌에 축의금으로 20루블이 송금되었습니다.

응? 이건 또 뭐야. 내가 굳이 단내가 나는 입을 열기도 전에, 라플라스가 먼저 그 이유에 대해 설명해 주었다.

─30분이 지났습니다.

"아, 시간이 질질 끌렸다가 교대하러 온 병력에게 죽을 타이밍이군."

─그렇습니다.

적절하고 신속한 이동으로 그 죽음을 겪을 가능성을 삭제한 덕에 축의금이 입금된 거라 받아들이면 타당하겠지.

당장 루블을 번 건 좋다고 할 수 있지만 장기적으론 별로 기뻐할 만한 일이 아니었다. 30분이 지났으면 교대 병력이 도착했다는 소리고, 어쩌면 그들이 총에 맞아 기절한 병사들을 발견했을 수도 있다는 뜻도 된다.

조심한다고 하긴 했는데, 어쩌면 내가 남겼을지도 모르는 흔적을 찾아 적들이 추격해 올 가능성은 충분히 있었다.

젠장.

더 서둘러야겠다는 생각에, 나는 지쳐 젖은 솜처럼 무거워진 발걸음을 낑낑대며 옮겼다.

이거 내일은 근육통이다. 확실하다.

\*　　　　　\*　　　　　\*

라플라스가 인도한 목적지는 숨을 곳 하나 없는 탁 트인 언덕 위였다. 그나마 계절이 여름이라 풀이 자란 게 다행이지.

나는 투덜거리며 포복 이동을 시작했다. 그 탓에 험하게 구른 일이 없을 게 뻔한 카를의 육체에는 여기저기 멍이 들었다. 나중에 여유가 생기면 빨간 약을 발라야지. 여유가 생기면!

—다 왔습니다. 수고하셨습니다.

"헉, 헉, 헉……."

라플라스의 말에 나는 비로소 움직임을 멈추고 그 자리에 늘어져 땅바닥에 이마를 박았다.

아, 죽겠다. 이러다 진짜 죽겠다. 살려고 하는 짓인데 이러다 죽겠다니, 아이러니도 이런 아이러니가 없다.

그런 생각을 하며 내가 혼자 헛웃음을 터뜨리고 있던 때였다.

쿠르르르릉.

지면이 울리기 시작했다. 진동이 땅에 깔고 누운 배로 느껴졌다.

라플라스가 경고했던 지진이 드디어 찾아오기 시작한 거다.

"어, 어!"

여기가 언덕 위라 시야 확보 하나는 잘됐다. 물론 그만큼 나도 들키기 쉽다는 소리지만, 나는 순간적으로 그 사실마저 잊고 소릴 지르고 말았다.

그럴 만도 했다.

저 멀리 시야 한 끝에 자리 잡고 있던 카를의 궁전이 무너져 내리고 있었다.

아니, 이 표현은 정확하지 않다. 궁전은 이미 불타 무너져 내린 뒤니까.

그러나 그 불탄 흔적조차 하나도 남기지 않고 꿀꺽 삼켜 버릴 기세로, 궁전이 있던 그 일대가 모조리 무너져 내려 바다 쪽으로 침몰하고 있었다.

나는 내가 생각했던 것보다 멀리 왔던 모양이다. 개미처럼 보인다는 건 조금 과장이지만, 손가락만 하니 보이는 병사들이 별 저항도 못 하고 무력하게 불타 버린 궁전과 함께 바다 속으로 휘말리는 것이 여기서도 보였다.

하기야 저 위대하고 두려운 자연의 힘 앞에 누가 감히 저항 따윌 할 수 있겠는가. 나라도 저 자리에 있었다면 팔다리를 허우적거리며 휘말려 죽어나가는 수밖에 없었으리라.

쿠르르르릉, 쿠르르르릉.

이 와중에도 지축은 계속 흔들리고 있었다.

그래, 사실 나도 별 차이가 없다. 그저 무너지는 지반에 휘말리지 않았을 뿐, 자리에서 일어나 앉을 수조차 없는 건 마찬가지다.

그렇게 하염없이 자연의 힘에 희롱당하고 있을 때, 라플라스의 목소리가 들렸다.

―죽음을 극복하셨습니다. 경조사비 계좌에 축의금으로 20루

블이 송금되었습니다.

이번엔 굳이 설명을 안 들어도 사인을 알겠다.

"…유적에 남아 있다 압사당한 카를의 몫인가."

─그렇습니다. 이걸로 299루블을 모으셨습니다.

이제는 죽음의 위기를 단 한 번만 더 넘기면 319루블이 모여서 [마법]을 비롯한 특별한 힘, 대현자의 유산을 그 일부나마 물려받을 수 있게 된다.

그런 기대로 마음이 벅차오르려던 순간.

"……!"

내 눈에 섬뜩한 광경이 들어왔다.

바다가 저 멀리 물러나 있었다.

그러고 보니 오늘 이동하는 내내 철썩거리며 시끄럽게 굴던 파도 소리가 어느새 잠잠해졌다 싶더니, 궁전 주변 해변의 바닥이 드러날 정도로 썰물이 빠져 있었다.

만약 내가 라플라스로부터 해일 경보를 듣지 않았다면, 아직 어린 카를의 지식을 바탕으로 좀 특이한 썰물이겠지, 하고 생각했을지도 모르겠다.

그러나 나는 해일 경보를 들었고, 지진해일의 무서움에 대해서도 알고 있었다. 그러니 저 장면이 섬뜩하게 보일 수밖에 없었다.

저것은 그렇다. 높게 들어 올린 해머와 같다.

이윽고 마침내, 해머가 떨어졌다.

파도라고 부르기엔 지나치게 막대한 질량과 부피의 폭력이 삽시간에 해변을 휩쓸었다. 절벽이던 곳은 이미 지진으로 인해 지반이 무너진 상태였고, 무지막지한 바닷물이 이미 깨진 지반을 한 번 더 두들겨 부쉈다.

　그렇게 거칠 것이 없어지자 바다는 주저 없이 땅으로의 침공을 개시했다. 본래 땅의 영역이었던 곳을 침략하고 파괴하고 약탈하며 빠르게 진군하고 있었다.

　지옥의 불길보다 물이 무서우리라고 생각한 적은 없었다. 살면서 이번이 처음이다. 아니, 사실 저것을 물이라 부를 수나 있는지 의문이다. 땅으로부터 약탈해 온 흙과 모래, 자갈, 바위, 그 모든 것을 머금은 저것은 물이라 하기엔 지나치게 파괴적이고 폭압적이었다.

　저 군세에 살짝 휩쓸리는 것만으로도 인간의 연약한 살결은 삽시간에 찢어발겨져 그 형체조차 알아볼 수 없게 되리란 것을 보자마자 깨달을 수 있었다.

　다행히 공세의 종말점이 찾아온 모양이다. 바다의 진군은 천천히 느려지기 시작했다. 내려쳐진 해머는 다시 원래의 높이로 올라오지는 못했다.

　그렇다고 방심할 때는 아니었다. 처음보다 훨씬 낮고 약해진 기세긴 했지만 바다의 세력은 아직까지 침략을 계속하고 있었다.

　내가 아무리 방심하지 말자고 마음을 먹어도, 실제로는 완전히 방심한 상태였다. 결코 항거하지 못할 거대한 폭력 앞에서 인간은 뱀 앞의 쥐처럼 굳어버리는 것 같았다.

그렇게 반쯤 정신을 놓고 물과 토사가 짓쳐들어오는 꼴을 바라보고 있노라니, 어느새 바다의 세력이 내가 있던 언덕 주변을 전부 점령해 놓은 상태였다.

어느새 나는 작은 섬에 고립된 것처럼 되었다.

반대로 말하자면, 이 작은 언덕에 도달하지 못했더라면 저 토사에 휘말린 채 죽어 나자빠졌을 가능성이 매우 높았다는 뜻이기도 했다.

…소름이 확 돋네.

바로 그때, 라플라스의 청아한 목소리가 들렸다.

─죽음을 극복하셨습니다. 경조사비 계좌에 축의금으로 20루블이 송금되었습니다.

이 놀랍고도 끔찍한 광경에 멍해져 있던 나와 달리, 라플라스의 목소리는 평소와 조금도 다름이 없었다.

하긴 라플라스는 이미 수없이 봐왔던 일일 테니까. 심지어 카를의 육체와 함께 지반에 깔린 적도, 바다에 빠져 버린 적도 많을 거다. 그러니 놀랄 거 하나 없겠지.

─이제 여기서 물이 빠질 때까지 대기하시다가 이동하시면 됩니다. 이것으로 생존 루트의 안내를 종료합니다.

나는 순간적으로 라플라스의 말을 이해하지 못한 채 멍하니 있다가, 끝내 깨달아 중얼거렸다.

"아, 이걸로 끝난 건가."

—네, 그렇습니다.

안도의 한숨이 길게 새어 나왔다. 그럼에도 살아남았다는 자각은 영 들질 않았다. 가슴은 아직도 불안하게 뛰고 있었고, 꽉 쥐고 있던 손에는 땀과 흙이 섞여 만들어진 진흙이 잡혀 있었다. 등은 식은땀으로 흠뻑 젖어 있었다.

"…카를은 이 해일 앞에서 대체 어떻게 살아남은 거지?"

—우연이었습니다.

대답은 의외였다. 무료인 것도 의외지만, 그 내용도 의외였다.

"우연?"

—네, 전 주인님께선 저 해일에 휩쓸리고도 우연히 살아남으셨습니다. 굳이 확률로 따지자면 0.01% 정도밖에 되지 않을 우연이겠지만요.

"아니, 그게 말이 돼?"

—가능성이 아무리 미약하더라도 시행 횟수만 무한하다면 100%나 마찬가지입니다.

끔찍한 소리였다.

—물론 그 뒤에는 제게 해일 경보를 듣고 미리 대피하시는 방법을 선택하셨지만요.

괜히 대현자가 라플라스로 하여금 무료로 경고를 하도록

만들어놓은 게 아닌 것 같았다. 자기도 당해봤으니 삶이 쉬우면 재미없느니 어쨌느니 하는 기존의 재수 없는 방침을 잠시 꺾어놓았던 걸 테지.

하기야 저건 쉽다 어렵다의 영역이 아니다. 0.01%라면 가능성의 영역이라 하기에도 낯부끄럽다. 퍼센티지로 말하니 잘 와닿지 않지만, 한 번 살아남기 위해 만 번 죽으라고 들으면 누구라도 차라리 그냥 죽이라고 할 터였다.

내가 이 세계에 와서 처음으로 대현자에 대한 연민을 느끼고 있을 때였다.

―그래서 내비가 대체 뭔가요?

갑자기 라플라스가 내게 뜬금없는 질문을 했다.

아니, 뜬금없지는 않나. 생존하고 나면 라플라스에게 내비가 뭔지 알려주겠다고 하긴 했었다.

"잊어버렸을 줄 알았는데 기억하고 있었군."

라플라스 이 녀석, 의외로 호기심이 왕성하다.

―네.

짧은 대답일 뿐인데도 어째 재촉처럼 들린다.

뭐, 말해주는 게 어려운 일은 아니지. 굳이 숨길 것도 아니고.

그래서 나는 녀석에게 순순히 답을 말해주었다.

"내비는 내비게이션의 줄임말이야."

―항해술이요?

"어……. 내비게이션이 항해술이야?"

나도 몰랐는데! 다소 당황하면서도 나는 라플라스에게 내가 알고 있는 지구의 내비게이션에 대해 설명했다. 내 설명을 들은 라플라스는 납득한 듯 말했다.

—흥미롭군요. 아마도 지구라는 세계의 역사가 단어의 뜻도 그렇게 바꿔 버린 거겠죠.

"그런데 넌 내비게이션이 항해술이란 건 어떻게 알았어?"

—그 질문에 대한 대답은 유료입니다.

"그렇구나."

예상한 대답이었다. 어차피 엄청나게 궁금해서 물어본 건 아니기도 했고.

—지금 주인님의 계좌에는 319루블이 있습니다.

라플라스가 마치 화제를 돌리기라도 하듯 내 잔액을 갑자기 가르쳐 주었다.

"어, 응……. 그러네."

꽤 벌었다. 유적에서 나와 여기까지 오는 데에만 100루블을 번 셈이니, 다섯 번이나 사선을 넘어왔다는 뜻이기도 했다.

아니, 이런 생각 말고 좋은 생각을 하자.

"아, 그럼 드디어 마법 배울 수 있는 거야?"

유적의 비밀 보상 방에서 보석들을 얻었을 때, 라플라스가 그런 이야기를 했었다. 300루블만 모으면 마법을 비롯한 능력을 배울 수 있다고 말이다.

─마법을 배우고 싶으신 건가요?

그런데 기대에 찬 내 물음에 라플라스는 다소 놀란 것 같은 목소리로 내게 되물었다.

"아니, 마법을 비롯한 여러 힘 말이지."

라플라스의 되물음에 묘한 불길함을 느낀 나는 뒤로 한 발 뺐다. 어쩌면 마법이 이 세계에서는 그다지 좋지만은 않은 힘일지도 모른다는 생각에 한 판단이었다.

─다행이로군요.

"아니, 왜?"

진심으로 안도하는 라플라스의 목소리에 나는 살짝 실망하며 되물었다. 그 물음에 대한 대답은 무료이긴 했으나 의외이기도 했다.

─마법은 비쌉니다.

"아, 300루블로는 못 배우는 거야?"

─그렇지는 않지만, 300루블로 배울 수 있는 건 마법의 기본 중에서도 일부에 불과합니다. 사실상 당장 쓸 수 있는 능력은 없이 기초만 다지는 수준이라 할 수 있습니다.

라플라스의 말을 들은 나는 기겁했다.

당장 목숨의 위협을 받고 있는 지금 내 상황상, 내게는 지금 당장 써먹을 수 있는 힘이 필요하다. 그런데 300루블이라는 거금을 쓰고도 당장 활용할 수 있는 능력도 못 얻는다?

이건 아니지.

─그리고 마법의 경우에는 경지가 올라갈수록 그 위력이 폭발적으로 증가하는데, 이걸 반대로 말하면 초기에는 투자 비용에 비해 효율성이 떨어지는 면이 있다고도 할 수 있으니까요.

"그렇군. 마법은 대기만성형인가."

말이 대기만성이지, 이 판이면 그릇을 완성하지도 못하고 도중에 깨먹을 판이다.

따라서 나는 마법에 대한 미련을 접었다.

"그럼 대신 뭘 배워야 잘 배웠다는 소릴 듣지?"

─제가 추천드려도 될까요?

솔직히 유료라는 대답을 예상했었는데, 공짜로 추천해 준다니 고개를 안 끄덕일 수가 없다.

─지금 상황에서는 두 가지를 추천드릴 수 있겠네요. [정령법]과 [성법]이 바로 그것입니다.

두 가지나 추천해 주다니. 당연하지만 둘 다 배울 순 없다. 하나를 골라야겠지. 선택을 위해선 정보가 필요하다. 따라서 나는 곧장 질문을 던졌다.

"어째서지?"

─하나씩 설명드리죠.

오, 추천하는 이유에 대해서도 공짜로 들을 수 있는 모양이다. 모처럼이다, 나는 경청하기 위해 자세를 바로잡았다.

─먼저 [정령법]은 다른 힘을 얻지 않은 깨끗한 상태에서 익

히는 것이 좋기 때문입니다. 기회비용적인 의미에서 볼 때도 가장 먼저 배우는 게 효율적이라고 할 수 있습니다. 마법과 달리 당장 도움이 되지 않는 것도 아니기 때문에 손해 보지 않는 선택이 되실 겁니다.

—[성법]은 당장 새 주인님께 큰 도움을 드릴 수 있을 힘이라는 점에서 추천드릴 수 있겠습니다. 단순히 생존의 문제로 볼 때, [성법]을 익히셨을 때 전 주인님의 생존률이 가장 높았습니다. 다만 [성법]을 먼저 익히시면 향후 [마법]과 [흑법]을 익히시는 것에 장해가 따를 겁니다.

손해 보지 않는 선택이냐, 미래의 선택지를 꺾는 대신 당장 효과를 보느냐의 차이가 있었다. 고민이 좀 될 법한 문제였기에, 나는 좀 고민해 보기로 했다.

"두 힘에 대해서 좀 자세히 설명해 줄 수 있어?"

—그 질문에 대한 자세한 대답은 유료입니다. 대략적으로밖에 설명드릴 수 없습니다.

그나마 대략적인 설명이 무료라 다행이다.

"좋아, 그럼 대략적으로."

내 대답을 들은 라플라스는 설명을 시작했다.

—[정령법]은 [정령]을 다루는 힘입니다. 처음으로 얻은 정령에 따라 성격이 달라지긴 합니다만, 기본적으로는 가장 활용의 폭이 넓고 다양한 용도로 쓸 수 있는 힘입니다. 원래대로라면 진입 장벽이 높은 힘입니다만, 새 주인님께선 [정령석]을

얻으셨으니 문제가 안 됩니다.

―[성법]은 [신성력]을 다루는 힘입니다. 치유, 보호, 축복 등의 다양한 활용법이 있습니다만, 지금 당장 새 주인님께 도움이 될 성력의 기능은 신체 강화일 겁니다. 물론 크고 작은 생채기를 스스로 치유할 수 있다는 것도 강점이죠.

듣고 보니 더욱 고민이 된다.

확실히 지금 당장 도움이 될 건 [성법] 쪽이다. 지금의 나는 적을 공격하기보다는 적으로부터 몸을 보호하고 도망쳐 살아남는 것이 목적이니 말이다. 그리고 나는 살아남을 때마다 루블을 얻을 수 있으니, 생존의 메리트는 더욱 크다.

그러나 이상하게 [정령법]에 마음이 끌렸다.

딱히 어떤 근거가 있는 건 아니고 단순한 감이었다. 게다가 내 감은 꽤 잘 맞는 편이었다. 항상 그렇긴 했지만, 지구의 내가 죽은 마지막 전투 직전에는 유독 탈영하고 싶은 느낌이 강하게 들었었다. …이걸 감이라고 할 수 있느냐에 대해선 뭐 넘어가 두고.

"나는 [정령법]을 선택하겠어."

나는 그냥 내 감을 믿기로 했다. 따라서 딱히 근거는 없다.

다행히 라플라스는 내게 선택의 이유를 묻지 않았다.

―알겠습니다. 300루블이 차감되었습니다. 이제 남은 새 주인님의 경조사비는 19루블입니다.

거의 전 재산이 갑자기 확 날아가니 마음이 허했지만, 이러려고 번 루블이다. 쓸 때는 써야지.

─새 주인님께 300루블 가치의 [정령법]에 관한 기초 지식과 재능을 다운로드하겠습니다.

"잉? 다운로드? 억······!"

갑자기 눈앞이 엄청나게 어지러워졌다. 배 깔고 누워 있어서 다행이지, 아니었다면 그 자리에서 쓰러져 나뒹굴었을지도 모르겠다. 얼마간 이마를 땅에 박고 어지러움을 견디고 있다가, 정신을 차렸을 때 나는 [정령법]에 대해 내가 알고 있다는 사실을 자각했다.

"이게 다운로드야?"

─그렇습니다.

"어지러워 죽는 줄 알았는데."

나는 투덜거렸다. 그 투덜거림에 대한 라플라스의 반응은 다음과 같았다.

─사람은 어지럼증으로 죽지 않습니다.

"···나도 알아."

내가 조금 삐친 것처럼 말했더니, 라플라스는 나를 위로하듯 이렇게 이어 말했다.

─익숙해지시면 어지러움이 덜하실 겁니다.

익숙해질 것 같지가 않은 어지러움이었는데······.

─어지러운 것이 싫으시다면 수면 중에 다운로드를 받으시는 것을 추천드립니다.

"그걸 미리 말해······."

하지만 아마도 미리 이 정보를 들었어도 나는 그냥 다운로드를 받았을 것이다. 얼마나 어지러운지 말만 들어서는 모를 테니. 안 봐도 뻔하다.

"아무튼 알았어."

이제부터 뭘 어떻게 해야 하는지 나는 이미 알고 있다. 300루블과 어지럼증을 대가로 치르고 알게 된 지식이었다.

일단 각성창에서 [정령석] 하나를 꺼내 들었다. 그리고 손가락으로 땅바닥에 작은 원을 그리고 원의 중앙에 [정령석]을 놓았다. 마지막으로 원을 그린 손가락 끝을 칼로 찔러서······.

"앗, 따거!"

내 피 한 방울을 [정령석] 위에 떨어뜨린다.

이래도 되나 싶을 정도로 간단한 절차였지만, 이것도 [정령석]이 있기에 다른 잡스러운 절차를 생략할 수 있는 거였다. 아니었다면 며칠에 걸쳐 몸을 깨끗이 하고 희귀하고 비싼 재료를 들여 이거보다 훨씬 복잡한 절차를 밟아야 했을 거다.

—이미 알고 계시겠지만, 첫 정령은 술자와 가장 상성이 좋은 정령이 찾아옵니다.

라플라스의 말이 맞다. 처음부터 내가 원하는 특정 정령을 노려서 소환할 수는 없다. 어떤 정령이 찾아올지는 대현자의 지식을 가진 라플라스조차 모른다.

그러니 이것도 일종의 뽑기인 셈이다.

"운이 좋은 편은 아닌데 말이지."

나는 긴장한 채 원 안을 지켜보았다.

[정령석]에 떨어진 핏방울이 자취를 감추더니, 다음에는 [정령석] 그 자체가 처음부터 없었던 것처럼 사라져 버렸다.

그 대신 붉은색의 불꽃이 원 안에 나타났다. 마치 불꽃놀이에 쓰는 화약을 태운 것 같은 불꽃이었다. 이윽고 타닥거리며 타오르던 불꽃이 조금씩 커지더니, 펑 하는 폭발음과 동시에 자욱한 연기가 원 안을 가득 채웠다.

연기가 흩어지자 그제야 마침내 정령의 실체를 확인할 수 있게 되었다.

"끼릭, 끼릭."

그것은 기묘한 소릴 내는 금속질의 원통형 몸을 지닌 작은 벌레처럼 보였다. 그러나 벌레라 하기엔 다리가 하나도 없었고 호흡이나 식사 등의 생존을 위한 기관도 보이지 않았다.

"이게 정령인가."

나는 그렇게 중얼거렸다. 그러나 라플라스는 나의 혼잣말을 듣고 뜻밖의 대답을 했다.

―…아뇨.

"응? 아니야?"

―이, 이런 정령은 본 적도 없어요. 어떤 정령인지도 모르겠어요!

라플라스는 경악하며 부들부들 떨기 시작했다. 아니, 비유

같은 게 아니라 진짜로 목걸이가 떨리고 있었다.

―제게는 분명 대현자의 지식이, 경험이 남아 있는데…….
이럴 수가! 내가 모르는 정령이 존재하다니! 아니야, 이건 정령
이……! 정령이 아니에요!!

"정령이… 아니라고?"

나는 원 안에 나타난 정체불명의 생명체, 아니, 생명체조차
아닌 기묘한 존재를 지긋이 바라보았다. 라플라스는 분명 본
적도 없다고 말했지만, 내겐 이상하게 눈에 익어 보였다. 이렇
게 생긴 걸 분명 어디서 봤는데…….

"아."

기억났다.

나는 다소 충동적으로 각성창에서 K―2를 꺼내 들었다. 익
숙하게 K―2를 분해하고, 그 안의 노리쇠뭉치를 꺼내 들었다.
그 노리쇠뭉치를 원 안의 정령 같은 존재 옆에 두고 비교해 보
았다.

"똑같네."

원 안의 존재는 이 노리쇠뭉치와 꼭 닮아 있었다.

…아니, 왜? 어째서?

이런 의문을 오래 생각하고 있을 틈은 없었다.

"끼릭, 끼릭!"

내가 꺼내 든 K―2의 노리쇠뭉치를 본 원 안의 존재가 갑자
기 흥분하며 내게 달려들었기 때문이었다.

아니, 정확히는 내가 든 K—2를 향해 달려들었다.

그러고는 마치 자기 자리를 찾아서 앉듯 총의 노리쇠뭉치가 있어야 할 자리에 착 하고 들어가 앉았다. 그러자 K—2는 내가 뭘 하지도 않았는데 차자자작하며 자동으로 조립되어 원래 총의 모습으로 돌아왔다.

"⋯⋯."

—⋯⋯.

의외의 상황에 나는 아무 말도 못 했고, 라플라스도 마찬가지인 것 같았다. 그저 내 왼손에 헐겁게 들린 노리쇠뭉치만이 찰각찰각 소리를 내고 있을 따름이었다.


\*　　　　\*　　　　\*


"예언자님께서 예언하신 대로 모든 것이 이뤄졌습니다."

남자는 감격에 차 말했다.

"정말로 예언의 그날, 땅이 크게 울려 악업의 궁전이 무너져 내렸습니다. 그리고 제 인생에서 본 가장 큰 파도가 몰려와 모든 것을 깨끗이 정화했습니다. 그것은 제가 여태껏 살아오면서 본 것 중 가장 장엄한 광경이었습니다."

남자의 나이는 적어 보이지 않았다. 희끗희끗한 머리칼과 눈가의 주름이 그가 겪어온 세월을 말해주었다.

그에 비해 남자의 표정은 마치 태어나서 처음으로 사탕을 맛본 어린애와도 같았다. 크게 뜬 눈은 반짝반짝 빛나고 있었고, 입가에는 웃음이 매달려 있었다. 그러한 외모와 표정의 간극은 보는 이로 하여금 기이한 불쾌감을 느끼게 했다.

일견 순진하게도 보이는 남자의 정체는 라틀란트 제국의 대장군이었다.

제국 전체를 통틀어 여섯 밖에 없는 존재이자, 동시에 강력한 무인이기도 했다. 단순히 무력뿐만이 아니라 권력도 갖췄으며, 정치군인으로서도 노회한 자였다. 자신의 군대를 징집한 권한과 함께 직접적인 명령권까지 갖춘 자리를 아무나 맡을 수 있을 리 만무했다.

라틀란트 제국은 모든 면에 있어서 완벽하다고 평가한 자에게만 대장군 자리를 내어준다. 여기서 '완벽'이라는 단어에는 능력만이 포함되지는 않는다.

나라를 위한 광기 어린 충성심을 증명하지 않는 이에게 어떻게 단 한 순간에 나라를 위협하는 군벌이 되어버릴 수도 있는 자리를 넘겨주겠는가?

완벽한 능력, 완벽한 커리어, 그리고 완벽한 충성심까지 증명해야 비로소 대장군이라는, 무인으로서 도달할 수 있는 지고의 자리에 앉을 수 있다.

그런데 제국이 그렇게 '완벽하다'라고 평가한 남자가 지금 여자 앞에서 보이고 있는 모습은 결코 제국이 원하는 모습은 아니었다.

주름진 얼굴을 환희와 감격으로 가득 채운 남자에 비해, 그의 보고를 듣는 여자의 표정은 그리 밝지 않았다.

"…그렇군요."

여자는 아름다웠다.

보기에 여자는 10대 중반의 싱그럽다 못해 풋풋해 보이는 얼굴이었으나 그 얼굴에서 단 하나, 그 눈동자만큼은 달라보였다. 마치 노인의 현명함을 담은 것과도 같은 그 눈빛을 정면으로 마주한 자는 결코 이 여자를 쉬이 대할 수 없음을 직감하게 될 것이다.

얇은 숄로 감은 목과 어깨는 얇아 그 선을 선명히 드러내고 있으나, 가슴은 마치 살집 있는 여성과도 같았다. 허리는 반대로 바짝 조여져 코르셋을 입지 않았음에도 인위적으로 조인 것 같았고, 다리는 살집 없이 길쭉하게 뻗어 보기에 좋았다.

그러나 키는 크지 않았다. 기껏해야 그 머리가 일반적인 성인 남성의 어깨에나 미칠까 말까 한 신장은 보는 이로 하여금 여자가 더욱 여리고 연약하게 보이도록 했다.

하나하나 뜯어보면 여자의 모든 부분이 아름다웠으나, 이 아름다움은 한 사람에게 집중되어 나타날 수 없는 종류의 것이었다.

풋풋함과 원숙함, 마른 모습과 살집 있는 모습, 건강미와 병약함. 이 모순적인 요소들을 한데 결합시켜 놓은 모습은 마치 누군가가 자신의 망상을 인위적으로 조형해 놓은 것 같은 모습이라 평할 수 있었다.

그럼에도 여자를 보는 거의 대부분의 남자는 여자의 외견에 대해 이렇게 평할 것이다.

지독히도 아름답다, 고.

"그렇다면 그자는 죽었겠군요."

여자의 눈동자에서 격랑이 휘몰아쳤다. 외견을 보고 받을 첫인상과는 대조적일 수밖에 없는 표독스러운 모습이었으나 남자는 그런 여자의 변모에 익숙한 듯 조금도 당황하지 않았다. 오히려 조금 들뜬 기색으로 자랑이라도 하듯 이렇게 말했다.

"불의 징벌과 땅의 격노, 물의 정화까지 당했습니다. 사람이라면 살아 있을 도리가 없습니다."

"…확실한가요?"

사뭇 낮아진 여자의 목소리에 남자는 멈칫했다. 그리고 남자는 아까보다 훨씬 진지한 목소리로 상세한 사정을 말하기 시작했다.

"시녀들은 놈이 확실히 죽었다고 증언했습니다. 놈은 독에 중독되어 있었고, 병에도 걸려 있었으며, 저주까지 당한 상태라 모든 삶의 기력을 잃었다고 말했습니다. 골골대며 침대 위에 널브러진 채, 떨어진 바위에 깔려 그 자리에서 즉사했다고 말입니다."

남자의 목소리는 처음에는 조용했으나, 그 스스로도 알지 못하는 새 남자의 목소리에는 기이한 열기가 깃들기 시작했다.

"용병들에게서는 궁전에서 아무도 도망친 흔적을 발견하지 못했다는 보고를 받았습니다. 궁전 안을 샅샅이 뒤졌습니다만, 그 누구도 나간 흔적이 없습니다. 물론 용병들 자신들도 그러합니다. 그들은 불타는 궁전에 갇혀 시녀들과 함께 불타 죽었습니다."

남자의 눈에 광기가 일렁였다. 그 시선이 감히 여자를 향하지는 않았으나, 여자는 남자를 사로잡은 광기의 정체를 알고 있었다.

"병사들도 봉쇄한 지역에서 아무도 통과시키지 않았습니다. 그들은 제대로 훈련받은 정병답게 마지막까지 임무를 완수했습니다. 지진이 와도 자리를 지켜 무너지는 지반과 함께 바다에 떨어져 죽는 임무 말입니다. 그 뒤에 몰려온 해일이 그들의 목숨을 완전히 거둬갔을 겁니다."

남자가 보고를 마치고 입을 다물자 침묵이 그 자리를 대신 채웠다. 숨소리조차 없었다.

"…그렇군요. 그렇군요……."

여자는 탄식하듯 말했다. 그리고 실제로 탄식했다. 긴 한숨 끝에, 여자는 결연한 목소리로 남자에게 고했다.

"그렇다면 이 일을 아는 사람은 오직 그대만이 남았겠군요."

"그렇습니다, 예언자님."

남자는 세상에 이보다 더 영광된 일이 없다는 듯 여자의 말에 답했다. 여자는 한동안 입을 다물었다.

침묵을 깬 것은 남자 쪽이었다.

"예언을 아는 자가 예언을 틀리게 만든다. 예언이 무오하려면, 예언을 아는 자는 오직 예언자뿐이어야 한다. 기억하고 있습니다."

남자는 스르렁, 섬뜩한 소리와 함께 칼을 뽑아 들어 있었다. 칼날은 아주 날카롭게 잘 갈려 있었다. 세상 그 누구의 목숨이라도 끊어낼 수 있을 것처럼.

"모든 것은 확실해야 합니다. 변수를 남겨둬서는 안 됩니다."

남자가 든 칼끝은 남자 자신을 향했다.

"황제 폐하를 위하여, 위대한 제국을 위하여, …예언의 실현을 위하여!"

남자는 결연한 목소리로 외치고, 자신의 검으로 스스로의 목을 쳤다. 망설임은 없었다.

남자의 목이 떨어져 바닥에 나뒹굴었다. 그 끔찍한 모습에, 여자는 눈살을 찌푸렸다.

남자의 목과 남겨진 동체를 외면하고, 여자는 뒤돌아섰다.

"미안해요, 미안해요, 미안해요."

예언자라 불린 여자는 세 번 사과했다.

"하지만 저는 이런 식으로밖에 살 수 없어요. 왜냐하면… 저는 예언자니까. 틀린 예언에는 아무런 가치가 없으니까. …틀린 예언을 하는 예언자에겐 아무런 가치가 없으니까."

여자의 눈빛에 날카로움이 깃들었다.

"저는… 다시는 무가치한 존재가 되고 싶지 않아요."

그 말을 남기고, 여자는 머물고 있던 집을 나섰다.

얼마 후, 집은 불타기 시작했다.

불길은 삽시간에 커져, 집 안에 있던 모든 것을 집어삼켜 재로 만들어 버렸다.

집 안에 누가 있었는지, 무슨 일이 있었는지.

아는 이는 아무도 없었다.


*       *       *


[정령법]이란 이 세계의 존재가 아닌 정령을 이 세계로 불러내 붙들어놓고 그 힘을 행사하는 법을 가리킨다. 그리고 정령법을 쓰는 사람을 정령사라고 칭한다.

정령을 이 세계에 붙들어놓는 힘이 정령력이다. 이 정령력이란 게 뭔지 처음에는 몰랐는데, 실제로 정령을 불러내 놓고 쓰다 보니 금방 알게 되었다. 나한테서 뭔가가 빠져나가고 그만큼 정령과의 연결이 강화되니 모를 수가 없었다.

이 세계에 소환된 정령은 자신의 힘이 아닌 정령사의 정령력을 소모해 이 세계에 현상을 투사한다. 어떤 현상을 투사하는지는 그 정령에 어떤 정령인가에 따라 다르다.

일반적으로 정령력이 강할수록 더 많은 정령을 불러내 붙들어놓을 수 있고 더 강력한 힘을 행사할 수 있게 된다. 물론 수준이 오를수록 다른 요소도 크게 작용하게 되지만, 단순히 생각하자면 그렇다는 이야기다.

따라서 정령사의 수준을 판별하는 기준은 얼마나 많은 수의 정령을 동시에 불러낼 수 있느냐에 따른다.

"나는 아직 하나의 정령밖에 꺼내놓지 못하니, 1령급 정령사인 셈이지?"

─아니에요!

라플라스가 갑자기 외쳤다.

"뭐야, 기껏 배운 내용 복습하고 있는데. 아니긴 뭐가 아니야?"

─정령이라는 건… 이런 게 아니에요!

라플라스는 분노를 터뜨리고 말았다. 알고 지낸 지 만 하루도 채 지나지 않았지만, 처음 보는 모습이었기에 꽤 신선했다.

"뭐……. 사실 정령이든 아니든 상관없지. 나는 아주 마음에 들어."

마음에 안 들 이유가 없었다.

나는 K─2를 들어 견착했다. 그리고 탄창도 결합하지 않은 채 조정간을 자동으로 놓고 방아쇠를 당겼다.

투타타타타!

그러자 탄을 장전하지 않았음에도 불구하고 총구에서 연속적으로 총탄이 뿜어져 나갔다. 표적 대신으로 삼은 나무의 줄기가 빠른 속도로, 그리고 연속적으로 파이는 것이 보였다.

나무줄기에 다가가서 확인해 보았더니, 파인 곳에 총탄의 모습은 없었다. 당연하다. 애초에 삽탄을 하지 않았으니까.

그럼에도 이 정도의 위력이라니.

"아주 훌륭해!"

나는 만족해서 외쳤다.

비록 내 정령력이 빠른 속도로 줄긴 했지만, 그리고 탄창을 결합했을 때에 비해 위력이 떨어지긴 했지만 탄약도 없이 총을 쏠 수 있다는 장점은 모든 것을 압도하고도 남는다.

지구에서는 탄약 보급에 한계가 있어서 사격훈련도 여러 번 거르고 그랬는데, 잔탄 신경 쓸 일이 없으니 양껏 쏴도 상관없어서 아주 좋았다.

그런데 장점은 이것뿐만이 아니었다.

나는 내 자의적으로 총탄의 위력을 조절할 수 있게 되었다. 소위 말헤 총을 살살 쏠 수 있게 됐다는 소리다. 물론 반대로 세게도 쏠 수 있게 되었음은 굳이 말할 필요도 없다. 방법은 간단하다. 정령력을 얼마나 밀어 넣고 사격을 행하느냐에 따라 달렸다.

이뿐만이 아니다. 탄창을 결합한 후 실탄사격을 행하면 일반 K-2의 나토탄 사격보다 훨씬 강력한 사격이 가능해진다.

아무래도 정령이 위력을 더해주는 모양이었다.

"이게 끝이 아니지!"

나는 선 자리에서 K—2를 분해해 보았다.

"끼릭?"

총기 내부를 확인하기 위해 K—2를 분해해 보자 노리쇠뭉치 자리에 자리 잡은 끼릭이가 무슨 일이냐는 듯 끼릭거렸다.

아, 끼릭이란 건 내가 K—2의 정령에게 붙여준 이름이다. 끼릭끼릭 하니까 끼릭이. 단순하지만 알기 쉬운 데다 귀엽기까지 한 좋은 이름이다.

—정령 아니라니까요…….

분노하다 못해 허탈해하기 시작한 라플라스의 말은 들은 척 만 척하고, 나는 끼릭이에게 한 번 씨익 웃어주곤 총구를 확인해 보았다.

벌써 실탄사격을 6번이나 했고, 이후 정령력을 쓴 연사를 했음에도 불구하고 K—2의 총구는 아주 깨끗했다. 심지어 내가 귀찮아서 대충 닦았던 가스 마개의 찌든 때도 깔끔히 닦여 마치 새 총 같았다.

이게 다 끼릭이 덕이다. 사격 후에는 꼬박꼬박 총기 손질을 해줘야 전투력이 유지되는데, 끼릭이는 나를 이 귀찮기 짝이 없는 작업으로부터 면제시켜 주었다.

기특하기 짝이 없다!

"정말 잘했어! 끼릭아. 앞으로도 잘 부탁한다."

"끼릭!"

알겠다는 듯 끼릭거리는 끼릭이의 모습이 아주 그냥 귀여워
죽겠다.

─정령사는… 이런 거……. 아닌데…….

만족하는 나와 달리 라플라스는 풀이 죽어 뭐라고 중얼거
렸다.

＊　　　＊　　　＊

끼릭이의 성능도 확인할 겸 한나절가량 사격훈련을 하고 있
을 때의 일이었다.

─알았습니다.

줄곧 침묵하고 있던 라플라스가 갑자기 입을 열었다.

"응? 뭘?"

나는 사격을 멈추고 라플라스에게 되물었다. 마침 정령력
도 다 써가던 참이다. 고갈된 정령력은 쉬고 있으면 다시 차오
르니, 훈련을 멈추고 휴식하기에 딱 좋은 타이밍이긴 했다.

─납득했습니다.

"그러니까, 뭘?"

아까부터 라플라스가 뜬금없는 소리만 하니 나로선 답답
할 뿐이었다. 다행히 녀석은 곧 답을 말해주었다.

─새 주인님의 첫 정령… 에 대한 겁니다.

말끝 늘어지는 거 보니까 아직 납득 못 한 거 같은데.

…뭐 아무럼 어때.

내가 거의 하루 종일 사격훈련에 매진했음에도 불구하고, 라플라스는 한 마디도 입을 열지 않은 채였다.

내 훈련을 방해하지 않기 위해서라고 생각했었는데, 그게 아니라 이제껏 생각에 빠져 있었던 모양이었다.

"어떻게 납득했는데?"

내가 묻자, 라플라스는 내가 묻길 기다렸다는 듯 설명을 시작했다.

─정령법이 아직 정령술이라 불리고 있었을 때, 학문적으로 정립되지 못했고 체계화되지도 않았을 때. 옛 정령사들은 자신들이 세계의 원소를 다룬다고 말했습니다.

어째 라플라스의 말이 길어질 것 같아 나는 아예 K─2의 총구를 내리고 자리에 앉았다.

내가 그러든 말든 라플라스의 설명은 이어졌다.

─그러나 그것은 틀린 말입니다. 불이나 물, 땅, 바람이 세계를 구성하는 기초적인 원소가 아니라는 사실은 현대에 이르러선 이미 잘 알려진 일반지식이니까요.

─그렇다면 정령이란 무엇인가. 이 논제에 대해 대현자 카를 페르디넌트께서는 이렇게 말씀하셨습니다.

─정령이란 정령사의 세계를 구성하는 원소로 구성된 존재, 라고요.

그 말을 듣고 나는 고개를 갸웃거렸다.

"응? 그거랑 저거랑 뭐가 달라?"

─말하자면 객관적으로 보는 세계와 주관적으로 보는 세계의 차이라고 할 수 있습니다.

─객관적인 세계는 모두가 같은 것을 보고 듣고 목격하지만, 주관적인 세계에서는 모두가 같은 것을 본다고 할 수는 없습니다.

─겁에 질린 어린이에게는 바람에 흔들리는 억새풀이 괴물처럼 보이지만, 다른 사람들이 보기에는 그냥 억새풀인 것을 좋은 예로 들 수 있겠습니다.

아, 그건 나도 경험한 적이 있다. 정찰을 나간 신병이 비명까지 질러대게 만든 괴물의 정체가 사실 뭉쳐져 굴러다니는 회전초 더미였던 건 강렬한 경험이었다.

동양인 출신이 북미 지역에 처음 오면 놀랄 만도 한 광경이지. 암.

…내 이야기는 아니다.

진짜다.

내가 이해한 것처럼 보이자, 잠시 입을 다물고 있던 라플라스는 다시 설명을 재개했다.

─하지만 그렇다고 주관적인 세계의 중요도가 내려가는 것은 아닙니다.

─객관화는 많은 타자들의 의견을 취합한 후에나 가능한

것이니, 결국 객관적인 세계란 본질적으로 다른 사람의 세계일 수밖에 없으니까요.

─무엇보다 정령사 본인이 보는 세계가 주관적인 세계입니다. 절대로 중요하지 않다고 할 수가 없죠.

슬슬 이해하기가 어려워졌기에, 나는 그냥 이해할 수 없는 부분은 이해하지 않기로 하고 대충 알아들을 수 있는 대로 들어먹기로 했다.

"그러니까 사람들은 자기가 본 걸 본대로 믿는다는 거야?"

─약간 다릅니다만, 이 경우엔 그 말씀이 본질을 꿰뚫는군요.

대충 말한 건데 본질을 꿰뚫는다니, 어째 머쓱한 기분이 들었다. 그냥 아무 말이나 하다가 얻어걸린 건데.

─초기에 '정령술'을 쓰던 정령사들은 자신들이 세계의 원소를 불러낸다고 믿어 의심치 않았습니다.

─그래서 전통적인 정령들, 불이나 물, 바람, 땅의 정령을 불러냈었죠.

─그들에겐 그게 세계의 본질이었으니까요.

─세계의 원소가 그런 걸로 이뤄지지 않았다는 것이 논증된 뒤에도 정령술을 수련하는 정령사들이 불러내는 정령에 변화는 없었습니다.

─그들은 논리나 지식보다는 자신들의 경험을 신뢰해, 여전히 전통적인 방식으로 수련하기 때문입니다.

그 말에 나는 바로 떠오르는 단어가 있었다.

"꼰대였다는 소리군."

그런 내 혼잣말에 대한 라플라스의 반응은 의외의 것이었다.

―꼰대가 뭐죠?

"…미안. 설명이나 계속해 줘."

어느새 해가 뉘엿뉘엿 넘어가고 있었다. 슬슬 잠자리를 마련해야 할 때다. 나는 각성창에서 A형 텐트를 꺼내 설치하기 시작했다. 비가 올 것 같지는 않으니 배수로는 안 파도 되겠지. 이건 그나마 다행이다.

내가 작업하는 중에도 라플라스의 설명은 당연하듯 이어지고 있었다.

―전 주인님, 카를 대현자님도 정령법을 스승으로부터 사사받으셨습니다. 따라서 대현자님도 정령법에서만큼은 스승의 세계를 물려받은 셈이 되죠.

―하지만 새 주인님은 이 모든 과정을 300루블로 스킵하셨습니다. 누구의 세계도 물려받지 않은 채, 자신의 세계를 가진 채로 정령법을 전수받으신 건 현재 이 세계에서 오직 새 주인님 단 한 분뿐일 겁니다.

―더욱이 새 주인님은 본래 이 세계 출신이 아니시기까지 합니다.

―그 결과가… 이겁니다.

"이거?"

라면을 끓이기 위해 고체연료에 불을 붙이려던 손을 멈추고, 나는 되물었다.

―끼럭이… 말입니다.

라플라스는 끼럭이라는 이름이 부담스러운 듯했다. 아니, 어쩌면 말로는 납득했다고는 하지만 마음속으로는 여전히 저항감을 느끼고 있는 건지도 모르겠다.

―만약 새 주인님께서 정상적인 방법으로 [정령법]을 수련하셨다면 그 수련한 방법에 맞춰 첫 정령이 현현했을 겁니다. 그러나 새 주인님은 그렇지 않았죠. 따라서 전혀 타자화되지 않은, 주인님만의 세계에서 정령을 불러내게 된 겁니다.

―끼럭이는 새 주인님의 세계를 구성하는 아주 중요한 요소였을 겁니다. 물이나 불, 바람이나 땅 같은 것보다도 훨씬.

―그렇지 않다면 끼럭이가 정령으로 현현하지도 않았을 테니까요.

나는 잠깐 생각했다.

그러곤 곧 고개를 끄덕였다.

"그래, 네 가설이 맞는 것 같아."

총을 네 마누라처럼 여기라는 말은 군대에서 일상적으로 들을 수 있다지만, 실전 상황에서는 굳이 그런 말을 할 필요조차 없다. 누가 뭐라고 하지 않아도 모두가 총을 옆에 끼고 산다.

왜냐면 총이 없으면 죽으니까.

진짜로.

…사실 총이 있어도 죽지만, 적어도 총을 빼먹고 다니는 놈들보다야 목숨 줄이 길게 마련이다. 어쨌든 최후의 저항이라도 해보려면 총이 있어야 했다.

게다가 나는 각성자임에도 각성 능력이라곤 좀 뭐가 많이 들어가는 각성창 밖에 없었다. 그나마 위기 감지와 함정 감지가 붙어 있긴 했지만 직감이 약간 날카로운 평범한 사람들도 이 정돈 느끼니 특별한 능력이라 생각할 일도 거의 없었고.

그렇다 보니 내가 정말 급할 때 의지할 거라곤 정말 총밖에 없었다.

지금 와서 되새겨 보면 이 세계에 카를로서 눈 뜨고 각성창을 열자마자 꺼낸 게 K—2였던 것도 그 탓이었겠지. 그런 의미에서 보자면 K—2는, 총은 분명 내 세계를 이루는 원소 중 하나라 할 수도 있겠다.

따라서 나는 내 세계에서 총의 정령, 끼릭이를 소환해 내게된 거다.

"앞뒤가 들어맞는군."

나는 라플라스가 한나절 동안 고민해 내놓은 결과물을 그렇게 긍정해 주었다.

"그럼 이제 끼릭이를 정령이라고 인정하는 거야?"

―인정하기 힘들지만… 인정할 수밖에 없군요.

드디어 라플라스가 항복했다.

—겉보기에는 좀 그렇지만, 그리고 제가 본 적도 없고 들은 적도 없지만, 새 주인님께서는 끼릭이를 통해 아주 정상적으로 [정령법]을 사용하고 계십니다.

[정령법]으로 끼릭이를 통제하고, 정령력을 소모해 끼릭이의 힘을 사역하고 있다.

—그렇다면 끼릭이도 정령일 수밖에 없죠.

라플라스는 그렇게 결론 내렸다.

나는 새삼스레 K—2를 열어 끼릭이의 모습을 바라보았다. 사격훈련이 힘들었던지, 끼릭이는 미약하게 끼릭끼릭 소릴 내며 잠들어 있었다.

"겉보기가 뭐가 어때서. 귀엽기만 하구먼."

나는 픽 한 번 웃고 K—2를 다시 결합했다. 오늘 고생했으니 쉬게 돼야지.

총을 내려놓은 후, 고체연료에 불을 붙였다. 코펠을 불 위에 올리고, 수통의 물을 부었다. 물이 데워지려면 시간이 좀 걸릴 터였다.

"…정령사의 세계라."

물이 데워지는 동안, 나는 라플라스의 설명을 곱씹었다.

그렇다면 두 번째 정령을 소환하면 아마도 라면의 정령이 소환되지 않을까, 하는 실없는 생각이 갑자기 들어, 나는 혼자 조용히 웃었다.

　　　　＊　　　　　＊　　　　　＊

　잠에서 깨어보니 넘실거리던 진갈색 물결은 어느새 저 멀리 바다 쪽으로 돌아간 뒤였다. 그렇다고 바로 언덕에서 내려갈 수는 없었다. 주변 땅이 진흙탕에 잠기다 못해 차라리 늪에 가까워진 상태라 어느 정도 땅이 굳을 때까지는 기다려야 했다.

　나는 텐트를 접고 아침 식사를 준비했다.

　참고로 오늘 아침은 라면이 아니다. 어제까지는 자제력을 잃고 마구 먹어 치웠지만, 라면이야말로 재보급이 안 되는 물자다. 이걸 다 먹으면 다시는 라면을 못 먹을지도 모른다.

　"아껴 먹어야지……."

　동료들 몫의 보급품까지 각성창 안에 쟁여둔 터라 아직 몇 박스 정도 남아 있긴 해도 이런 식으로 매일매일 먹어 치우면 남아날 리가 없다. 앞으론 특별할 때만 먹어야겠다고 다짐한 나는 오늘 아침으로 사실 입에도 대기 싫은 1형 전투식량을 꺼낸 참이었다.

　"으, 기름져."

　물을 데울 고체연료도 아끼기로 해서 겨드랑이에 끼워 데워 먹은지라 맛은 별로 좋지 않지만 달리 먹을 게 없는 상황이다. 별수 없지.

"마을이나 도시로 내려가서 식량 보급을 하긴 해야겠군."

―다음 목적지를 정하신 것 같군요.

조용하던 라플라스가 갑자기 끼어들었다.

"그래, 여기서 도보로 갈 수 있는 가장 가까운 마을이나 도시의 위치와 이름, 그리고 거기서 주의할 점 같은 걸 알려줬으면 좋겠는데."

마침 잘됐다 싶어, 나는 라플라스에게 정보를 요구했다.

"아, 그 마을에서 식량을 보급할 수 있어야 해. 가능하면 돈을 내고 요리를 먹을 수 있고, …더 욕심을 부리자면 뜨거운 물로 목욕을 할 수 있고 어느 정도 푹신한 침대에서 잘 수 있는 곳."

A형 텐트에서의 수면은 아무리 미화해도 쾌적한 것이라고는 할 수 없었다. 그리고 이틀 전 밤과 어제 하루 종일 나는 땀범벅으로 뛰어다녔다.

지구 시절의 경험으로 이런 일에 익숙하긴 하지만, 익숙하다고 불편하지 않은 건 아니다. 나도 사람이다. 편한 곳에서 자고 뜨거운 물로 목욕도 하고 싶다.

―모든 조건을 만족하는 도시가 근처에 있습니다.

"있어? 얼마야?"

―도시의 기본적인 정보, 도시까지의 안전한 루트, 그리고 주의해야 할 점까지 포함해 4루블입니다.

가격이 꽤 된다. 그렇다고 지불을 망설일 만한 가격인 건 아니었다. 더군다나 4루블이나 받는다는 건 이 정보에 그만한 가치가 있다는 소리이기도 했다. 대현자는 변태긴 했지만 사기꾼은 아니었으니까.

"지불할게."

—알겠습니다. 4루블이 차감되었습니다. 이제 남은 새 주인님의 경조사비는 15루블입니다.

정산부터 완료한 후, 라플라스의 설명이 이어졌다.

—도시의 이름은 시티 오브 카를. 지금 지점에서 마차로 반나절, 도보로는 이틀 거리에 위치해 있습니다.

"이틀 거리라……. 아니, 잠깐. 시티 오브 카를?"

뭔가 굉장히 불안한 이름이다.

—그렇습니다. 카를 황자 전하의 탄생을 기념해 생겨난 계획도시로, 본래 이름은 따로 있었습니다만 12년 전을 기점으로 모든 공문서에서 삭제된 상태입니다. 지금은 시티 오브 카를이라는 명칭이 정착되어 있습니다.

"카를 황자……. 나잖아, 그거."

원래대로라면 좋아해야 할 일일지도 모른다. 와, 이 세계엔 내 이름을 딴 도시도 있네? 이러면서 말이다.

하지만 지금은 그렇지 않다. 공식적으로 카를은 죽은 몸이니까. 그런데 내가 '내 도시'에 쫄래쫄래 갔다가 만약 생존해 있다는 사실이 알려지기라도 하면? 내 적들이 어떻게 나올까?

목숨이 아깝다면 내가 카를이라는 사실을 들켜선 안 된다.

"가명을 준비해야겠군."

─그건 주의해야 할 점에서 알려 드릴 사항이었습니다만, 스스로 깨달으셨으니 다른 정보를 대신 드려야겠군요.

제4장
—
기습적으로 찾아오기에 기연

정보를 거슬러 주겠다는 라플라스의 말에 나는 잠깐 기분
이 좋았지만, 곧 다른 생각을 떠올리고 말았다.

"뭐야, 그냥 1루블쯤 거슬러 줘도 되잖아?"

—그만큼의 가치가 있는 정보는 아니라서요.

깐깐하긴. 뭐 어쩔 수 없다. 냉정하게 생각해 보면 내가 억
지를 부린 거기도 하고. 정보로라도 거슬러 받을 수 있는 게
어디냐고 좋아해야 하는 게 맞다.

—도시의 이름은 시티 오브 카를입니다만 엄밀하게 구분하
면 도시라고 부를 만한 규모는 아닙니다.

"아, 기존의 마을을 억지로 도시로 만들었다고 했지? 그럴

만도 하네."

―그러나 계획도시이니만큼 필요한 시설은 모두 갖춰져 있습니다.

"오."

―새 주인님께서 요구하신 식량 보급을 위한 식료품점, 요리 전문점, 귀족 대상의 고급 여관. 모두 있죠.

마지막의 것이 조금 걸렸다. 귀족 대상의… 고급 여관? 여기서 이미 싸한 느낌이 들었다.

"…그중에서 내가 지금 내 신분으로 쓸 수 있는 서비스는?"

내가 카를 황자라고 밝힐 수 있다면 나도 모든 서비스를 이용할 수 있겠지만, 나는 가명을 쓸 거고 내 신분을 감출 거다.

즉, 귀족 행세를 못 한다.

그렇다면 당연히 귀족 대상의 서비스도 이용할 수 없다.

―정상적인 방법으로는 아무것도 이용하실 수 없습니다.

그리고 라플라스의 대답은 내 예상을 넘어섰다. 기껏해야 일반 시민 대상의 서비스를 이용할 수 있겠지, 라고 넘겨짚었던 게 오히려 안이한 발상이었던 모양새다.

―시티 오브 카를도 일단은 도시이기 때문에 출입 시에 간단하게나마 검문이 있고, 지금 신분으로는 도시에 들어가지도 못하는 게 정상입니다. 카를 황자가 아닌 새 주인님은 그저 신원 불명의 떠돌이일 뿐이니까요.

아니, 식료품점조차 사용 못 할 줄이야. 그럼 왜 그 도시를

내게 소개하는 건데? 내가 내 입으로 따지기 전에 라플라스
가 재빨리 이어 설명했다.

　―하지만 도시에 숨어들 수 있는 개구멍의 위치를 알려 드
릴 테니 걱정하지 마십시오. 이러면 식료품점 이용이 가능하
고 민가에 하룻밤을 청할 수 있습니다. 대가를 치르면 빈 마
구간 정도는 빌릴 수 있겠죠. 목욕은… 힘듭니다만.

　밀입국이냐! 아니, 도시니까 밀입도라 해야 하려나? 뭐 명칭
따위야 아무래도 좋을 일이다.

　"다른 방법은 없어?"

　나는 미약한 기대를 걸고 질문을 던졌다.

　―있습니다.

　오, 큰 기대는 안 했는데 진짜 다른 방법이 있다니. 나는 조
금 전보다 기대를 키우며 라플라스의 이어질 설명을 기다렸다.

　―가짜 신분을 등록해 드릴 수 있습니다. 다만 이 경우, 추
가 루블이 차감되니 부디 현명한 선택을 하시길.

　"가짜 신분? 그 신분은 귀족 신분인가?"

　―준귀족인 기사 신분을 마련해 드릴 수 있습니다. 비록 귀
족 명부에 등록된 정식 귀족 신분은 아닙니다만 레스토랑도
이용할 수 있고 고급 여관도 이용 가능합니다.

　"…기사라."

　나는 내 팔뚝을 바라보았다. 운동이라곤 해본 적도 없는
것 같은 부드러운 팔뚝에 얇은 다리. 그나마 배가 안 나와 다

행이라 해야 할까. 아니, 이건 그냥 마른 거지만⋯⋯.

아무튼 아무리 잘 봐줘야 단련한 것으로는 보이지 않는 육체다.

"내가 기사처럼은 보이지 않을 것 같은데."

─기사 신분은 영주가 서임할 수 있는 작위의 명칭입니다. 정령사라도 기사 작위를 받을 수 있다는 의미입니다.

내 걱정은 간단히 해소되었다.

그럼 마지막으로 가장 중요한 질문을 해야 한다.

"얼만데?"

─5루블입니다.

미묘한 가격이다. 좀 더 맛있는 걸 먹고 편하게 자는 비용으로 생각하면 절대 수지맞는 장사라 할 수가 없다.

"딜!"

그럼에도 불구하고 나는 그냥 신분을 사기로 마음먹었다.

제대로 된 신분 없이 떠돌아다니는 게 얼마나 위험할지는 신분의 가격이 말해주고 있다.

안 사면 5루블만큼 고생하리라.

─사흘 후, 서북쪽으로 향하십시오. 궁전이 있던 곳을 등지고 걸으시면 됩니다.

딜을 걸고 나서 기대에 찼던 나는 단숨에 김이 새버렸다.

"어, 그게 끝이야?"

─아뇨, 출발하시게 되면 계속 안내해 드리겠습니다. 해당

목적지를 들른 후 도시로 향하시면 됩니다. 도시에 대한 안내 사항도 그때 이어서 말씀드리겠습니다.

"알았어. …그럼 일단은 여기에서 사흘간 머물러야겠군."

발이 푹푹 빠지는 진흙탕으로 지금 당장 들어갈 생각은 없었다. 어차피 물이 빠지고 어느 정도 땅이 굳은 후에나 이동할 계획이었다. 그게 딱 사흘 후로 정해진 것뿐이다.

즉, 내가 염두에 두던 일정에 바뀐 건 없었다.

하지만 그 전에 할 일이 있지.

나는 어젯밤에 잠자리를 거슬리게 했던 바닥의 작은 돌과 자갈을 골라내기 시작했다. 충분히 평탄화 작업을 거친 후, 이번에는 배수로까지 팠다. 어젯밤에는 비가 오지 않았지만, 사흘 동안 머물러야 한다면 비가 올지도 모르니 미리 해둬야 했다.

모든 작업을 마치고 잠깐 휴식을 취한 후, 나는 K—2를 꺼내 들었다.

오늘은 하루 종일 정령법 훈련을 할 생각이었다. 정령력은 근육과도 같아서 쓸수록 는다는 게 라플라스의 조언이었다. 그럼 해야지.

"오늘도 잘 부탁한다. 끼릭아."

"끼릭!"

다행히 끼릭이도 의욕이 넘치는 모습을 보여주었다.

정령법 훈련으로 성장하는 건 정령사만이 아니다. 정령도 성장한다. 본인의 성장에 본인이 의욕적이어야 훈련에도 효율이 붙을 테니, 끼릭이가 의욕적인 건 결코 나쁜 일이 아니다.

"아니, 본인이 아니라 본령이라고 해야 하나?"

"끼릭?"

"아냐, 아무것도."

쓸데없는 생각을 그만둔 나는 다시 K—2를 결합하고, 개머리판을 견착했다.

훈련 시작이다.

＊　　　＊　　　＊

고작 사흘 훈련으로 2령급 정령사가 되리라곤 기대도 안 했다. 근육이 하루 이틀 만에 빚어지지 않듯, 정령법 또한 그러하리라.

그렇게 생각했었다.

그러나 세상에는 조금만 해보면 금방금방 요령이 붙는 일도 있다.

내게 있어선 정령법이 바로 그런 케이스인 모양이었다.

"이거 진짜 신기하네."

나는 내가 쏜 정령탄의 궤적을 보며 혼잣말을 흘렸다.

아, 여기서 정령탄이라는 건 탄창을 삽탄하지 않고 끼릭이로 쏜 탄을 말한다. 원래 존재하지 않던 단어지만 라플라스가 새로 명칭을 지어주었다.

총알이 똑바로만 날아가지는 않는다는 사실은 잘 알려져 있다. 중력의 영향을 받고, 바람의 영향 또한 받는다. 그런 외부 작용으로 인해 총알의 궤적은 이리저리 휘게 마련이다.

그렇다고 그게 내 의지대로 휘지는 않는다. 당연하다, 사람이 초능력자도 아닌데 총알의 궤적을 어떻게 마음대로 움직이겠는가.

하지만 나는 된다.

―정령탄도 정령의 일부니, 정령사인 새 주인님의 의지에 따라 움직이는 게 당연합니다.

그렇다고 180도 휙 돌아서 총알이 되돌아온다거나, 허공에다 원을 그린다든가 하는 곡예를 부리는 건 불가능하다. 기껏해야 원래 궤도를 살짝 벗어나 30도 정도 궤적을 비트는 게 가능할 뿐이다.

그러나 이것은 내가 정령사로서 아직 완성되지 않았기 때문이다.

처음 이 훈련을 시작했을 때는 궤적을 전혀 통제하지 못했다. 그러던 것이 어제 감을 잡자마자 5도 정도 비틀 수 있게 되었고, 오늘 계속 훈련해 30도라는 각도까지 제어할 수 있게 되었다.

그러니 내가 좀 더 훈련을 쌓아 끼릭이를 완전히 내 통제에 넣게 되면 훨씬 더 자유롭게 정령탄의 궤적을 조절할 수 있게 될 것이다.

그뿐만이 아니다. 처음에는 분명 정령탄의 위력이 K—2의 일반탄보다 현저하게 떨어졌었는데, 지금은 어느 정도 따라잡았다. 훈련을 거듭할수록 위력은 더 강해졌고, 이 추세대로라면 곧 일반탄을 추월하게 되리라 기대할 수 있었다.

─물론 새 주인님의 정령력이 성장했기 때문이기도 합니다만, 그보다는 끼릭이가 성장한 덕입니다.

"끼릭이가?"

─네. 무척 이례적인 일입니다. 정령의 성장이 이렇게까지 빠를 수 있다니……. 보통 정령사와 첫 정령의 상성은 좋은 법입니다만, 새 주인님과 끼릭이의 경우는 그 이상입니다.

"그래? 끼릭아, 너랑 나랑 상성 좋대. 칭찬받았네?"

"끼릭! 끼릭!"

끼릭이는 기쁜 듯 끼릭거렸다. 나는 그러는 끼릭이가 그저 귀여워서, 직접 쓰다듬어 주기 위해 K—2를 분해했다. 그러자 예상치 못한 일이 벌어졌다.

"퉤!"

끼릭이가 가스 활대를 뱉어냈다. 그런데도 가스 활대가 있던 자리에는 정상적으로 가스 활대가 자리 잡고 있었다.

아니, 이게 아니다.

"끼릭이 너……. 커졌구나!"

끼릭이의 몸이 커졌다. 커져서 가스 활대의 자리마저 차지하고 있었다. 기존의 가스 활대를 뱉어버린 건 자기가 자리 잡는 데 방해돼서 그런 것 같았다.

"끼릭! 끼릭!"

끼릭이는 스스로의 성장이 자랑스러운 듯 자신의 이름을 세계만방에 떨쳤다. 적어도 나한테는 그렇게 들렸다.

—성장이 정말 빠르군요.

나와 같은 걸 보고 있었을 라플라스가 말했다.

"마음 같아선 여기 머물러서 계속 정령법 수련을 하고 싶을 정도야."

하지만 그럼에도 불구하고 나는 떠나기로 했다.

먼저 전투식량에 질려 버렸고, 밤이 되면 극성인 모기떼에도 질렸다.

주변 여기저기 남은 물웅덩이에 모기가 번식한 건지, 해만 지면 과장 없이 수천 마리는 날아다닌다. 그리고 이 모기들은 이 주변의 유일한 동물인 나를 목표로 삼고 줄기차게 날아든다.

아무리 그래도 모기 따위가 텐트 천을 뚫고 들어오지는 못하지만, 그래도 틈을 파고 들어오는 놈이 몇은 있다. 이 모기들 때문에 여름임에도 불구하고 침낭 안에 몸을 집어넣어야 했는데, 그럼에도 불구하고 일어나 보면 몸 여기저기 물린 자국이 보인다.

"아주 그냥, 지긋지긋해."

모기 문제에 비하면 전투식량의 니글거림은 사소한 것에 지나지 않는다.

이미 출발 준비는 모두 끝내놓았다. 사실 준비라고 하기에도 민망하다. 다 집어서 각성창에 넣으면 끝이었으니.

언덕 아래 내려와 땅을 몇 번 밟아 상태를 확인해 보니, 아직 진흙이 완전히 마르지 않아 질척거렸으나 적어도 늪보다는 상태가 좋았다. 이 정도면 슬슬 이동할 수 있겠다는 결심이 섰다. 따라서 나는 라플라스에게 지시했다.

"좋아, 출발하자. 안내를 시작해, 라플라스."

―알겠습니다, 새 주인님. 내비를 시작하겠습니다.

라플라스의 대답에 나는 픽 웃었다.

"굳이 내비? 배웠다고 써먹는 거야?"

―저쪽으로 가시면 됩니다.

못 들은 척하긴.

그렇게 나와 라플라스, 그리고 끼릭이는 기사 작위를 얻기 위한 여정을 시작했다.

*　　　　*　　　　*

나는 60루블을 얻었다.

햇살은 쨍하고 내리쬐었고, 해일이 휩쓴 땅 위에 태양을 피할 곳은 거의 없다시피 했다. 냇가나 개천의 물도 흙탕물로 더럽혀져 마실 수가 없었다.

나야 각성창에 꽉 채운 수통을 몇 개씩 들고 다녀 상관없었지만 어린 카를은 탈수와 일사병으로 나자빠져 죽을 수도 있겠다 싶었다. 그런 생각을 하고 있는 중에 라플라스가 입금을 알려왔다. 둘 다였던 모양인지 20루블씩 두 차례에 걸쳐 입금되었다.

나머지 하나의 사인은 실족사였다. 지진으로 인해 무너진 곳에 발을 디뎠다가 죽었다고 했다. 물론 나는 라플라스의 인도에 따라 안전한 길을 택해 갔기 때문에 그럴 일은 없었다. 이걸 길이라 해도 될까 의문이긴 하지만.

기존의 도로는 모조리 멸실되었기 때문에, 나는 쓰러진 나무 위를 걷고 진흙 속에 처박힌 바위에 기어올라야 했다.

"헉, 헉."

처음에는 왜 이렇게 힘든 루트로 가야 하냐고 불평도 했지만, 루블을 받은 뒤론 입을 다물 수밖에 없었다. 카를은 편한 길로 가다 죽었다. 그렇다면 난 힘든 걸 감수해야지.

—도착했습니다.

"후……."

아침부터 걸어서 해 질 녘에야 도착했다. 완전히 해가 지기 전에 도착해서 다행이라고 해야 하나. 하루 종일 걸었더니 다리가 땡땡하니 부었다. 고작 이 정도로 퍼지는 게 한심하지만 카를의 몸이니 어쩔 수 없지.

—왼쪽의 나무 밑을 보십시오.

나는 라플라스의 말을 듣고 시선을 돌렸다. 해 질 녘의 석

양빛을 받고 나무의 긴 그림자가 길쭉이 늘어져 있었다.

그 그림자 탓에 잘 보이지는 않았지만, 그 밑에는 분명 사람이 하나 쓰러져 있었다.

나는 쓰러진 남자를 바라보며 정체를 파악하려 애썼다. 그러나 날은 이미 어둑어둑해져 있는 데다 쓰러진 남자는 나무 그림자 밑에 있어 쉽지 않았다.

―시체를 조사해 보십시오.

"…뭐야, 시체였어?"

어쩐지 미동도 안 하더라니. 나는 기묘한 실망감을 느끼며 시체를 향해 다가갔다.

가까이에서 보니 시체의 온몸이 흙투성이였다. 옷이 흙색으로 변색된 것으로 보아 원래 시체에 묻어 있던 흙은 진흙이었다가 태양 아래 말라붙은 것임을 알 수 있었다. 또한 가슴 부분에 날카로운 물건으로 꿰뚫린 것으로 보이는 관통상이 있었다. 아마 살해당한 것이리라.

―이 남자의 이름은 레너드 몬토반드. 새 주인님의 외사촌에 해당하는 자입니다.

라플라스가 갑자기 설명을 시작했다.

"레너드 몬토반드…… 음? 뭐? 외사촌? 내가… 아니지. 카를이 아는 사람이었어?"

―아뇨, 기억을 리셋한 12살의 전 주인님과 이 남자는 면식

이 없습니다. 이 남자의 존재를 알게 된 건 추후의 일입니다.

확실히 아무리 카를의 기억을 되새겨 봐도 레너드라는 이름은 떠오르지 않았다. 몬토반드 가문 또한 마찬가지였다.

"이 황자는 자기 외가도 모르는 건가……."

아니, 한심해할 일은 아니다. 성장환경을 돌이켜 보면 일부러 알려주지 않았을 가능성이 높았다. 어차피 죽을 사람일 뿐더러, 혹시나 죽이는 데에 실패해서 외가에 몸을 의지하기라도 하면 적들의 입장에서는 굉장히 골치가 아파질 테니까.

―나이는 24세. 나이 차이가 조금 있긴 하지만 [성장의 반지]를 활용하시면 별문제가 안 될 테고, 무엇보다 외견이 닮은 혈연이니 상대적으로 더 자연스럽게 위장하실 수 있으실 겁니다.

그 말을 듣고 더 자세히 얼굴을 들여다보니 확실히 카를과 닮은 점이 보였다.

―그리고… 나머지 정보는 다운로드받으십시오. 레너드 몬토반드를 가장하시기 위해 필요한 정보들입니다.

"다운로드? 아, 그거?"

나는 정령법에 대한 정보를 '다운로드' 받을 때의 경험을 상기해 냈다.

"나중에……. 아니지. 미루지 말자. 지금 받자. 아, 잠깐만."

라플라스의 양해를 구한 나는 자리에 누워 눈을 감았다.

"좋아, 시작해."

그러나 예상과는 달리 별로 어지럽지 않았다. 내 머릿속에 새로운 정보가 새겨졌다는 자각은 있지만, [정령법]을 다운로 드받을 때에 비하면 아무렇지도 않다고 표현해도 될 정도였 다.

"끝났어? 별로 안 어지러운데."

—정보량이 많지 않아서 그렇습니다.

아무래도 정보의 총량에 따라 두통과 어지럼증의 여부와 경 중이 달라지는 모양이었다. 나는 고개를 끄덕이고 새롭게 얻게 된 레너드 몬토반드에 대한 정보를 되새김질하기 시작했다.

그러던 나는 문득 픽 웃었다.

"이 남자, 내게서 용돈을 타 가기 위해 카를 궁전에 온 건 가?"

레너드 몬토반드는 한심한 남자였다.

몬토반드 가문의 삼남인 녀석이 가주의 자리를 이어받을 될 가능성은 거의 없었다. 따라서 제 딴에는 슬기로운 선택을 한답시고 일치감치 가문의 계승권을 포기하고 얼마간의 재산 과 기사 작위만을 받아 방랑에 나섰다. 업적을 쌓아 스스로 자신만의 가문을 일으키리란 야심과 함께.

그러나 레너드는 방랑에 나선 지 세 달 만에 무너졌다. 녀 석을 무너뜨린 건 현실을 마주하고 절망에 빠졌다느니, 그런 그럴 듯한 이유가 아니었다.

레너드 몬토반드는 유흥에 빠졌다.

녀석은 간단하리만치 쉽게 등쳐 먹혔고, 계획적으로 잘 아껴 쓰면 평생을 놀고먹을 수도 있었던 돈을 모조리 날렸다.

"그래서 고민 끝에 황자인 사촌 동생에게 손을 벌리러 온 거라 이거지?"

고작 이 정도의 정보면 다운로드를 받을 필요도 없었다. 그러나 다운로드를 받아야 할 이유가, 레너드 몬토반드의 신분이 5루블이나 된 이유가 있었다.

레너드 몬토반드는 지역에서는 꽤 유명한 결투 검사였다.

이렇게 말하면 좀 대단하게 들릴지도 모르겠지만, 지역에서는 유명하다는 말은 곧 지역에서만 유명했을 뿐이라는 의미도 된다.

노골적으로 말하자면 동네에서나 통할 실력이다. 초월의 영역에 놓인 것은 당연히 아니고, 단순히 어떻게 칼을 휘두르면 상대가 다치는지 아는 정도.

정식 기사와는 칼을 제대로 맞대지도 못할, 프로의 영역에는 닿지 못한 경지다. 물론 정식 기사가 아무나 되는 건 아니니, 동네에서 이름을 날리기엔 그 정도로 충분했을 거다.

─대현자님의 분류 방식에 따르자면, 1검급에도 못 미치는 실력이죠.

처음 듣는 용어에 나는 고개를 갸웃거렸다.

"1검급? 정령법의 1령급하고 비슷한 느낌인가?"

─반드시 들어맞지는 않습니다만 어느 정도는 그런 개념으

로 받아들이셔서도 무방합니다.

"그럼 1령급에 해당하는 정령법이 300루블이니……"

─대충 2~3% 정도 가치가 있다고 보면 되실 겁니다.

"신분 가격과 비슷한 수준인 거로군."

나는 납득했다.

아무튼 레너드의 행세를 하려면 칼을 어느 정도 다룰 줄 알아야 한다. 그리고 방금 전에 라플라스가 다운로드 시켜준 정보가 바로 거기 필요한 검술 실력이었다.

─칼과 혁대, 그리고 쌈지를 취하십시오. 나머지는 버리셔도 됩니다.

죽은 자의 품속을 뒤지는 것에 별 거리낌은 없었다. 죽은 사람은 죽은 사람이고 산 사람은 살아야지. 죽은 이에게 현세의 물질은 필요 없으니 산 사람의 생존을 위해 유품을 양보받는 건 잘못된 일이 아니다.

생존 전쟁이 벌어지기 전에는 그렇지 않았다는 모양이지만, 적어도 내가 살아온 시대에는 이게 상식이었다.

물론 지구 이야기다. 이 세계에선 어떨지 모르겠지만 뭐, 혈연이긴 하니까 나한테도 상속권은 있다고 우겨보자.

나는 가장 먼저 쌈지를 열어보았다.

"오."

쌈지 안에는 반짝이는 금화가 들어 있었다. 옛 제국의 유물이 아닌 현 라틀란트 제국의 주조청에서 찍어낸 정규 금화다.

"뭐야, 돈 있잖아? 그런데 왜 카를한테 돈 빌리러 온 거지?"

─레너드의 기준으로 만족스럽게 놀려면 그 금화로 부족하거든요.

대체 뭘 어떻게 하면서 놀기에 이걸로 부족하다는 거지?

애초에 나는 레너드에 대한 모든 정보를 다운로드받은 게 아니다. 단순히 레너드 행세를 하는 데 필요한 정보를 대충 입력받은 것에 불과하다. 환락가에서 금화를 뿌리면서 받은 서비스에 대한 정보는 당연히 거기 포함되어 있지 않았다.

뭐, 이게 아쉽지는 않다.

…진짜다.

쌈지 안에 든 건 금화뿐만이 아니었다. 은화나 동전도 있었지만, 그보다 더 눈에 띄는 건 제국 문자로 레너드의 이름이 선명하게 새겨진 몬토반드 가문의 인장 반지였다.

─이미 다운로드받으셔서 아시겠지만, 그 반지가 레너드 몬토반드의 신분 증명이 됩니다.

"그래, 이걸로 이제 난 레너드 몬토반드로군."

별로 명예로운 이름은 아니나, 이름도 연고도 없는 부랑자보다야 훨씬 낫다.

하지만 인장 반지는 쓸 일이 자주 없다. 나는 인장 반지가 든 쌈지를 각성창에 넣어버리고, 레너드의 시체에서 벗겨낸 혁대를 찼다. 혁대와 검대는 연결되어 있었고 칼집까지 이미 결속된 상태라, 차자마자 딱 칼을 빼기 좋은 위치에 칼 손잡이가 만져졌다.

칼을 살짝 빼보자, 칼 몸의 손잡이에 가까운 부분에 몬토반드 가문의 인장이 새겨진 것이 보였다. 약간만 빼어 들어도 보일 수 있게 디자인 되어 있었다.

"과연, 그렇군. 평소에는 이 칼이 신분증이나 다름없는 건가."

자기 신분을 드러낼 때마다 인장을 꺼내 보이는 건 귀찮은 일이다. 그래서 약식으로 스스로를 증명할 땐 칼을 약간만 뽑아 가문의 인장만 보여줘도 된다.

─그렇습니다. 그러니 가능한 한 칼은 각성창에 넣지 마시고 차고 다니시길 바랍니다. 적어도 사람들 눈 닿는 데서는 그렇게 하셔야 합니다.

라플라스의 말을 들으며 칼을 끝까지 뽑아 보니, 칼이 좀 특이했다. 한 손용 양날검이고 칼 길이는 1m를 살짝 넘었는데, 날이 아주 얇았고 양쪽 칼날이 모두 물결처럼 출렁이는 디자인이었다.

"관리하기 불편해 보이는데."

나는 칼을 다시 거둬들이며 투덜거렸다.

그런데 그때였다.

"……!"

칼에서 기묘한 느낌이 들었다. 그것은 대현자의 유적 비밀방으로 이어진 거울을 볼 때와 마찬가지의 감각이었다.

"…[비밀 감지]."

그래, 이거였다. 바로 며칠 전에 얻은 트레저 헌터의 능력이 지금 빛을 발했다.

―그 능력, 유적에서만 통하는 게 아니었나요?

"그렇다고 말한 적은 없는 걸로 기억하는데."

뭐, 사실 나도 실제로 쓰는 건 처음이나 마찬가지니 뭐라 말할 수는 없었다. 지난번에 한 번 발동하는 걸 보긴 했지만, 그건 비밀 통로가 존재한다는 걸 미리 알고 감지한 거니 무효에 가까웠다고 치자.

"뭔가 있긴 있는 모양이로군."

―유료입니다만.

라플라스의 반응에 나는 헛웃음을 터뜨렸다.

"진짜 있네. 얼마야?"

―30루블입니다. 새 주인님의 잔고는 70루블입니다.

비싸군. 하지만 비싼 값을 하겠지. 내가 200루블 넘게 벌어들인 대현자의 던전이 27루블짜리였으니, 적어도 그 정도 값은 하리라.

그럼에도 내가 망설이는 이유는 따로 있었다.

여기까지 오는 여정 중, 내가 생각했던 것보다 루블이 빨리 모이고 있었다. 그래서 이대로 계속 루블을 모아 다음 힘을 얻을 생각을 하고 있었는데…… 여기서 써버리는 건 좀 아깝다는 생각이 들었다.

"네가 생각할 때, 루블을 모아서 다음 '힘'을 얻는 게 더 나을까? 아니면 이 검에 얽힌 '비밀'을 푸는 게 더 나을까?

대략적인 조언이라면 무료로 받을 수 있으리라는 판단하에, 나는 라플라스에게 질문했다.

—저로서는 판단하기 어렵군요.

이건 대답을 안 해준 게 아니다. 오히려 내게 크게 도움이 되는 대답이었다.

"비등하다, 이건가."

공짜 대답으로 이 정도면 대단히 만족스럽다. 그럼에도 불구하고 나는 한 번 더 질러보았다.

"이유는?"

—주인님께서 얻으신 '덤'과 '환불'을 소모해서 말씀드리자면……

"아니야, 그건 아껴두지."

나는 웃으며 라플라스의 말을 끊었다. 기껏 쌓아둔 덤을 여기서 소모하는 건 아깝다. 게다가 유료는 아니더라도 유료에 가까운 정보라는 점을 알아냈다. 이걸로 나는 판단을 마쳤다.

"30루블을 지불하겠어. 검에 얽힌 비밀을 말해줘."

새로운 힘과 검에 얽힌 비밀의 우선순위가 비슷한 정도라면, 그 비밀은 돈을 주고서라도 사는 게 옳다.

—알겠습니다. 남은 경조사비는 40루블입니다.

내가 한 판단의 결과라곤 하지만 기껏 쌓은 루블의 반토막이 날아가는 건 뼈아프다. 부디 이 쇼핑이 가치 있는 결과로 이어지길 바라며, 나는 라플라스의 이야기에 귀를 기울였다.

*　　　　*　　　　*

내 투자는 대박으로 돌아왔다.

"그러니까 결론은 그거지?"

라플라스의 설명을 듣다 만 나는 희열에 차 외쳤다.

"다음 유적!"

그러했다. 레너드 몬토반드의 검에 얽힌 비밀이란 건 몬토반드 가문이 남긴 유적에 얽힌 것이었다. 좀 더 확실히 말하자면, 이 칼은 유적을 여는 열쇠나 마찬가지였다.

"칼 모양이 왜 이렇게 물결쳐 있나 했더니만, 열쇠 역할을 하느라 그런 거였군."

나는 몬토반드의 검을 뽑아 다시 살피며 말했다. 그러고는 낮게 웃었다.

"큭큭큭……. 예견치 못한 수입이로군."

라플라스로부터는 유적의 위치와 유적의 문을 여는 법까지 들었다. 30루블로 공략법과 보상에 대한 것까지 들을 수는 없었으나, 사실 거기까지는 기대도 안 했다.

그보다는 몬토반드 가문의 인간이 아니라면 열 수 없는, 다른 트레저 헌터의 손에 닿지 않았을 가능성이 매우 높은 유적이 하나 더 있으리란 것이 내게 중요했다.

―몬토반드 가문의 정통 후계자만이 물려받을 수 있는 그 검으로 열 수 있는 유적이니, 정확히 따지면 표본의 숫자는 더욱 줄어들겠지만요.

"뭐? 정통 후계자? 그럼 이 검은 뭐야? 레너드는 계승을 포기했다며?"

내 질문 공세에 라플라스는 잠깐 입을 다물었다. 그리고 의미심장한 목소리로 내게 되물었다.

―…정말 모르시겠습니까?

"아."

슬쩍해 온 거로군. 과연 레너드 몬토반드다.

잘했다!

"아니, 잠깐. 그럼 이 칼로 내가 레너드로서 신분 증명을 하는 건 위험하지 않아? 몬토반드 가문에서 찾을 거 같은데."

―현 몬토반드 가문은 칼의 비밀에 대해 전혀 모르고, 레너드 몬토반드는 가문의 누구도 찾지 않으니 그 점은 염려하지 않으셔도 좋습니다.

아니, 세상에. 그렇게 단언할 정도야?

아무리 비밀을 모른다고 해도 정통 후계자만이 물려받을 수 있는 칼인데, 그런 칼 하나쯤이야 줬다 셈 치고 손절 당할 정도면 레너드가 가문에서 어떤 취급을 받았는지 잘 알겠다.

하긴 다운로드받은 레너드의 정보에 따르면 이놈이 저지른 게 좀 많아서 가문에서 저럴 만도 하단 생각이 들긴 했다.

후환이 없는 거야 내 입장에서 볼 땐 좋지만, 누구도 놀라울 정도로 관심을 주지 않는 레너드의 처지가 한편으론 딱하기도 하고.

그래서 나는 각성창에서 야삽을 꺼내 들었다.

─새 주인님? 그걸로 뭘 하시려고?

"우리 약삭빠른 사촌 형의 죽음을 기려, 작은 무덤이라도 하나 만들어주려고."

나라도 이 어디서도 환영받지 못한 도련님의 죽음을 애도해 줘야지.

실상은 내가 레너드 몬토반드의 신분을 이어받았으니 이제 레너드의 죽음을 아는 사람이 없어야 하므로 그 시체를 암매장하는 것에 가깝지만.

좋은 게 좋은 거 아닌가. 좋게 포장하자.

\*　　　\*　　　\*

레너드 몬토반드의 무덤을 만들고 나니 해는 완전히 저물어 완연한 밤이 되었다.

나는 그동안 모아온 장작을 꺼내 작은 모닥불을 만들고 잠자리를 마련했다. 하늘은 맑았고 어차피 하루만 머물 테니 다른 작업할 것 없이 그냥 텐트만 쳤다. 바닥이 배기겠지만 어쩔 수 없지.

자기 전에 대충 몬토반드의 검을 꺼내 휘둘러 보니, 확실히 칼을 휘두르는 것에 익숙한 것 같은 맛이 배어 나왔다.

"오."

단련이라는 걸 모르는 카를의 손은 말랑말랑한데 막상 칼 다루는 솜씨는 한 사람 몫의 검객급이니 느낌이 기묘하다.

"1검급도 안 된다면서……."

다운로드받은 레너드의 검술 수준은 꽤 만족스러웠다.

─반대로 이해하십시오. 그럼 1검급은 어느 정도일까요?

"아."

나는 납득하고 고개를 끄덕였다.

"그럼 1검급은 얼마야?"

듣고 보니 혹해서 나는 일단 가격이라도 알아보려고 했다.

─검술의 경우에는 육체를 직접 단련하셔야 하기 때문에 다운로드로 간편하게 해결하시는 것은 어렵습니다. 다만 단련 법을 알려 드릴 수 있습니다.

"오, 얼만데?"

─대중적인 기사검술은 100루블 정도면 구입하실 수 있습니다.

"…싸네?"

물론 죽음을 다섯 번 극복해야 하는 값이란 걸 생각하면 이게 진짜 저렴한 건지에 대해서는 의구심이 생기지만, 정령법 이나 다른 힘에 비하면 1/3 값이다.

"그럼……."

─이 검술로 10년쯤 꾸준히 수련하시면 재능과 노력 여하에 따라 1검급에서 잘하면 3검급까지 도달하실 수 있을 겁니다.

"안 해."

당장 살아남아야 되는데 10년은 무슨.

─고작 100루블 투자로 3검급까지 오르는 건 대단한 겁니다만…….

라플라스가 투덜거렸지만, 나는 들은 체도 안 하고 불 곁에 앉았다. 그리고 언제 어느 상황에서도 쉽게 해결되지 않는 고민에 빠져들었다.

모닥불을 피웠으니 오늘 저녁에는 끓인 물을 쓸 수 있다. 이걸로 라면을 끓일까, 아니면 물만 올려서 1형 전투식량을 데워 먹을까?

이 문제로 꽤 길게 고민하고 있던 참이었다.

"안녕하십니까."

바로 그 때, 불청객이 찾아왔다.

"죄송합니다만 불 좀 같이 쬘 수 없겠습니까?"

체구도 그리 크지 않고, 생긴 것도 멀끔하다. 나이가 많은 것도 아니며, 하는 말은 예의 발랐다. 전혀 위협적으로 볼 수 없는 타입의 인간이다.

그럼에도 뭐란 말인가? 은연중에 느껴지는 이 압박감은.

'라플라스, 이 사람 누구야?'

모르면 물어봐라. 예로부터 전해 내려오는 이 격언을 따라, 나는 라플라스에게 질문을 던졌다. 다행히 라플라스는 이것도 모르냐며 타박하지는 않았다.

—20루블입니다.

대신 유료였다.

'뭐?!'

아니, 답이 유료일 것은 예측하고 있었다. 내가 놀란 이유는 달리 있었다. 라플라스가 요구한 이 불청객에 대한 정보의 가격이 바로 그것이었다.

레너드 몬토반드가 5루블이었다.

그런데 이 남자의 정보는 20루블이라.

이 차이는 대체 어디서 비롯된 것일까?

중요도? 신분?

아니, 힘일 것이다.

"네, 이쪽으로 오시죠."

나는 어떻게 해야 할까 생각하면서 불청객을 불가에 앉도록 허락했다.

"감사합니다. 친절하시군요."

"별말씀을요. 돕고 살아야죠."

입으로는 별말을 다 한다. 거 참. 내 이거야 원. 나는 스스로를 조소했다. 그러나 내 입가에 미소가 걷히기까지는 몇 초도 필요로 하지 않았다.

—죽음을 극복하셨습니다. 경조사비 계좌에 축의금으로 20루블이 송금되었습니다.

'뭐야?!'

뭔데 그냥 불가에만 앉혔는데 20루블이 들어와? 안 앉혔으면 죽은 거냐? 죽은 거냐고, 카를!

그러나 내 안의 카를은 대현자가 아니라 그저 12년 살아왔을 뿐인 애송이 카를이고, 당연히 이 기괴하고 가슴 서늘한 상황에 대한 답을 가져다주지는 못했다.

따라서 나는 답을 줄 수 있는 사람에게 답을 요구해야 했다.

'20루블! 낸다!'

정확히는 사람이 아니지만, 그게 뭐 중요하단 말인가.

—이제는 15루블입니다. 15루블을 지불하셨습니다. 남은 경조사비는 45루블입니다.

아, 이 불청객을 '그냥 불가에 앉힌다'는 답이 5루블짜리였던 거구나. 하긴 목숨이 달린 답인데 그럴 만도 하지.

—이름을 물어선 안 됩니다.

정산이 끝나자마자, 라플라스가 다짜고짜 말했다.

와, 먼저 이름을 물어봤으면 나 죽는 거였어? 고작 그런 이유로? 이제는 두렵다기보다는 어이없음이 더 진하게 느껴지기 시작했다.

—상대가 먼저 입을 열 때까지 기다리십시오.

아무리 어이가 없어도 따지고 들 순 없다. 이쪽은 목숨이 걸려 있으니까.

고작해야 동네에서나 통할 조잡한 검술과 고작 1령급의 정령법을 익혔을 뿐인 내가 20루블짜리 상대를 앞에 두고 살아남으려면 뭐든지 해야 한다. 하지 말라면 하지 말아야 하고 말이다.

그래서 나는 라플라스의 지시대로 잠자코 있었다.

"무덤이… 있군요."

그러자 불청객이 먼저 입을 열었다.

―그렇군요, 하고 여상스럽게 대답하십시오.

"그렇군요."

"누구의 무덤인지 아십니까?"

―잘 모르겠다고 대답하십시오.

"글쎄요, 저도 잘……."

지금의 대화에서 나는 직감했다.

이놈이 레너드 몬토반드를 죽인 범인이다, 라고.

특별한 근거는 없었다. 말 그대로 직감일 뿐이었다.

그러나 만약 내 직감이 사실이라면…….

레너드 몬토반드는 심장이 꿰뚫린 채 죽었다.

다른 상처 없이. 단 일격이었다.

그래도 자기 동네에선 검 좀 다룬다던 레너드를 이런 식으로 죽이려면 대체 실력 차이가 얼마나 나야 하는 걸까?

검술에 조예가 없다시피 한, 바로 몇 시간 전에 주입식교육을 받았을 뿐인 나로선 머릿속에 이미지조차 떠올릴 수 없었다.

"불을 쬐여주셨으니, 저도 뭔가를 드려야 할 것 같군요. 보통 불을 빌리는 나그네는 음식을 꺼내놓게 마련이지요."

불청객은 그렇게 말하곤, 짐에서 작은 솥을 꺼내 불 위에 얹었다. 꽤나 익숙한 손놀림이었다. 솥에 물을 붓고, 말린 무언가를 퐁당퐁당 물속에 집어넣었다. 뚜껑을 닫고, 그는 다시 앉았다.

─이 남자의 이름은 루에노. 5령급의 정령 검사입니다.

불청객이 다시 입을 다문 틈을 타, 라플라스가 빠른 목소리로 내게 설명을 시작했다.

5령급의 정령사라면 다섯 개체의 정령을 소환하여 다룰 수 있다. 단순 계산으로는 1령급인 내 다섯 배의 힘을 갖춘 거지만, 실제로는 그보다 훨씬 차이가 크다.

5령급이라면 적어도 네 개체의 정령을 완전히 성장시킨 상태란 소리다.

나는 끼럭이를 아직 완전히 성장시키지 못했으니, 설령 이루에노라는 남자가 단 한 개체의 정령만 꺼내도 나는 간단히 패배하고 말리라.

그뿐만이 아니다. 5령급의 정령사라는 건 그만큼의 정령력도 갖고 있다는 뜻이다. 즉, 단순 출력만으로도 다섯 배의 위력을 뿜어낼 수 있었다.

냉정하게 계산하자면 루에노가 나보다 열 배는 강하다. 아니, 최소가 20배. 혹은 그 이상이다.

그런데 정령만 다루는 게 아니라 스스로 칼도 휘둘러 싸울 수 있는 정령 검사라니. 만약 싸우게 된다면 내 승산은 아예 없는 수준이다.

　이것만으로도 놀라운데, 라플라스의 이어진 설명은 더욱 믿기지 않았다.

　─그리고 전 주인님의 첫 스승이기도 합니다.

　나는 잠시 라플라스의 설명을 제대로 받아들이지 못한 채 멍하니 불청객, 루에노 쪽을 바라보았다.

　'뭐, 뭐? 첫 스승?'

　─그렇습니다.

　이 남자가 대현자의 첫 스승이라니……

　'이런 인격 파탄자가?'

　─실력과 성격은 직접적인 관계가 없는 경우가 많으니까요. 실제로 굉장히 변덕스럽고 뒤죽박죽인 성격이라, 만약 주인님께서 뭔가 잘못 행동하셨거나 발언하셨더라면 큰일 났을 겁니다.

　그건 이미 어느 정도 감을 잡고 있었다.

　'응, 죽었을 거라 이거지?'

　─네? 아뇨, 그렇진 않습니다만. 어떤 의미에서는 그보다 좋지 않습니다.

　'뭐? 죽음보다 큰 고통을 느끼게 해준다는 거야?'

　─그……. 비슷합니다.

　소름이 돋는군.

나는 다시금 루에노에 대한 경계심을 키우며 한층 더 조심하자며 마음을 다졌다.

그때쯤 해서 루에노가 불 위에 걸어놓은 솥에서 보글거리는 소리가 나며 물이 끓기 시작했다.

"오, 이런. 깜박 졸았군요."

실제로 졸았던 듯, 루에노의 입가에는 침 흘린 자국이 생겨 있었다.

그렇다고 그가 완전히 방심하고 졸고 있었던 건 아니었으리라. 고작 1령급 정령사에 불과한 내가 남의 정령을 보는 건 불가능하니 추측에 가깝지만, 아마 그가 자고 있는 동안 그의 정령이 사주경계를 하고 있었을 가능성이 매우 높았다.

만약 내가 그에게 허튼짓을 했다간 심장이 꿰뚫리는 건 나였을 터였다.

내가 무슨 생각을 하는지 아는지 모르는지 루에노는 태연히 일어나 끓기 시작한 솥에 이상한 가루를 한 주먹이나 넣더니 휘휘 젓기 시작했다. 그러자 솥의 국물이 죽처럼 걸쭉해지기 시작했다. 그걸 본 루에노는 수통을 꺼내 솥에 물을 조금 더 부었다.

주의 깊게 솥 안을 바라보던 루에노는 물이 줄어들 때마다 다시 물을 더하며 젓기를 반복하다가, 숟가락을 들어 한 차례 맛을 보고는 빙긋 웃었다.

"거의 다 됐군요."

그 말과 함께 솥을 불에서 내린 루에노는 솥의 내용물을 한

국자 크게 퍼 그릇에 옮겨 담고선 조심스러운 손길로 반짝이는 가루를 내용물 위에 한 차례 둘러 뿌렸다. 마지막으로 뭔가의 이파리를 가운데 올려 장식한 후, 내게 그릇을 내밀었다.

"불값입니다. 먼저 맛보시죠."

─한 번 사양하십시오.

"아뇨, 만드시느라 고생하시는 걸 봤는데. 먼저 드시죠."

내가 라플라스의 말대로 대답하자 나를 빤히 바라보며 관찰하고 있던 루에노는 문득 하핫, 하고 웃었다.

"제가 하나를 깜박했군요."

그러더니 품에서 빨간 열매를 하나 꺼내 이파리 옆에 올렸다.

잘 보니 어디서 본 것 같은……. 이거 [쇠갑꽃 열매]였다. 카를이 중독되어 있던 독인 [쇠갑꽃 뿌리 독]의 해독제 역할을 하는. 열매와 잎은 독이 아니니 크게 상관은 없지만, 이걸 왜 요리에 넣었지?

─됐습니다. 이제 거절하지 마시고 받아서 드십시오.

"거듭 권해주시니 받지 않는 게 오히려 실례가 되겠군요. 잘 먹겠습니다."

나는 내게 내민 그릇을 받아 한 숟가락 크게 떠서 먹었다.

"……!"

맛없었다. 혀가 아렸다! 아니, 왜 이런 맛이 나지?

─다 드십시오. 남겨선 안 됩니다.

그러나 살려면 어쩔 수 없었다. 맛은 없지만 아예 못 먹을 정도는 아니었기에 나는 라플라스의 지시에 따라 꾸역꾸역 죽과 스프 사이의 무언가인 맛없는 요리를 먹어 치웠다.

따뜻한 요리인지라 먹다 보니 몸이 후끈후끈 달아오르고 땀이 나기 시작했다.

…아니, 이상하다. 그 정도가 아니다.

그릇의 바닥이 눈에 보일 때쯤에는 몸에서 불이 솟구치는 것 같았다. 그냥 뜨거운 요리 좀 먹는다고 몸이 이렇게 되나?

그러나 나를 흐뭇하게 쳐다보는 루에노의 시선을 이기지 못하고, 결국 나는 알갱이 한 톨 남기지 않고 완전히 요리를 비웠다.

"잘, 잘 먹었습……."

대접해 준 루에노에게 감사 인사를 건네려 한 나였지만, 끝까지 말을 맺지 못했다.

"어……."

어지럽다. 전신이 뜨겁다. 머리가 핑 돈다.

뭐야, 나 속은 건가?

그러나 루에노에게도 라플라스에게노 항의하지 못했다.

눈앞이 까맸다. 의식이 멀어졌다.

나는 그대로 기절했다.

\*        \*        \*

잠에서 깨어나 보니 태양은 중천이었다.

"…아닛?"

분명 기절할 때는 모닥불 곁이었던 걸로 기억하는데, 눈 떠 보니 나는 텐트 안에 누워 있었다. 아무래도 루에노가 옮겨놓은 듯했다.

급히 소지품을 점검했지만 허리춤의 칼과 혁대는 그대로였고 다른 귀중품은 어차피 각성창 안에 들어 있으니 걱정할 게 없었다.

텐트 밖으로 나와 보니 모닥불은 꺼져 있었고 루에노의 모습은 없었다.

"라플라스, 어떻게 된 거야?"

─축하드립니다, 새 주인님.

상황을 물으니 다짜고짜 축하부터 하는 라플라스의 반응에 나는 어이가 없었다. 그러나 그것도 잠시였다. 이어진 말을 들으니 납득할 수밖에 없었기 때문이다.

─2령급에 오르셨군요.

"아니, 2령급? 뭐가? …정령사?"

급히 몸을 점검해 보니 확실히 정령력이 흘러넘치는 것을 느낄 수 있었다. 이 정도 정령력이라면 라플라스의 말대로 두 번째 정령을 불러내는 것도 불가능하지 않으리라.

"갑자기?"

대체 왜?

―어제 루에노로부터 받아 드신 죽의 영향입니다.

내 의문을 간파하기라도 한 듯, 라플라스가 곧장 해설을 시작했다.

그 해설에 따르면, 어제 내가 루에노에게서 받아먹은 건 온갖 비약과 영약을 때려 넣어 만든 루에노 특제 레시피로 만들어진 죽이었다고 한다.

"아니, 그런 귀한 걸 왜 내게?"

―불값입니다.

어이가 없네.

"고작 모닥불 하나 빌리는 값으로?"

―이미 말씀드렸다시피, 괴팍하고 변덕스러운 자니까요.

사실 라플라스도 루에노가 어째서 내게 죽을 준 건지 모른다고 한다. 어제 지시 사항대로 행동하면 죽을 나눠준다는 프로세스만이 남아 있을 뿐이었다.

대현자 카를이 수없이 몸으로 겪고 당한 끝에 도달한 최적의 프로세스라고.

―만약 어제 하나라도 잘못 행동했다간 아예 죽을 못 받아먹거나, 미완성의 죽을 받아먹고 몸을 망치거나 했겠죠.

"뭐야, 그게. 무섭잖아."

새삼 어제 죽에 쇠갑꽃 열매를 올리는 루에노의 표정이 뇌리에 떠올랐다. 싱긋 웃던 그 표정. 그 순간 루에노는 나를 죽일까 살릴까 고민했던 것이라고 생각하니 새삼 소름이 돋았다.

아직 황당해하는 나를 위해, 라플라스는 어젯밤의 일을 복기해 주었다.

─루에노는 스스로 불을 피울 수 없다는 금제를 자신에게 걸어둔 참이었습니다. 그리고 그 죽을 마지막으로 만들 기회가 어젯밤이었습니다.

"뭐야, 그 이상한 금제는."

─세상의 정령사들 사이에선 정령법이 정령술이었을 시절의 악습이랄까, 구태랄까, 그런 게 아직 많이 남아 있습니다. 만약 새 주인님이 루에노의 제자로 끌려갔다면 그런 비효율적인 구습에 따라 정령법을 습득했어야 할지도 모릅니다. 그건 정말 끔찍한 일이 되었겠지요.

그러면서 라플라스는 그러한 구습의 사례를 몇 개 들어주었다.

물의 정령을 소환하기 위해 매일 폭포수 아래에서 물을 맞는다든가, 땅의 정령과의 친화도를 올린다면서 몸을 땅에 파묻은 채 지낸다든가. 바람이 세게 부는 곳에 몸을 매달고 하루 종일 바람을 맞는다든가, 불 위를 이리저리 뛰어다닌다든가.

"…그랬겠네."

듣고 보니 진짜로 끔찍했다.

─어젯밤이 죽을 마지막으로 만들 기회였던 이유는 밤을 넘기면 재료들이 상해 못 쓰게 될 위험이 있었기 때문이었고요. 그래서 루에노는 만약 새 주인님께서 불가에 앉는 걸 허

락하지 않았더라면 불을 얻기 위해 새 주인님을 살해할 결심을 세워둔 상태였습니다.

겨우 그런 일로 사람을 죽이겠다고 마음을 먹었다고?

와, 진짜 미친놈일세.

물론 그 덕에 불가에 앉아도 된다고 허락하자마자 20루블이 들어온 거였긴 했다. 그렇다고 이걸 고마워할 마음은 전혀 들지 않았다.

고작 이런 이유로 카를은 한 번 이상 루에노에게 살해당했단 소리니까. 아니, 프로세스 어쩌고 하는 걸 들어보면 한 번 정도로 그칠 리가 없기도 했다.

─불가에 앉은 루에노는 당초 목적대로 죽을 만들었고, 주인님께 아무것도 나눠주지 않을지, 불완전한 죽을 나눠줄지, 완전한 죽을 나눠줄지를 오직 그 자신만의 기준으로 판별했습니다.

루에노가 어떤 사고 과정을 거쳐 그러한 결론에 이르렀는지는 대현자조차 파악하지 못했지만, 루에노의 변덕스러운 사고방식에도 패턴이라는 게 존재했던 모양이다.

반복으로 데이터를 모은 대현자는 루에노의 변덕에서 패턴을 읽어내 '정답'을 산출해 냈고, 그 답을 따라 행동한 결과 난 루에노로부터 완전한 죽을 받을 수 있게 되었다.

그리고 그 덕에 나는 2령급 정령사가 될 수 있었다.

결과만 보자면 겨우 15루블 쓰고 300루블 아낀 셈이니 큰 이득을 봤지만, 만약 어제 15루블을 지불하지 않았더라면 2령급은커녕 몸을 망쳤을지도 모른다.

정말 큰일 날 뻔했다.

그렇게 안도하고 있는 내게, 라플라스가 의외의 발언을 했다.

—사실 정말 위험했던 건 새 주인님께서 루에노의 마음에 들어버리는 거였습니다.

"으, 응?"

—만약 그랬다면 새 주인님은 루에노에게 납치당해 제자가 되셨을 테니까요.

그게 왜? 내가 묻기도 전에 라플라스가 답을 말해주었다.

—그 후엔 루에노의 방식대로 정령법을 배우느라 고생은 고생대로 하고 시간은 시간대로 낭비하셨겠죠.

"아, 어제 죽음보다 더 괴로운 거란 게 바로 그거였어?"

확실히 끔찍하긴 하겠지만 그게 과연 죽음보다 괴로운 거였을까?

내가 고개를 갸웃거리자, 라플라스는 잠깐 당황하더니 금세 말을 고쳤다.

—…전 주인님께서는 돌아가시면 과거로 돌아가시니까요. 새 주인님의 기준에 따르자면 조금 표현을 고쳐야 했을지도 모르겠군요.

"음, 그렇구나."

약간의 오해가 있긴 했지만 결과가 좋으니 됐다 치자. 하긴 아무리 죽는 것보다는 낫다지만 산채로 불 위에 매달려 훈제가 되거나 물고문을 당하는 건 나도 그리 좋아하지는 않는다. 그런 꼴은 피하는 게 맞다.

"아, 맞다."

나는 어젯밤에 느낀 직감을 갑작스레 떠올렸다.

"레너드를 죽인 거 혹시 루에노야?"

─…어떻게 아셨습니까?

라플라스의 목소리에 놀라움이 묻어난다. 그런 인공 정령의 반응에 약간의 희열을 느끼며 나는 이렇게 대꾸해 주었다.

"직감."

─그렇군요. 대단하십니다.

정답을 맞힌 건 좋은데, 마음에 걸리는 게 생겼다.

"그런데 루에노가 레너드를 죽였다면 나도 위험한 거 아냐?"

나는 앞으로 레너드라고 하고 다닐 생각이다. 그런데 만약 루에노와 레너드가 악연으로 묶였다면, 그 악연이 내게 상속될 가능성이 높았다.

그러나 내 염려는 기우로 끝났다.

─그 일에 대해서는 걱정하실 것 없습니다.

라플라스가 확답을 해주었으므로. 그리고 그 이유는…….

─루에노는 레너드라는 이름을 모르니까요.

이것마저 황당하기 짝이 없었다.

"뭐? 그럼 왜 죽인 건데?"

그냥 루에노가 미친놈이라서?

─레너드가 먼저 루에노에게 시비를 걸었거든요. 서로 통성명할 것도 없이 싸움이 붙었고, 결과는 아시는 바대로 났죠.

아, 이 경우에는 레너드가 미친놈이었구나. 5령급 정령 검사한테 겁도 없이 먼저 시비를 걸다니. 하룻강아지 범 무서운지 모른다는 속담에 딱 들어맞는 경우다.

"그럼 문제없겠군."

─네. 앞으로 더 엮이지만 않으면 됩니다.

그 말은 곧 엮이면 문제가 될 것이라고 말하는 것 같았지만, 나는 굳이 더 캐묻지 않았다.

답이 유료일 것 같아서기도 했지만, 그냥 루에노에 대해 더 듣고 싶지 않은 감정이 더 컸다.

호랑이도 제 말 하면 온다는 속담이 있다.

실로 소름 돋는 속담이다.

\*　　　　　\*　　　　　\*

루에노의 죽을 먹고 2령급의 정령력을 손에 넣은 건 좋지만, 두 번째 정령을 소환하는 것은 조금 뒤로 미루기로 했다.

─끼릭이를 완전히 성장시킨 뒤에 소환하시는 게 좋을 것 같습니다.

1루블짜리 라플라스의 조언에 따르면, 소환한 정령을 덜 성장시킨 상태에서 추가로 정령을 소환하게 되면 기존의 정령은 물론 새로 소환한 정령의 성장 속도도 늦어지게 된다고 한다.

정령력을 나눠 받게 되는 과정에서 손실이 생겨서 각자 1/2씩 받는 게 아니라 그 이하가 된다나.

그래서 나는 일단 끼릭이부터 먼저 완전히 성장시킨 후에나 두번째 정령을 소환하기로 결정했다.

그렇다고 레너드 몬토반드의 무덤가에 계속 머무를 생각은 없었다.

여기 있다가 루에노와 다시 만나는 것도 피하고 싶었거니와, 어젯밤에 제대로 맛없는 걸 먹고 나니 제대로 된 요리를 맛보고 싶은 마음이 더욱 강해진 탓이었다.

그래서 나는 바로 시티 오브 카를로 이동하기로 했다.

"아마 여기서 하루 반 정도 가면 되겠지?"

나는 어제 이동해 온 경로를 머릿속으로 그려보곤 추측했다.

―네, 맞습니다. 어떻게 아셨습니까?

"그야 정찰병이었으니까."

훈련의 성과다.

루에노의 죽을 먹고 기질한 탓에 이미 반나절을 낭비했기 때문에 좀 서두를 필요가 있었다. 안 그러면 한 번 노숙하면 될 걸 두 번 노숙해야 될 수도 있었다.

"다행히 몸 컨디션은 괜찮군."

어제 잠자리에 들기 전만 해도 근육통을 각오했었는데, 후

유증은커녕 이 세계에서 카를의 몸으로 눈 뜬 이래 가장 컨디션이 좋은 것 같았다.

아니, 사실 그냥 괜찮은 정도가 아니었다. 기분 탓인지 몰라도 전체적인 신체 스펙이 상향된 느낌이었다.

─죽의 부수적인 효과일 겁니다.

"아, 그래?"

기분 탓이 아니었군.

15루블의 가치를 온몸으로 느끼며 나는 여로에 올랐다.

*　　　　*　　　　*

이틀 후, 나는 시티 오브 카를에 도착했다.

라플라스가 도시라 할 수 없는 규모라고 해서 큰 기대는 안 했는데, 그렇다고 일개 마을이라고 폄하할 정도로 작은 규모는 아니었다.

새로 쌓아 올린 지 얼마 안 되어 보이는 성벽이 눈에 띈다. 도시 전체를 둘러서 쌓은 것 같은데, 그 길이가 한눈에 들어오지 않을 정도다. 성벽의 높이는 그리 낮지 않은데, 그 성벽 위로 불쑥 솟은 도시 내부의 건물들이 보였다.

"오, 사람 많네."

도시에 들어가기 위해 사람들이 긴 줄을 이뤄 기다리고 있었다. 기다림이 너무 길어진 탓인지, 아니면 단순히 출입이 거

부된 것인지 도시 주변에는 천막촌까지 만들어진 상태였다.

─지진과 해일로 인한 피난민들입니다.

줄이 너무 길다 했더니만, 그리고 줄을 선 사람들의 모습이 지나치게 초라하고 지친 모습이라 했더니만 그런 이유가 있었군. 한 가지 의문이 풀렸지만 동시에 새로운 의문이 생겨났다.

'뭐야, 공짜로 알려주는 거야?'

─시티 오브 카를에 대한 정보를 이미 구매하셨으니까요.

그러고 보니 그랬다. 까맣게 잊고 있었다.

이게 다 루에노 때문이다. 아무튼 내 탓은 아니다.

─새 주인님께서는 이쪽 줄을 서실 필요는 없습니다. 귀족 전용 출입구가 따로 마련되어 있으니 그쪽으로 가시면 됩니다.

'오케이.'

레너드 몬토반드의 신원을 획득한 보람이 느껴지는 순간이었다.

귀족 전용 출입구로 향하며, 나는 각성창에서 레너드의 쌈지를 미리 꺼내 신분증 역할을 해줄 인장을 손에 쥐고, 다시 쌈지를 품속에 넣는 척하며 각성창에 넣었다.

각성창을 닫으려고 내가 눈을 감은 그때, 누가 내게 와서 몸을 부딪쳤다. 눈을 뜨자 작은 체구의 남자가 놀란 눈으로 나를 바라보고 있었다.

"어, 없어!"

혼잣말을 할 셈이었던 모양인데, 놀란 탓인지 꽤 큰 목소리가 나왔다. 뭐가? 라고 물을 필요는 없었다. 이 남자가 무엇을 노렸고 왜 놀랐는지는 이미 알아챘으니.

'소매치기지?'

—그렇습니다.

소매치기에 대한 내용도 시티 오브 카를의 정보에 포함되어 있었던지 라플라스는 순순히 대답해 주었다. 내가 눈을 감은 틈을 타 쌈지를 털려고 내게 접근했지만, 타인이 내 각성창에 손을 집어넣을 수 있을 리 없으니 그 시도는 실패로 돌아간 게 이 사소한 사건의 전모였다.

"네놈, 이 레너드 몬토반드의 물건을 노리다니 간도 크구나."

나는 바로 칼을 뽑았다. 다운로드받은 정보에 따르면 이것이 가장 레너드다운 행동이었다.

"히, 히이익! 레너드 몬토반드… 님!"

내가 이름을 밝히며 칼을 뽑자마자, 남자의 눈동자가 파르르 흔들리더니 그 자리에서 바로 넙죽 엎드렸다.

"제가 잘못했습니다! 부디 용서를! 목숨만은 살려주십시오!!"

제5장
—
귀족가의 망나니가 되었다.

　왜 처음 와보는 도시의 처음 만난 소매치기가 내 이름만 듣고 이렇게 기겁하는지, 그 이유는 대충 짐작이 갔다.

　하지만 짐작은 짐작일 뿐이다.

　"나를 아나?"

　그래서 나는 물어보기로 했다.

　"알았으면 절대 접근조차 안 했을 겁니다! …제 더러운 모습이 귀하의 눈을 더럽히는 것조차 피했을 거라는 의미입니다! 부디, 부디 용서를!!"

　순수하게 나 아냐고 궁금해서 한 질문인데 이런 대답이 돌아오다니.

'라플라스.'

사실 어느 정도 눈치는 챘지만 나는 애써 외면하고 모르는 척 라플라스의 이름을 불렀다.

―레너드 몬토반드는 꽤 유명인입니다. 특히 뒷골목에서요……

라플라스의 설명에 의하면 레너드는 정의를 집행한다는 명분으로 일부러 허름한 옷을 입고 우범지역을 혼자 다니다가 자신에게 수작을 거는 소매치기나 깡패 등의 손목을 칼로 자르는 걸 즐겼다고 한다.

뭐야, 그거. 함정수사? 아니, 사적제재니 수사라 할 수도 없다. 게다가 위험천만한 짓거리다. 레너드 이놈, 별로 세지도 않은 주제에 무슨 깡으로 그런 짓을 벌였지?

"잠시만 기다려 주십시오, 레너드 님!"

"손목을 자르시면 안 됩니다!"

소매치기가 소란스럽게 군 탓에 경비병들이 이쪽으로 뛰어오고 있었다. 누구한테 전해 들은 건지 레너드의 이름까지 부르면서.

아, 이제 내 이름이지. 빨리 익숙해져야 하는데, 별로 익숙해지고 싶지 않은 마음이 드는 게 문제다.

'레너드가 경비병들 사이에서도 유명한가?'

―…원래 싼 물건에는 하자가 있게 마련이죠.

라플라스가 보기 드물게 변명을 했다.

음, 이건 변명할 만한 일 맞는 것 같다.

생각해 보니 그렇네!

*      *      *

나는 경비병들에게 소매치기를 넘기고 다이렉트로 시티 오브 카를로의 입성을 달성했다.

이 일련의 과정에서 경비병들은 결코 날 귀찮게 하지 않았고, 경비대장은 자기를 봐서라도 제발 일부러 소란을 일으키지 말아달라는 애원까지 하며 내 비위를 맞추려 들었다.

심지어 내가 도시 안에 발을 들이자마자 꼬질꼬질한 어린애 몇 명이 달려왔는데, 날 안내하던 경비병이 기겁하며 손을 내젓자 왔던 길을 부리나케 되돌아가는 장면까지 목격했다.

목적을 이룬 건 좋은데 이상하게 기분이 나쁘다.

─죽음을 극복하셨습니다. 경조사비 계좌에 축의금으로 20루블이 송금되었습니다.

하지만 그 기분이 곧 풀릴 만한 일이 일어났다.

'카를이 도시에 억지로 들어오려다 살해당한 건가?'

─그건 사고였습니다.

'…그러냐.'

대체 어떤 사고가 일어난 건지 궁금하긴 하지만, 들어서 별로 기분 좋은 이야기는 아닐 거라는 직감이 거의 동시에 찾아왔기에 굳이 캐묻진 않았다.

아무튼 나는 라플라스가 추천하는 여관으로 발을 옮겼다.

"…저, 레너드 님. 당 여관에서는 아가씨를 취급하지 않습니다만……."

그런데 여관의 지배인이 급하게 달려 나와 나를 맞이하며 하는 말이 가관이었다. 그가 하는 말의 '아가씨'가 어떤 아가씨를 뜻하는지는 궁금하지 않았다.

알고 싶지도 않았는데!

알아차려 버렸어!

"상관없어. 가장 좋은 방……. 아니지."

나는 '가장 레너드다운 방식'으로 말하려다 말았다.

"평범한 방 하나. 목욕 가능한."

돈은 아껴야지.

"알겠습니다, 레너드 님. 저를 따라오시면 됩니다."

지배인은 내게 공손히 허리를 굽히며 날 인도했다.

아무리 그래도 여기가 귀족 전용의 고급 여관인데 고작 준 귀족인 기사 나부랭이한테 이런 태도라니. 물론 유명한 골칫덩이에게 깽판을 칠 명분을 안 주겠다는 의미겠지만, 이런 취급이 기분 나쁜 걸 넘어서서 이젠 이상하게 기분이 좋다.

이러면 안 되는데!

\*        \*        \*

방은 괜찮았다.

아니, 좋았다.

나는 평범한 방을 달라고 했지만, 이게 진짜 평범한 건지 혼란할 정도였다.

먼지 한 톨 없이 깨끗하게 청소된 방에는 내가 생각해 낼 수 있는 모든 가구들이 다 놓여 있었다.

아, 냉장고는 제외하고.

사실 지구에서도 냉장고가 있는 방에 머물 수 있는 경우는 지극히 낮았으니 굳이 제외할 필요가 없었을지도 모르지만, 여하튼.

그렇다고 가구가 작거나 비루한 건 또 아니었다. 당장 침대도 지구 시절 소대원 세 명이 낑겨서나마 한꺼번에 누울 수 있을 정도로 컸다.

그럼에도 불구하고 방의 공간은 충분히 넓었다. 어느 정도로 넓었냐면 간단하게나마 검술 연습까지 할 수 있을 정도였다.

"훌륭하군!"

"예?"

내 혼잣말에 방을 안내해 준 지배인이 눈을 크게 떴다. 이런, 실수다. 나는 곧 레너드다운 말을 골라 아무렇게나 내뱉었다.

"이런 시골에서 이런 방에 묵을 수 있을 거라고는 기대도 안 했는데, 이 정도면 대단히 훌륭하다는 뜻이야. 하하하핫!"

"마, 마음에 드셨다니 다행입니다."

미안, 지배인.

나는 속으로만 사과했다.

*　　　　*　　　　*

노곤노곤하게 몸을 풀어주는 뜨거운 물에 한참 푹 잠겨 있다가 때까지 밀고 나와서 지배인이 직접 룸서비스라고 방까지 가져다준 두껍고 묵직하고 속까지 푹 잘 익은 어린 사슴 어깨 고기 스테이크까지 썰고 나니, 나는 세상 모든 것에 대해 관대해졌다.

"여기가 지구보다 낫네."

밥 다 먹고 침대에 늘어져 있으니 세상에 부러운 게 하나도 없다. 비록 카를 궁전의 카를 방 침대보단 덜하지만 그간 의도치 않게 등 대고 잤던 땅바닥보다는 훨씬 푹신한 침대의 감촉은 정말 훌륭했다.

목숨의 위협을 받지 않는다는 점에서, 궁전에서의 하룻밤보다 훨씬 나았다.

완벽하다!

"라플라스, 나 이대로 자도 되겠지?"

몸도 데웠겠다, 배도 채웠겠다. 그간 목숨의 위협에 시달리느라 깎여 나간 정신과 며칠 연속으로 이뤄진 노숙과 도보 이동으로 지친 몸은 내게 휴식을 요구했다.

솔직히 라플라스에게 질문을 던진 것도 대단하다고 생각한다. 원래대로라면 바로 잠들어 버릴 것을, 강철 같은 의지로 버티고 있는 거였다.

─안 됩니다.

그러나 라플라스는 가혹했다.

"아, 왜!"

─자정까지만 깨어 있으시면 됩니다.

라플라스는 달래듯 말했다.

"이유라도 알자."

─오랜만에 돈 좀 있어 보이는 귀족이 방문해서 도시의 도둑 떼가 흥분하고 있습니다. 물론 그들도 레너드 몬토반드의 이름을 모르는 것은 아니지만, 새 주인님의 행색은 지쳐 보였고 소문같이 위협적으로 보이지 않았던 모양입니다.

"그래서? 놈들이 내가 자고 있는 틈을 타 털러 온다고?"

─네.

이 세계의 치안은 대체 어떻게 되어먹은 거지?

사실 지구의 치안도 별로 좋은 편은 아니었지만 아무리 그래도 이 정도 고급 숙박업소에서 습격을 당하는 일은……. 없겠지? 묵어본 적이 없어서 모르겠네.

아니, 어쩌면 이런 고급 여관에 묵어서 습격을 당하는 건지도! 그럼 이건 전부 라플라스 탓······.

─참고로 어느 숙소에 묵으셔도 답은 같았을 겁니다.

"···그러냐."

나는 혀를 찼다. 결코 남 탓을 못해서 아쉬워하는 게 아니다.

─해결책은 오직 한 가지뿐입니다. 레너드 몬토반드라는 이름이 뒷골목에서 왜 그렇게 유명한지 그들의 뼈와 심장에 새겨주는 방법밖에 없습니다.

굳이 거창하게 말하긴. 라플라스의 호들갑스러운 이야기를 들으며 나는 두번째로 혀를 찼다.

"···귀족으로 사는 것도 힘들구먼."

─준귀족입니다만.

나는 쓰읍, 하고 또 한 번 혀를 찬 후 눈을 감았다.

물론 자려고 감은 건 아니다. ···잠들 뻔했긴 했지만.

─그건 뭔가요?

내가 각성창을 열고 꺼낸 물건에 호기심을 느낀 건지, 라플라스가 질문부터 던져왔다.

"이거? 초콜릿. 이 세계에는 없나?"

─아, 초콜릿.

있는 모양이다.

"그런데 그냥 초콜릿이 아니야. 카페인이 잔뜩 들었지."

─카페인이요?

"응. 그래서 이걸 먹으면…… 못 자."

이것도 군용 보급품이다. 생산능력이 박살 난 지구 인류군에선 귀중한 물건이지만, 그래도 이거 보급은 꼬박꼬박 나왔다. 정찰병을 비롯한 위험 임무 수행 부대에만 말이다.

이걸 보급받는다는 소리는 기본이 철야에 생존 확률이 지극히 낮은, 소위 말한 빡센 임무에 투입된다는 소리기 때문에 다들 싫어했다.

지구에서의 마지막 임무 때도 어김없이 보급받았다.

그래도 나는 아닐 줄 알았는데, 죽을 땐 죽더라.

아무튼 다른 보급품과 마찬가지로 부대원들 보급품을 내가 다 들고 있었기 때문에 양은 넉넉했다. 물론 라면처럼 재보급이 불가능에 가까울 테니 아껴 먹긴 해야겠지만, 어차피 나는 이 죽음의 맛을 별로 좋아하지 않았기 때문에 남용할 일은 없을 것이다.

…없으면 좋겠는데.

나는 눈을 질끈 감고 초콜릿을 씹었다. 옛날에는 달콤한 초콜릿이 보급되었다고 들은 것 같은데, 내가 받은 건 사탕수수 부족으로 설탕이 빠진 물건이라 하염없이 쓰기만 한 물건이었다.

그러나 이 지독한 쓴맛 덕에 누가 툭 하고 밀면 그대로 쓰러져서 잠들 것 같았던 컨디션을 어느 정도 회복시키는 데에는 성공했다.

"좋아, 그럼 버텨보자고."

침대에는 베개랑 이불을 뭉쳐 마치 사람이 누워 있는 것처럼 만들어놓고, 나는 문 옆에 기대앉았다. 한쪽 어깨에 K—2를 걸쳐놓고 다른 한 손에는 몬토반드의 검 손잡이를 꽉 잡은 채 충혈된 눈으로 창문 쪽을 노려보았다.

"어휴, 푹신한 침대 놔두고 이게 무슨 개짓거리인지."

강도 놈들, 걸리기만 해봐라. 진짜 가만 안 놔둔다.

＊　　　＊　　　＊

잠깐 졸았던 것 같다. 이럴 때 조는 게 진짜 꿀잠이라는 이야기도 있지만, 내 경우는 그렇지 않은 것 같다. 피로는 조금도 가시지 않았고, 불쾌한 나른함만이 내 발목을 붙잡았다.

카페인 초콜릿으로 인해 뇌는 완전히 잠들지 않았고, 바깥의 미약한 소음에 바로 반응해 내 의식을 되돌렸다. 나는 입술을 깨물어 아직 덜 깬 몸을 각성시켰고, K—2의 방아쇠에 손가락을 집어넣었다.

오른손잡이는 사실 총을 오른쪽 어깨에 견착하는 게 맞지만, 나는 그냥 왼손으로 총을 지탱해 왼쪽 어깨에 견착했다. 이러면 정밀성이 떨어지겠지만 나머지는 끼릭이가 다 알아서 해줄 테니 걱정할 게 없었다.

빈 오른손으로는 칼을 뽑았다. 서늘한 금속 소리가 예리하게 실내의 미적지근한 공기를 갈랐다.

시티 오브 카를은 해일에 직접적인 피해를 입지 않았지만, 습도만큼은 어쩔 수 없이 불쾌하게 올라간 상태였다. 그러나 몬토반드의 검은 레너드 몬토반드에게는 안 어울리게 명검인지 녹이 전혀 슬지 않았다.

나는 후욱, 하고 마지막 잠기운을 몸 밖으로 몰아냈다. 등을 벽에 댄 채 다리만으로 몸을 일으켰다.

이걸로 전투준비는 끝났다. 언제든 싸울 수 있다.

다수의 인기척이 문 너머에서 느껴졌다. 나름 조용히 한다고 노력하는 것 같긴 한데, 제대로 훈련을 받지는 못한 것 같았다.

나를 비롯한 다른 손님들을 깨우지 않기 위한 배려라면 참 좋았겠지만, 벽을 긁는 쇳소리와 긴장한 사람들의 거친 숨소리는 내가 헛된 희망을 품지 못하게 만들고 있었다.

"들어가."

누군가의 속삭임이 들렸다. 그 명령은 곧 실행되었다. 쾅 하는 소리와 함께 문이 열렸다.

애초에 잠금장치를 하지 않았으니 내겐 당연한 일이었으나, 적들에게는 그렇지 않았던지 당황하여 순간적으로 움직임이 굳었다.

누구냐고 묻고 싶고 무슨 짓을 할 셈이냐고도 묻고 싶지만,

그런 확인 절차를 일일이 거치기엔 인원수 차이가 지나치게 크다.

상대는 여럿이고 나는 혼자다. 기습의 이점을 포기하기엔 내가 너무 불리하다. 더욱이 확인이라면 이미 했다. 라플라스가. 정확히는 카를이. 자신의 목숨을 여러 번 던져가면서.

따라서 나는 방아쇠를 당기는 것을 망설이지 않았다.

타타타탕!

이미 소음기를 장착해 두었음에도 불구하고 총소리는 거침없이 조용한 밤공기를 찢어대었다.

가장 앞에 선 놈과 그 뒤에 서 있던 놈이 피를 뿌리며 그 자리에서 무너져 내렸다. 조준한 대로다. 끼릭이는 완벽하게 나를 보조해 주었다.

"엇, 어어!"

세 번째로 선 놈이 당황하며 내게 칼을 휘둘렀다. 당황한 것치곤 좋은 반응이지만 결과는 빚어내지 못했다.

나는 오른손에 든 칼로 가볍게 놈의 공격을 흘리고 다시 사격을 행했다. 타타타타!

놈들은 아직 총에 대해 잘 모르는지 이미 쓰러진 동료를 방패로 삼거나 하지 못했다. 하긴 제국 변경의 그것도 강도 놈들이다. 마법봉이란 게 이 세계에 존재한다손 치더라도 이딴 놈들이 제대로 대응한다면 그게 더욱 놀랄 일이다.

—죽음을 극복하셨습니다. 경조사비 계좌에 축의금으로 20루블이 송금되었습니다.

그리하여 나는 승리를 거두었다.

다섯 놈을 처치하는 데 1분도 채 쓰지 않았다. 아니, 10초나 썼나 모르겠다. 고작 이런 놈들 때문에 자정까지 못 자고 딱딱한 방바닥에 앉아 있었다고 생각하니 새삼 울분이 치솟았다.

"이것들, 뭐 하는 새끼들이야?"

처치했다고 말했지만 아무도 죽지는 않았다. 총을 살살 쐈으니까. 표현만 보면 이상하기 짝이 없게 들릴지 모르겠지만 내겐 끼릭이가 있다. 쏜 것도 소총탄이 아니라 정령탄이었고.

"으으......."

"으으으......."

다 살아 있는 거 아는데 아무도 대답을 안 한다.

"대답해! 진짜로 죽고 싶어?!"

나는 분노에 차 노호성을 질렀다.

사실 대답을 듣고 싶은 건 아니다. 진실은 라플라스에게서 들으면 그만이니. 그냥 소릴 지르는 김에 대충 그럴싸한 말을 만들어내 지르는 것뿐이다.

내가 대답을 종용하며 놈들을 마구 걷어차고 있을 때쯤, 뒤늦게 여관 종업원들이 달려왔다.

"헉, 레너드 님!"

"이 여관, 경비 상태가 엉망이로군."

나를 보며 놀라는 종업원들을 본체만체하며, 나는 혼잣말처럼 중얼거렸다. 물론 들으라고 하는 소리다.

"강도들이다. 알아서 경비병들에게 넘겨."

"예, 옙!"

종업원들이 군기가 잔뜩 들어 대답했다. 이건 좀 마음에 드는군. 그렇게 생각하면서 손을 들어 올렸더니 액체로 끈적거렸다. 피였다. 더럽게 진짜.

"그리고 뜨거운 물 새로 받아줘. 몸에 피가 묻어서 새로 씻어야겠어."

"아, 알겠습니다!"

종업원들은 낑낑거리며 강도 놈들을 내 방에서 끌어내었고, 생각했던 것보다 빠르게 새 목욕물이 준비되었다. 한밤중임에도 불구하고 성실하기 짝이 없는 이들이었다.

빠른 일 처리에 만족한 나는 짜증과 함께 더러워진 옷을 훌훌 벗고 목욕통 안에 몸을 던졌다. 물 온도는 딱 좋았다. 어떻게 이럴 수가 있지? 신기했지만, 이것보다 더 궁금한 게 있었다.

"라플라스."

—예, 새 주인님.

"방금 온 강도 놈들, 어떻게 여관 안에 들어온 거지? 여관에 내통자가 있나?"

아무리 그래도 귀족 전용 여관인데 보안이 너무 쉽게 뚫려 버린 게 신경 쓰였다. 문이나 창문을 부수고 들어온 거라면 소음이 났을 텐데 그런 것도 아니었다. 즉, 안에서 누가 문을 열어줬다는 가설이 강한 신빙성을 얻게 된다.

─예, 있습니다.

라플라스의 말에 나는 깜짝 놀라서 목욕통에서 몸을 일으켰다.

"아니, 그럼 이렇게 있으면 안 되는 거 아냐?"

이런 무방비한 상태로 있다가 그 내통자에게 습격이라도 당하면 위험하다 싶었지만, 라플라스의 이어진 대답은 단호하기 짝이 없었다.

─아뇨, 괜찮습니다.

"엥? …왜?"

─그 내통자도 새 주인님이 제압하셨으니까요.

"아……."

어째 여관 종업원들 군기가 바짝 들었다 했더니 이런 내막이 있었던 모양이다. 자기들한테 언제 불똥이 튈지 모르는 상황이니 최선을 다할 수밖에.

"그럼 이제는 진짜 안심하고 자도 되는 거지?"

─예, 새 주인님.

라플라스의 대답을 듣고 안도한 것도 잠시였다. 결국 나는 뜬눈으로 밤을 지새워야 했다.

카를의 몸은 내가 생각했던 것보다 훨씬 카페인을 잘 받는 몸이어서, 각성 효과가 밤새 지속된 탓이다.

하긴 태어나서 처음 먹는 카페인이니 내성이 있을 리 없지.

"어우, 진짜! 빌어먹을 강도 놈들!!"

밤새 이를 바득바득 갈던 나는 해가 뜬 뒤에나 간신히 눈을 좀 붙일 수 있게 되었다.


\*　　　　\*　　　　\*


아침 식사가 준비되었다는 지배인의 알림을 무시하고 점심까지 푹 잔 나는 오후 늦은 시간이 되어서야 방 밖으로 기어 나왔다.

이래도 괜찮다. 이게 레너드다운 거니까.

"거참, 레너드 놈. 인생 편하게도 살았군."

나는 웃겨서 혼자 큭큭거렸다. 뭐가 웃긴지는 모르겠다. 그냥 웃겼다.

그냥 이대로 뒹굴거리고 싶은 마음도 있었지만 우선 배가 고팠다. 그래서 나는 얼굴에 물만 묻히고 방 밖으로 기어 나갔다.

"좋은 아침입니다, 레너드 님."

여관 로비에서 날 목격한 지배인이 내게 기이한 인사를 건네 왔다.

"어젯밤의 일은 실로 유감스러웠습니다. 레너드 님께 사죄하는 의미로 어제와 오늘의 숙박료는 받지 않겠습니다."

듣던 중에 반가운 소리였다. 그러나 나는 표정을 굳힌 채 풀지 않았다. 왜냐하면 그것이 레너드다운 반응이었기 때문이다.

"방을 옮겨줘. 가장 비싼 방으로. 대신 오늘 하루만 묵도록 하지."

허세, 그리고 허영.

이것들이 레너드 몬토반드라는 인간을 구성하는 가장 중요한 두 가지 요소였다.

"…알겠습니다, 레너드 님. 그렇게 지시해 두겠습니다."

교섭은 성공했다. 레너드의 악명 덕이리라. 기쁘긴 하지만 씁쓸했다.

"지금 나가십니까?"

"그래."

"나가 계신 동안 작업을 완료해 두겠습니다. 그리고……."

나는 턱을 들어 지배인에게 발언을 허락한다는 신호를 보냈다.

"사실 경비대장이 레너드 님을 찾았습니다만, 곤히 주무시고 계신 것 같아 깨우지 못했습니다. 어제 제압하신 강도들에겐 현상금이 조금 걸려 있어서, 경비 사무소로 가시면 그걸 수령하실 수 있으실 겁니다."

"알았어. 알려줘서 고맙군."

몬토반드의 검 손잡이를 두 번 툭툭 치고, 나는 빙그레 웃었다.

레너드도 그렇지만, 나도 돈을 좋아한다.

이것만큼은 연기할 필요가 없었다.

*      *      *

"정말 감사합니다. 귀공의 활약 덕에 시티 오브 카를이 더 살기 좋은 도시가 되었습니다!"

경비대장은 내게 듣기 좋은 말을 늘어놓으며 현상금을 내어 주었다.

"훌륭한 검술 솜씨더군요! 보고 감탄했습니다!"

하는 말이 이상하다 했더니, 경비대장에겐 끼릭이의 정령탄으로 만든 상처가 칼에 찔린 상처로 보인 모양이었다. 레너드 몬토반드가 쓰는 검이 찌르기에 좋은 결투용 검인 탓도 있겠다.

뭐, 굳이 착각을 교정할 이유가 없다.

"별말씀을."

나는 레너드답게 거드름을 피우며 기쁘게 현상금을 받았다.

이야기를 듣자 하니 내 방을 습격했던 그 강도들은 강철도끼단이라고 이 지역에서 꽤 악명을 떨친 범죄자 집단이라고 한다. 원래 이 도시 출신들은 아니지만 서부 지역에서 일어난 지진과 해일로 인해 불어난 난민들 사이에 섞여 들어왔다던가.

처음에는 빈집이나 털고 다니던 놈들이 치안의 공백을 노려 강도 집단으로 변모했다가, 무슨 수를 썼던지 도시 안쪽까지 들어와 시민들의 안전을 위협했다나.

하긴 기사인 레너드까지 노린 걸 보면 괜히 현상금이 걸려 있던 게 아닌 듯했다.

아무튼 그 덕에 현상금으로 받은 은화 주머니가 꽤 묵직하다. 은화 몇 푼은 꺼내 호주머니에 집어넣고, 나머지는 모조리 각성창 안에 밀어 넣었다.

"역시 사람은 돈을 갖고 살아야 해."

지갑이 두둑하니 마음도 든든하다.

기분이 좋아진 나는 경비대에 들르기 전보다 훨씬 경쾌한 걸음걸이로 시티 오브 카를의 거리를 활보했다.

꽤 큰 규모의 도시임에도 사람들의 왕래는 생각보다 적었고 거리에는 활기가 없었다. 라플라스의 이야기를 듣자 하니 카를 궁전이 무너지고 카를 황자가 행방불명됨으로써 카를을 위한 계획도시였던 이 도시의 역할도 애매해진 탓이라고 한다.

제국 황실로부터의 재정지원도 끊길 참이라, 도시의 미래는 결코 밝지 않다고.

"뭐, 내가 상관할 일은 아니지."

군이 라플라스의 말을 듣지 않아도, 거리의 사람들이 수군거리는 소릴 들으면 대충이나마 알 수 있는 정보들이었다. 황자가 행방불명된 거 들었냐느니, 그럼 우리 도시는 어떻게 되는 거냐느니. 그런 이야기가 오가고 있었다.

카를이 행방불명되었다고들 하지만, 그건 감히 황족이 죽었다는 말을 입에 올릴 수 없어서 하는 말에 가깝다. 저런 큰 지진과 해일이 덮쳤다. 누구나 다 카를이 죽었다고 생각은 할 거다. 그리고 모두가 그렇게 생각해 주는 편이 내겐 이롭다.

그러니 정말로 내 알 바가 아니다.

나는 사람들의 수군거림을 뒤로하고 식료품점에 들렀다. 적당히 보존식품을 사다 각성창 안에 쟁여 넣을 생각이었다.

비스킷, 염장 고기, 건조 치즈……. 그중에서도 가장 큰 수확물은 잼이었다.

잼이라니!

이방인들에게 사탕수수 재배지를 빼앗긴 이래, 지구 인류는 잼은커녕 단맛조차 맛보기 힘들어졌었다. 전쟁 중에 한가하게 양봉을 할 수 있는 것도 아니니 꿀 같은 소리도 못 한다.

따라서 지구 출신인 내 입장에서 볼 때, 이 설탕을 담뿍 쓴 잼은 사치스럽기 짝이 없는 물건이었다.

"이건 정말 훌륭해……. 훌륭한 맛이야."

상인이 맛 좀 보라고 내어놓은 샘플을 핥아 먹으며 나는 감탄을 금치 않았다.

"그럼요, 물론이죠. 원래대로라면 카를 궁전에 납품될 물건이니……. 헙."

내 칭찬에 흥이 잔뜩 오른 상인이 말하다 말고 스스로의 입을 막았지만 나는 상관하지 않았다. 과연 그렇군. 황자한테 진상될 터였을 물건이니 훌륭한 게 당연하다.

"재고를 처리해 주는 거니 싸게 주겠지?"

"그, 그러믄요. 하핫!"

이렇게 좋은 물건을 이렇게 싸게 살 수 있는 기회는 별로 없다 싶어, 몇 분 전에 받은 현상금을 아낌없이 지출해 잼을 마구잡이로 사 모았다. 말을 잘못했다 싶어 표정이 썩어 들어가던 상인의 얼굴이 도로 확 펴진 건 말할 것도 없다.

"이렇게 많이 사주시다니. 이걸로 장사라도 하실 겁니까?"

"이걸 누구한테 팔아? 내가 다 먹을 거야."

"와하하! 그러시군요!!"

농담이라고 생각했는지 상인은 크게 웃었다. 진짠데.

그렇게 사 모은 식료품이 잔뜩 든 짐을 짊어지고 다시 여관으로 향하는 척을 하던 나는 적당히 뒷골목에 들어가 사람들 눈을 피했다. 각성창에 짐을 넣어놓기 위해서였다. 아무리 그래도 이걸 아무한테나 보여줄 수는 없지.

나는 가벼워진 몸으로 다음 목적지로 향했다. 다음 목적지란 물론 요릿집이었다. 여관에서 내어 온 아기 사슴 어깨 고기 스테이크도 훌륭했지만, 라플라스가 추천하는 집의 추천 메뉴를 맛보지 않고 넘어갈 수가 없었다.

요리집에는 나 외에 다른 손님이 없었다. 귀족 신분을 증명해야 들어올 수 있는 집인 탓이겠지. 어젯밤에 라플라스로부터 들은 내용이지만, 시티 오브 카를에 돈 많은 귀족이 오는 것도 오랜만이라고 했다.

하긴 뭐, 황자라는 타이틀이 달려 있긴 해도 카를한테 실속이 있어야 말이지. 제대로 된 교육도 못 받고 유폐되다시피 하던 놈인데. 유력 귀족이 줄을 서보겠다고 올 일도 없다. 레너드 같은 놈이 돈 좀 뜯어먹어 보겠다고 들르는 게 고작이지.

사실 레너드도 계승권을 포기한 몸인지라 정식 귀족도 아니고 돈이 많은 것도 아니지만, 그렇다고 요리집이 내 출입을 막는 일은 없었다. 심지어 신분증 검사마저 안 했다. 미리 준비해 놨었는데.

"자, 뽀지게 한번 먹어볼까?"

'특제 소스에 며칠을 절여 꺼내 저온에서 기름을 발라가며 오래 구워낸 후 후추를 담뿍 뿌린 새끼 양 뒷다리 구이'는 훌륭한 맛이었다. 메뉴의 이름이 좀 길지만, 그것도 흠이 안 될 정도로. 괜히 라플라스가 추천한 게 아닌다 싶더라.

주인장이 인심 좋게 내준 디저트까지 해치운 나는 매우 만족해 배를 두드렸다. 고생해서 요리한 주인장에겐 미안한 일이었지만, 달콤한 맛의 디저트가 가장 맛있었다. 디저트 이름이 뭐더라. 잘 기억은 안 나지만. 아무튼.

"아, 매일 이런 것만 먹고 살고 싶군."

하지만 그럴 순 없다. 여기 요리값이 되게 비쌌다. 라틀란트 은화 10개가 부두 노동자의 한 달 월급이라고 들은 거 같은데, 여기 저녁 코스 요리 가격이 그거 거의 두 배나 될 정도로 비쌌으니.

안타까운 일이다.

레너드라면 여기서 바로 술집에 갔다가 유흥을 즐기러 유흥가로 새겠지만 나는 그런 선택을 하지는 않았다. 레너드 노릇을 하는 것도 정도껏이지, 진짜 레너드처럼 놀다간 진짜 파산한다.

어젯밤 일로 여관값이 무료가 되어 망정이지, 아니었다면 쌈지의 금화를 다 써버리는 것도 시간문제였다.

"이 도시의 유혹이 너무 강하다. 여길 얼른 떠야겠어."

―훌륭하시군요.

내 혼잣말에 라플라스가 반응했다.

―다음으로 어딜 가시겠어요?

'그거야 당연히 몬토반드의 검 유적 아니겠어?'

거기까지 말하다 문득 나는 생각을 바꾸고 라플라스에게 질문을 던졌다.

'아니면 뭐, 따로 추천하는 곳이라도 있어?'

─30루블입니다.

나는 픽 웃었다. 30루블이 가리키는 바는 너무나도 명확했다.

'두 번째 대현자의 유적이냐?'

─던전입니다만.

'아, 아무튼.'

던전이니 유적이니가 중요한 게 아니었다.

그게 하나만 있는 게 아니었다니. 내 입장에선 당연히 대환영이었다. 루블도 얻고, 트레저 헌터로서의 힘도 강화하고, 유적의 보상까지 얻을 수 있는 일석삼조의 기회니 환영하지 않을 도리가 없다.

'딜!'

─계좌에 남은 경조사비는 55루블입니다.

이것으로 다음 행로가 결정되었다.


\*　　　　\*　　　　\*


다음 행로는 정해졌지만, 그렇다고 내가 바로 시티 오브 카를을 떠난 것은 아니다.

어차피 해도 져가니 길을 떠나기에 적절하지 않은 시간인 것도 있었지만, 주된 이유는 그게 아니었다.

"아무리 그래도 공짠데 고급 여관에서 가장 비싼 방에서 하룻밤 자고 출발해야지."

상대적으로 저렴한 방도 그렇게 만족도가 높았는데, 가장 비싼 방은 과연 어떨까? 호기심과 기대감이 부풀어 오른다. 이걸 그냥 묻어두고 짐 챙겨서 도시를 나갈 정도로 여유가 없지도 않고 누군가에게 쫓기고 있는 것도 아니다.

내가 동네를 쏘다닌 지 몇 시간 채 지나지도 않았는데, 여관에선 방을 옮길 준비를 모두 마쳐둔 상태였다.

"이 방이 이 여관에서 가장 좋은 방입니다."

지배인의 인도에 따라 간 방의 인테리어는 이상하게 내 눈에 익었다.

"카를 황자께서 머무신 방을 따라 만든 방이지요. 물론 모든 것을 완벽하게 재현하는 불경을 범하지는 못했습니다만, 그에 준하는 서비스를 받으실 수 있도록 성심성의껏 준비했습니다."

"아하."

나야 몇 시간 제대로 머무르지도 못했지만, 내겐 카를의 기억이 남아 있다. 그러니 익숙하게 여겨지는 것도 무리는 아니었다.

"좋아, 오늘 밤은……. 푹 잘 수 있겠군."

카를 입장에선 자기 방에 온 거 같을 테니 한 소리였다. 하지만 지배인은 내 혼잣말을 다르게 받아들인 듯했다.

"물론이지요. 어젯밤 같은 일이 매일 일어났다간 저희로서도 버티질 못합니다."

이 여관에 묵은 이래, 지배인의 솔직한 속내를 처음으로 들은 것 같았다.

$$* \qquad * \qquad *$$

"아니, 카를 놈. 이렇게 좋은 방에서 혼자 지냈단 말이야?"

대리석을 통으로 깎아 만든 커다란 욕조에 몸을 길게 누이면서 나는 혼자 투덜거렸다.

하인들이 낑낑거리며 뜨거운 물이 가득 든 목욕통을 옮겨야 했던 어제와 달리, 욕조의 물을 채우려면 수도꼭지를 돌리기만 하면 된단다. 듣고 그대로 해보니 뜨거운 물 찬 물이 콸콸 나오더라.

어째 어젯밤에 딱 좋은 수온의 물을 금방 준비해 오더라니. 이런 시설이 깔려 있다면야 그 속도도 설명이 된다.

이게 무슨 원리냐고 물어보니 뭐 마법 같은 거라나? 질문을 받은 지배인 본인도 모른다면서 둘러댄다는 말이 그거였다.

'진짜야?'

―유료입니다.

'…아, 그래?'

진짜 마법인가 보네. 나는 대충 넘겨짚었다.

하긴 뭐 원리가 뭐가 중요하겠는가? 중요한 건 지금을 즐기는 것이다.

나는 뜨거운 물을 조금 더 틀어 식기 시작한 욕조의 물 온도를 약간 더 덥히고, 다시 다리 쭉 뻗어 누웠다.

그렇게 한참 동안이나 몸을 데웠다가 욕조를 나와서 몸을 대충 닦은 후 가운만 입고 얼음 속에 박힌 샴페인 병을 꺼내 유리잔에 한 잔 따라서 쭉 마시면…….

"크……!"

세상에 이런 호사가 없다.

그리고 그대로 장정 다섯 명은 누울 수 있는 커다란 침대에 몸을 던지면 스프링이 내 몸을 튕기다 못해 푹신하게 안아준다.

"왕이 된 기분이로군!"

─황자의 방을 모티브로 삼은 거지만요.

아, 아무튼.

"이렇게 하고 푹 자면 딱인데."

자고 일어난 지 6시간도 안 된 상황이라 잠이 오지는 않았다.

"…목욕이나 한 번 더 할까?"

기왕 이렇게 된 거 아예 만끽을 하자는 심산으로, 나는 한 번 흘려보냈던 욕조의 뜨거운 물을 다시 채우기 시작했다.

아무 생각 없이 그러다 문득, 나는 엄청난 사실을 깨달았다.

"한 번 받은 물을 재활용도 안 하고 다시 채우다니……."

낭비 그 자체, 호사 그 자체다!

*         *         *

그러나 좋은 시간은 오래 이어지지 않았다.

자정이 가까워진 시각, 낮잠을 오래 잤던 나는 아직 깨어 있었다. 별로 할 일도 없어서 괜히 끼럭이를 꺼내놓고 부품을 만지고 있었다.

"끼럭… 끼럭……."

끼럭이는 내 손길이 기분 좋은지 낮게 끼럭거리는 소리를 냈다. 귀여운 녀석. 처음에는 귀엽다는 생각을 안 했는데 정이 들수록 귀엽다는 인상이 강해지기만 한다.

그렇게 노닥거리고 있을 때, 노크 소리가 들렸다.

"레너드 님, 혹시 주무십니까?"

지배인의 목소리였다.

"뭐지?"

"말씀드리기 송구스러운 일이… 일어났습니다."

그럼 말하지 말지.

나는 깊은 한숨을 내쉬고 방문을 열었다.

"뭔데?"

"저, 그게……."

지배인은 말을 꺼내기 곤란한 듯 꼼지락거렸다. 그러자 그게 답답했던 듯, 지배인의 뒤에 서 있던 사람이 나서서 말했다.

"내가 직접 이야기하지, 지배인."

투박하게 생긴 남성이었다. 몸 전체를 망토로 가리고 있었지만, 그 망토가 떡 벌어진 어깨와 다부진 근육질의 몸을 완전히 숨기지는 못했다. 키도 크다. 이 정도면 2m는 되겠다. 꽤 위협적인 몸을 갖고 있음에도, 몸놀림이나 목소리에 뒷골목과는 거리가 먼 기품이 느껴졌다.

누구? 내가 시선으로 묻자, 지배인은 조용히 답했다.

"란첼 자작의 기사이신 포아드 경이십니다."

란첼 자작? 포아드 경? 그게 누구야? 내가 알 리가 없었다. 카를도 몰랐고. 따라서 나는 그냥 물어보기로 했다.

'라플라스. 이 사람 누구야?'

─1루블입니다.

흐음, 1루블이라. 별로 중요한 인물은 아니란 뜻이군. 그렇다면 굳이 루블까지 소모하면서 이 사람의 소개를 들을 필요는 없어 보인다.

"반갑네, 포아드라 하네."

하지만 루블 소모가 없는 소개는 들어야지.

"레너드 몬토반드라 합니다."

나는 정중하게 인사에 답했다.

어쨌든 나는 방랑 기사고 상대에겐 주인이 있으며 그 주인은 진짜 귀족이다. 그렇다면 숙이는 게 맞다. 어디까지나 레너드의 가치관으로 보자면 그렇다는 소리다.

"잘 알고 있네, 레너드 몬토반드."

그런데 의외로 포아드 경이 나를 상대로 아는 척을 했다. 갑자기? 왜?

"평소에도 소문은 자주 듣고 지냈지."

아, 레너드의 평소 행실에 대한 소문을 들은 모양이로군. 나는 표정을 구기지 않기 위해 노력해야 했다. 그런데 놀랍게도 포아드 경의 표정이 별로 나쁘지 않다. 어째서?

"그런데 오늘 경비대장으로부터 놀라운 이야기를 들었네. 밤에 침소를 습격한 다섯 명의 무장 강도들을 상대로 상처 하나 입지 않고 단숨에 제압했다면서?"

뭐야, 칭찬이었어? 이 시점에서 나는 더 이상 표정을 관리할 필요가 없어졌다.

"게다가 죽이지도 않고 산 채로 제압했다고? 어지간히 실력 차이가 없다면 불가능한 일이지. 대단한 무위로군."

무위라니. 사실 총으로 쏜 건데. 물론 나는 일일이 이런 오해를 교정해 줄 만큼 딱딱한 성격이 아니었다. 그리고 그건 레너드도 마찬가지였다.

"뭐, 그 정도야 별일 아닙니다."

그래도 입으로는 겸양을 떠는 걸 잊지 않았다. 이러는 날 대견하게 본 건지, 포아드 경은 내 팔꿈치를 손으로 몇 번 쳐주며 이렇게 립서비스를 해주었다.

"그 정도라면 자네도 곧 정식 기사가 될 수 있을 거야."

"가, 감사합니다."

나는 몸 둘 바 몰라 하는 척 하면서 고개를 숙였다.

어쨌든 인사는 잘 끝낸 것 같다, 고 생각했을 때 포아드 경의 표정이 살짝 미안한 듯 변했다. 그런 표정 변화에 나는 직감했다. 아, 이제부터 꺼낼 이야기가 본론이겠구나. 뭐 그런 안 좋은 부류의 직감이었다.

"내 자네와 좋은 인연을 맺고 싶은 마음은 굴뚝같지만, 나도 주인께 메인 몸이라 말일세. 이런 미안한 제안을 하게 되는 것에 대해 매우 유감스럽게 생각하네."

그렇게 운을 뗀 포아드 경은 본론을 말했다. 본론치곤 꽤 길었지만, 요는 자기 주인이 이 방을 써야겠으니 나가달라는 이야기였다.

"…미안하네. 대신 내 사례는 톡톡히 하지."

"아이고, 그럼요. 곧 짐을 챙겨 나옵죠!"

솔직히 유쾌하게 들을 이야기는 아니었으나, 나는 넙죽 대답하며 자세를 낮췄다.

강한 자를 상대로는 철저하게 비굴하게. 이것이 레너드라

는 인물의 기본적인 태도다. 그리고 나는 지금 레너드고, 적어
도 지금은 레너드의 가치관을 존중할 생각이었다.

"그래, 잘 생각했네. 레너드 경. 밑에서 기다리지."

"예, 포아드 경. 저 그런데……."

"음? 뭐지?"

"사례로는 뭘 받을 수 있을까요?"

포아드는 픽 웃었다.

"금화면 되나?"

아이고, 물론입죠!

*　　　*　　　*

포아드 경과 그 주인 란첼 자작은 매우 좋은 사람들이었다.
나한테 금화를 10닢이나 내주었으니 그런 평가를 받을 만한
자격이 충분히 된다.

"이 도시엔 돈 쓰러 왔다가 돈 벌고 가네."

묵직한 금화 주머니를 품속에 넣으니 든든하다. 은화 주머
니의 약 스무 배 정도 더 든든하다.

"그럼 레너드 님. 다른 방으로 안내를……."

"아니야, 됐어. 필요 없어."

포아드로부터 멀어지자마자 나는 지배인을 향해 다시 거만
함을 연기하며 말했다.

"진짜 높으신 분과 같은 지붕 아래 있기만 해도 저녁이 소화가 안 될 것 같아서 말이야. 나는 이쯤해서 날라야겠어. 그러니 새 방을 준비할 필요는 없네. 이대로 체크아웃을 진행하지."

진짜 귀족 어르신이 이 도시에 무슨 볼일이 있어 여기까지 귀하신 발걸음을 하신 건지는 모르지만 대충 감은 잡힌다. 카를 황자가 죽었고 지진과 해일로 궁전이 무너졌다. 아마도 그 일로 관련해서 온 거겠지. 아닐 수도 있지만, 아니면 마는 거고.

그런데 나는 카를 황자의 외사촌인 레너드 몬토반드의 행세를 하고 있다. 게다가 실제로는 죽었다고 알려진 카를 황자 본인이기까지 하다. 란첼인지 뭔지가 날 알아볼 가능성은 희박하지만, 희박한 가능성이라도 남겨두고 싶지는 않았다.

따라서 나는 이렇게 결론을 내렸다.

귀찮은 일에 휘말리기 전에 뜨는 게 상책이라고!

어차피 잠도 안 오겠다, 목욕도 두 번이나 했겠다, 돈도 벌었겠다. 망설일 이유가 없었다.

"뭐…… 없지?"

나는 지배인에게 내가 숙박비를 면제받았음을 새삼 상기시켰다.

"네."

"좋아."

나는 얌전히 고개를 끄덕이는 지배인의 어깨를 툭툭 두들겨 주었다. 날 상대하느라 고생한 그에게 팁을 좀 넘겨줄까 하는 생각도 들었지만, 안타깝게도 그건 레너드다운 짓이 아니다. 오해받을 짓은 하는 게 아니지.

혹시라도 그 란첼 자작이라는 사람과 마주칠까 봐 여관 뒷문을 안내받는 꼼꼼함을 발휘한 후, 나는 곧장 여관을 빠져나왔다.

그동안 잠깐 눈을 감아 금화 주머니를 안전한 각성창 안에 넣어두는 것도 잊지 않았다.

시간이 자정이다. 당연히 통행 시간도 지나 도시 바깥으로 나가는 문은 잠겨 있었기에, 나는 라플라스로부터 들은 개구멍을 통해 빠져나가려고 했다.

그런데 하필이면 딱 그 때, 성벽 근처를 순찰하는 경비대에게 딱 걸렸다.

"오, 레너드 님 아니십니까?"

게다가 경비병의 목소리는 아는 사람이었다. 다름이 아니라 어제 내가 현상금을 수령하러 갔을 때 만났던 경비대장이었다.

"혹시 도시 밖으로 나가시려는 겁니까?"

'뭐야, 어떻게 해야 해?'

나는 경비대장의 질문에 답하는 대신 라플라스에게 물었다. 그러자 라플라스는 아무렇지도 않게 태연한 목소리로 내게 답했다.

─그냥 솔직하게 말씀하셔도 됩니다.

'잉? 그래?'

나는 잠깐 망설였지만, 어차피 다른 방법도 없기에 경비대장에게 말했다.

"네, 진짜 귀족님이 오셨으니 가짜 귀족은 얼른 도망가야죠."

"하하, 귀족 출신 기사님이셔도 그런 점은 똑같군요."

하는 말로 들어보아 경비대장은 일반 시민에서 기사 계급으로 올라온 것 같지만, 다시 볼 일이 있을까 싶은 사람인데 그런 걸 기억해서 뭘 어쩔까. 사실 이름도 소개받은 것 같은데 기억이 안 난다. 뭐 어때.

그보다 이제부터 난 어떻게 되는 거지? 분위기는 괜찮은데, 진짜 괜찮은 건지 모르겠다. 아나나 다를까, 경비대장은 다소 고뇌하듯 미간을 찌푸렸다가 금방 다시 펴며 내게 말했다.

"원래는 안 되지만……. 레너드 님께서 제 큰 골칫덩이를 다섯이나 치워주셨으니 특별히 눈을 감아드리죠."

"하아, 그……. 감사합니다."

"별말씀을요. 대신 이번만입니다."

와, 정말 되다니. 살았다, 살았어. 꼼짝없이 철창행인 줄 알았는데.

"이 도시에서의 인연이 좋은 인연이 되길! 다시 뵙길 바랍니다, 레너드 님!"

"하하, 예."

아니, 난 다시 안 올 건데. 그런 내심은 숨긴 채, 나는 경비대장과의 떨떠름한 인사를 마쳤다.

＊　　　＊　　　＊

레너드 몬토반드가 개구멍을 통해 도시 성벽을 빠져나가고 지금쯤이면 완전히 멀어졌겠다 싶을 때의 일이었다.

"대장님, 저렇게 놔줘도 되는 겁니까?"

자신에게 속닥이는 부하의 목소리에, 경비대장은 미간을 잔뜩 찌푸렸다.

"당연히 안 되지, 인마."

"그럼……."

"아, 이 눈치 없는 새끼."

갑갑한 소리가 나오기 전에, 대장은 먼저 부하의 입을 쌍욕으로 닫았다.

"야, 너 강철도끼단 놈들 상대로 혼자 이길 수 있어?"

"예? 아, 아뇨."

부하는 바로 고개를 저었다. 강철도끼단이 수배까지 당할 정도로 유명해졌음에도 이제까지 체포당하지 않았던 건 단원들의 실력이 대단하기 때문이었다.

강철 도끼를 휘둘러 대는 완력과 사람을 죽이는 데에 아무런 거리낌이 없는 악랄함. 강도질을 하는 데에는 이 두 가지로 족했다.

"너 보고 잡으라고 안 했지? 왜냐면 나도 못 잡으니까."

사실 경비대장이 희생을 각오하고 도시의 경비 병력 상당수를 동원하는 식으로 잡지 못할 건 없었다. 하지만 경비대 몇 명 정도는 목숨을 잃어야 할 것을 각오해야 할 상대였다.

안 그래도 도시 안으로 숨어들려는 난민을 막는 데만도 치안력이 빠듯한 상황이다. 경비대장으로써는 굴욕을 참고 못 본 척을 해야 할 수밖에 없었다.

현상금을 건 것도 잡겠다는 소리가 아니라 잠깐이라도 좀 사리고 있으라는 의도의 경고 비슷한 거였다. 그럼에도 불구하고 강철도끼단은 경비대장의 경고를 무시했지만 말이다.

"그런데 저 위대하신 레너드 몬토반드 경께선 강철도끼단 놈들을 혼자서 다 잡아버리셨단 말이야?"

경고를 무시한 결과가 이거였다.

레너드에 의한 일망타진.

변경 강도단 주제에 기사한테 개기니까 그렇게 되는 거다! …하고 잘난 척을 하고 싶지만, 경비대장은 그러지 못했다. 왜냐하면 그 자신도 기사였으니까.

변경의 기사가 고만고만한 건 당연한 거 아니냐는 변명이 목구멍까지 치밀어 올랐지만, 그보다도 못한 방랑 기사인 레너드가 올린 전공을 생각하면 감히 입 밖에 내지 못할 말이었다.

"자, 그럼 생각해 보자."

그러므로 경비대장은 빠르게 다음 주제로 이어나갔다.

"과연 우리 둘이서 저 분을 사로잡을 수 있을까?"

경비대장의 말에 부하는 정신이 번쩍 든 것 같았다. 대답은 즉시 떠올랐다.

불가능.

아니, 그 정도가 아니다. 부하는 뒤늦게 깨달았다.

방금 전의 상황은 레너드 몬토반드가 먼저 입을 막겠다고 자신들을 죽이려 들었어도 이상하지 않은 상황이었다. 사실 레너드 같은 망나니라면 그러고도 남았다.

그럼에도 레너드가 높임말까지 써주며 그냥 넘어간 것은 경비대장이 먼저 좋은 말로 타일렀기 때문이리라, 고 부하는 착각했다.

그 착각으로 인한 안도의 마음과 또 적절한 대응을 한 대장에 대한 감사함을 담아, 부하는 평소와 다르게 정중히 허리를 숙이며 대장에게 사죄했다.

"죄송합니다, 대장님. 제가 잘못 생각한 것 같습니다."

"그래, 알았으면 됐다."

경비대장은 고개를 끄덕이며 부하의 사죄를 받아들였지만, 그것만으로는 못 미더웠는지 곧장 이렇게 못을 박았다.

"오늘 밤 우린 아무것도 못 본 거야, 알았지?"

"알겠습니다, 대장님."

부하는 다시금 고개를 숙였다.

"허튼소리 했다가만 봐. 내가 가만두는지 보라고."

"저는 대장님께서 무슨 말씀을 하시는지 모르겠습니다. 얼른 근무 마치고 쉬고 싶습니다. 우와, 오늘 달 참 밝네요!"

으르렁대는 경비대장에게 부하는 너스레를 떨었다. 그런 부하의 대응에 이 정도면 됐다 싶었는지 경비대장도 픽 웃었다.

평소부터 군기를 꽉 잡고 사는 사이도 아니다. 힘든 시기를 같이 보내는 동지 아닌가. 대장까지 직접 경계를 나와야 할 정도로 인원이 부족한데, 서로 으르렁거리고 있을 여유 따위는 없었다.

"이 흐린데 무슨 달이 밝아! 너무 어두워서 아무것도 안 보이는데!"

"아, 그렇습죠. 그렇습니다. 너무 어둡네요. 대장님 얼굴도 안 보여요."

"오바 떨지 말고, 새꺄!"

\*　　　\*　　　\*

시티 오브 카를을 떠난 지 얼마 지나지 않아, 나는 뜻하지도 않은 메시지를 듣게 되었다.

─죽음을 극복하셨습니다. 경조사비 계좌에 축의금으로 20루블이 송금되었습니다.

"아니, 왜? 도시 빠져나간 값은 이미 받았잖아?"

개구멍을 완전히 빠져나가자마자 라플라스는 이미 한 번 축의금을 송금해 주었다. 그런데 또? 나는 주변을 둘러보았지만 사람을 잡아먹을 만한 야생동물이나 강도가 있을 만한 곳으로는 보이지 않았다.

─유료입니다만…….

평소엔 잘만 알려주더니만, 이건 또 유료야?

"그럼 됐어!"

이대로 시티 오브 카를에 오래 머물러 있었다면 한 번 이상 죽었을지도 모른다는 사실을 알게 된 것만으로도 족하다. 그리고 그 원인은 저 란첼 자작인지 뭔지 하는 귀족 때문일 가능성이 너무너무 높았다.

앞으로 안 엮이게 조심해야지.

그런 다짐과 함께, 나는 발걸음을 서둘렀다.

\*        \*        \*

방금 전까지 레너드 몬토반드가 묵고 있던 고급 여관의 로비 소파에 남자가 앉아 있다.

아직 허리는 꼿꼿하지만 머리에는 희끗희끗한 머리카락이

보이는 것으로 보아 나이는 50대 정도일까. 포아드 경과는 대조적으로 왜소한 체격이지만 유약하게는 보이지 않는, 날카로운 인상의 남자였다.

남자의 이름은 란첼 자작. 포아드 경의 주인이었다.

"어때?"

란첼 자작은 포아드 경이 여관 중앙 계단을 통해 내려오는 것을 보고 입을 열었다.

"수상합니다."

중앙 계단을 얼른 내려온 포아드 경은 얼른 주인에게 다가가 속삭이듯 대답했다.

"경비대에게 듣기론 다섯의 괴한을 순식간에 제압했다고 하던데, 그에겐 그럴 수 있을 만한 근육이 보이지 않았습니다."

"근육? 근육과 검술 실력 사이에 큰 관계가 있나?"

란첼 자작의 되물음은 일견 문외한의 헛소리로 들릴 수 있으나, 포아드 경은 오히려 주인이 지나치게 눈이 높아서 생긴 오해라는 것을 잘 알고 있었다. 너무 뛰어난 검사들만 보니 잘못된 상식을 가지게 된 탓이었다.

"검력이 근력과 상관없어지는 건 일정 수준 이상, 적어도 벽을 뛰어넘어야 가능한 일입니다. 그리고 그는 그 일정 수준에 미달한 것으로 저는 보았습니다."

"그럼에도 불구하고 놈이 제압한 강도들을 경비대에 끌고 온 건 사실이란 말이지."

란첼 자작은 흥미롭다는 듯 중얼거렸다.

"흐음, 숨겨둔 한 수는 있는 모양이로군."

"예, 검술이 아니거나……. …검술은 아닌 것 같습니다."

"그래."

고뇌하는 포아드 경의 모습이 재미있었던지, 란첼 자작은 슬쩍 웃었다.

"그래, 이름은 뭐라고 하던가?"

"레너드 몬토반드입니다."

"몬토반드… 레너드. 아아."

포아드 경의 입에서 나온 이름을 잠시 곱씹던 란첼 자작은 알았다는 듯 고개를 주억거렸다.

"알고 계십니까?"

"몬토반드 가문이야 유명하니까. 우리 카를 전하의 외가니."

포아드 경의 물음에 란첼 자작은 수염을 손가락으로 튕기며 말했다.

"하지만 레너드에 대해서는 따로 기억하고 있는 별명이 있지."

란첼 자작이 흐훗, 하고 웃었다.

"몬토반드의 광대."

"제가 들은 바와 차이가 있군요."

포아드 경은 따라 웃지 않고 그대로 말했다.

"그래? 경은 뭐라고 들었지?"

"몬토반드의 협객이라고."

"하하하핫!"

포아드 경의 대답에 란첼 자작은 무릎을 치며 웃었다.

"그게 그거 아닌가?"

"틀린 말씀은 아니로군요."

포아드 경은 진지하게 대답했다.

란첼 자작의 웃음은 길게 이어지지 않았다. 자작의 눈빛은 곧 다시 예리하게 벼려졌다.

"그래, 그런가. 그 몬토반드의 광대란 말이지. 그 몬토반드의 광대가……. 그렇게 강하다고?"

란첼 자작은 지배인이 직접 내어 온 홍차 잔을 손가락으로 훑으며 말했다. 홍차는 꽤 좋은 것을 쓰고 있었는지 향이 좋았으나, 자작은 입에 대지 않았다. 그는 이런 외지에서 자신의 사람도 아닌 이가 내준 음료를 마실 수 있는 위치의 인간이 아니었다.

결국 홍차 잔에서 손가락을 떼고 다시 턱 밑 수염을 만지던 란첼 자작은 문득 포아드 경을 향해 이렇게 말했다.

"그 녀석, 수상한데?"

"네, 저도 그렇게 생각했습니다."

포아드 경도 고개를 끄덕이며 주인의 의견에 동의했다.

"그래서 금화 열 개를 건넸습니다."

"금화 열 개라……."

란첼 자작은 포아드 경의 조치가 기꺼운 듯 웃었다.

"그 정도면 충분하지. 잘했네, 포아드 경."

사실 포아드 경이 레너드 몬토반드에게 건네준 금화에는 추적 마법이 걸려 있었다. 금화를 열 개 건넸다는 건 추적 마법이 걸린 금화를 하나 건넸다는 음어였다.

나머지 아홉 개는 정상적인 금화이지만, 설령 마법이라는 수단을 쓰지 않더라도 나머지 금화의 일련번호 또한 기록되어 있으니 마음만 먹으면 금방 추적할 수 있다.

"별말씀을. 제가 해야 할 일을 한 것뿐입니다."

"그래, 그래도……. 음?"

의례적인 대화를 나누며 품속에서 무언가를 꺼내 들던 란첼 자작은 문득 움직임을 멈췄다.

"왜 그러십니까?"

"없어졌어."

"예?"

"금화 열 개 말일세."

란첼 자작의 말뜻을 뒤늦게 알아들은 포아드 경은 눈을 크게 떴다. 그의 눈에는 란첼 자작이 꺼내 든 물건이 보였다. 그것은 추적 마법의 금화와 짝이 되는 마법 물품, 금화추적기였다.

금화추적기는 분명 작동하고 있음에도, 분명 아직 이 도시에 머무르고 있어야 할 레너드 몬토반드의 추적은 멈춰진 상태였다.

"그게… 가능한 일입니까?"

만약 레너드가 금화에 마법이 걸려 있다는 것을 알고 빼돌리거나 숨기거나 버렸다면 추적 마법은 금화가 있는 곳에 반응할 것이다. 금화에 걸린 마법을 깨버렸다면 그건 또 그것대로 반응이 돌아왔을 테고, 란첼 자작이 감지했을 것이다.

하지만 금화의 반응이 아예 사라져 버리다니? 포아드 경의 상식으로는 있을 수 없는 일이었다.

그러나 란첼 자작은 고개를 저었다.

"아예 불가능하지는 않아."

예를 들어 금화를 다른 차원에 숨기거나 했다면 추적이 불가능해지기는 한다. 레너드가 금화를 들고 다른 차원으로 떠난다거나, 아니면 금화만 다른 차원에 잠시 보관해 둔다거나.

"하지만 자네가 말하고 내가 알고 있는 레너드 몬토반드에겐 불가능한 일이지."

단순히 소지품을 숨기기 위한 작은 차원을 만들어내는 건 란첼 자작 같은 고위 마법사에게도 불가능한 일이다. 그리고 그렇게 만들어낸 작은 차원에, 금화 같은 자잘한 물건을 숨기는 건 더욱 상식적이지 않은 행위다.

차원 여행? 그건 더욱 어불성설이다. 그게 가능이나 한 이야긴가?

아무튼 이로써 레너드 몬토반드라는 남자가 조금 전까지보다 두 배, 아니, 열 배 이상 수상해진 것만은 확실했다.

"놈은 아직 이 여관에 머무르고 있나? 혹시 모르지. 놈을 불러오도록 해보게."

"알겠습니다."

포아드 경은 성큼성큼 걸어가 카운터의 벨을 흔들었다. 맑은 종소리가 몇 차례 울리고, 지배인이 헐레벌떡 나타났다.

"무슨 일로 부르셨는지요?"

"레너드 경은 방을 옮기셨는지?"

"예, 방을 비워줬습니다. 저, 머무실 방은 지금 시급히 청소 중입니다. 곧 사용할 수 있는 상태로……."

"아니, 그게 아니라."

포아드 경은 지배인의 말을 끊고 다시 물었다.

"내 주인께서 레너드 경을 보고 싶어 하셔서 말인데, 좀 불러와 줄 수 있겠는가?"

"아, 그거라면……. 레너드 경은 체크아웃했습니다."

"…이 한밤중에?"

"예."

지배인의 대답을 들은 포아드 경은 란첼 자작 쪽으로 시선을 돌렸다. 대화를 듣고 있던 자작은 얼굴을 무섭게 굳혔다. 그 표정을 본 포아드 경은 다시 고개를 돌려 지배인에게 지시했다.

"지배인, 청소 작업을 계속하게. 도중에 불러서 미안하군."

"알겠습니다,

여관 지배인은 자신에게 불이 옮겨 붙을까 무서웠던지 빠른 속도로 자리를 빠져나갔다. 그런 그의 뒷모습을 지켜보고 있던 포아드 경은 자신의 주인에게 속삭였다.

"…어떻게 할까요?"

"금화로 추적할 수 없다면 다른 방법을 동원해야겠지."

란첼 자작은 포아드 경의 대답을 듣지 않았다. 대신 품에서 무언가를 꺼내 잠깐 조작한 후, 거기다 대고 말했다.

"레너드 몬토반드다. 다시 말한다. 레너드 몬토반드. 놈의 중요도를 세 단계 상향 조정하고 위치를 알게 되는 즉시 내게 보고하도록."

제6장
—
성장하는 힘

　대현자의 유적으로 향하는 길은 험로였다. 이걸 길이라고 할 수 있을까 싶을 정도로. 숲을 뚫고 산을 넘거나 절벽 아래로 기어 내려가는 등의 험난한 여정을 감수해야 했다.

　나야 정찰병 출신이니만큼 익숙하기도 했지만, 카를의 몸은 별로 익숙하지 않을 텐데 생각보다 잘 버텨주고 있었다. 이것도 루에노의 죽을 먹은 영향이려나. 아마 그렇겠지.

　여기까지 오는 동안 죽음을 극복했다는 메시지를 두 번이나 받았다. 좀 위험하다 싶은 곳에선 여지없이 죽어나가는 카를 덕택이다. 이걸 덕택이라고 하면 안 되려나. 안 되겠지. 그만두자.

　뭐, 서두를 건 없었다. 인적 드문 심산유곡에 들어온 시점에서 란첼 자작의 추적을 걱정할 필요는 없어졌다. 애초에 추적을 하고 있는지조차 의문이지만, 조심해서 나쁠 건 없으리라는 생각으로 의식하고 있을 뿐이다.

그런 사소한, 만약에 대한 염려도 할 필요가 없어진 이상, 굳이 강행군을 할 필요는 없었다.

탕!

"끼에엑!"

그러니 이렇게 딴짓을 할 여유도 생기는 거지.

피를 뿌리며 나자빠지는 멧돼지의 모습을 확인한 나는 K-2를 툭툭 쳐 끼럭이를 치하했다.

"잘했다."

"끼릭!"

끼럭이는 기쁜 듯 끼럭거렸다. 지난 며칠 간, 끼럭이는 더 성장해 총열에 가스 마개까지 자신의 몸으로 삼았다. 이제 가스 마개 잃어버릴 염려는 아예 없어졌으니 좋아할 일이 맞다.

"처음보다 성장이 더 빨라진 것 같은데?"

처음에는 노리쇠뭉치였다가 가스 활대를 제 몸 삼는 데 일주일은 걸린 것 같은데, 총열까지 성장한 건 닷새면 족했다. 단순히 가스 활대와 총열의 부피 차이만 비교해 봐도 더 빠른 속도로 성장하고 있는 게 틀림없었다.

그리고 어제 막 내 손에 가스 마개를 뱉어낸 참이었다. 총열을 제 몸 삼고 이틀도 안 된 후의 일이었다.

―새 주인님께서 성장하신 덕입니다.

라플라스가 말했다.

"아, 그러고 보니 2령급이 됐었지. 정령력으로만 따지면."

이것도 루에노에게서 얻어먹은 이상한 죽 덕택이다. 나는 그렇게 생각했다. 하지만 라플라스의 의견은 좀 달랐던 모양이다.

―물론 그 영향도 있겠습니다만, 새 주인님께서 정령력을 효율 좋게 움직이는 법을 터득하셨다는 방증이기도 합니다.

"어, 그래?"

―갈수록 정령력을 다루는 솜씨가 능숙해지시는군요. 바로 며칠 전에 정령법을 배웠다는 것을 감안하면 놀라울 정도입니다.

"에이, 뭘."

나는 겸양했지만, 라플라스는 듣기 좋으라고 한 소리인 것만은 아닌지 정색했다.

―아뇨, 정말로 말이 안 될 정도입니다. 단순히 끼릭이가 특이해서 그런 것만은 아닌 것 같습니다.

"끼릭, 끼릭!"

물론 내가 끼릭거린 건 아니다. 나는 끼릭이를 다시 쓰다듬어주었다.

"그럼 곧 둘째를 볼 수 있겠네."

―네? 아, 네.

"끼릭?"

내 말이 무슨 뜻인지 모르는 듯, 끼릭이는 끼릭거렸다. 귀여운 것.

"우리 끼릭이 빨리 동생 만들어줘야겠다."

나는 결심했다.

*　　　　*　　　　*

그 뒤로도 며칠이 흘렀다.

지난 며칠간의 캠핑으로 깨닫게 된 건, 염장 고기는 도저히 사람 먹을 게 못 되는 물건이라는 점이었다.

이럴 줄 알았으면 잼을 좀 덜 사고 염장 고기 대신 햄을 살 걸. 나는 잠깐 후회했지만 곧 마음을 고쳐먹었다. 햄 살 돈으로 잼 사는 게 맞는 판단이었다. 그냥 염장 고기를 사지 말았어야지. 염장 고기 살 돈으로 잼을 더 많이 샀어야 됐어.

물론 이건 이렇게 순조롭게 사냥을 성공시켰으니 할 수 있는 후회이기도 했다. 신선한 고기를 이렇게 현지에서 조달할 수 있을 걸 미리 알았더라면 다른 선택을 했었을 테니까.

하지만 이번 사냥은 운이 좋았을 뿐이다. 이동 중에 사냥감을 떡하니 마주칠 기회는 흔치 않다. 보통은 짐승이 먼저 사람을 피해 다니는지라, 사냥꾼이 적극적으로 사냥감을 쫓아야 그나마 사냥을 시도라도 해볼 수 있는 게 일반적이다.

나는 그렇게 생각했다.

―죽음을 극복하셨습니다. 경조사비 계좌에 축의금으로 20루블이 송금되었습니다.

그런데 갑작스러운 라플라스의 메시지가 내 생각을 바꾸게 만든 계기가 되었다.

"음? 뭐야? 카를 녀석, 돼지한테 죽은 적도 있는 거야?"

―멧돼지는 맹수입니다. 사람도 잡아먹죠.

"아니, 그거야 나도 알지만."

나는 어떤 가능성을 떠올리고 얼굴에 핏기가 가시는 걸 느꼈다.

"설마 카를 녀석, 멧돼지한테 잡아먹힌 적도 있는 거야?"

―…….

내 질문에 라플라스는 입을 다물었다. 답이 유료라고도 말하지 않았다. 나도 굳이 캐물을 기분은 들지 않았다.

"설마 이 멧돼지 놈, 사람 기척을 알아차리고도 도망 안 간 이유가……."

아차, 답에 도달할 뻔했다. 세상엔 모르는 게, 알아차리지 못하는 게 더 나은 것도 있는 법이다. 이 경우가 바로 그런 경우에 속했다.

생각하길 그만둔 나는 사냥감으로 잡은 멧돼지를 갈무리했다.

딱 봐도 100kg은 훌쩍 넘는 멧돼지를 사람 혼자서 옮길 수는 없으나, 내게는 방법이 있다. 멧돼지의 멱살을 잡고 각성창에 집어넣으면 끝이다.

"내가 먹어서 복수해 주지."

사실 그게 아니더라도 먹을 생각이긴 했지만, 나는 대충 아무렇게나 나오는 대로 말했다.

＊　　　＊　　　＊

나는 마침내 대현자의 두 번째 유적 입구에 도달했다.

"여기가 대현자의 두 번째 유적인가."

—던전입니다만.

"아무튼."

두 번째 유적은 황당하게도 절벽 한가운데 자리 잡고 있었다. 아니, 잘 생각해 보니 첫 번째 유적도 그랬다. 심지어 출입 방법도 같았다. 구멍에다 손가락을 넣는 것.

"하긴 유적마다 출입 방법이 꼭 달라야 한다는 법도 없지."

여기서 더 복잡해져 봤자 애먹는 건 다른 사람도 아닌 바로 나다.

나는 유적 안으로 입장했다. 그리고 눈을 감았다.

"…좋아!"

나는 이 유적용으로 생성된 새로운 [탐사 일지]를 꺼내 들었다.

"역시 여기도 유적이었어!"

—…네, 유적 맞네요.

지금껏 끈질기게 던전이라고 정정해 왔던 라플라스도 결국 인정하고 말았다.

"자, 그럼 탐사에 나서볼까?"

—공략, 필요하신가요?

"100루블?"

—네. 참고로 지금 새 주인님의 계좌에는 155루블이 남아 있습니다.

그간 꽤 헤프게 썼는데도 유적까지 오는 도중에 60루블을 추가로 벌었기에 어느새 다시 100루블을 넘겼다. 그래서 공략을 사서 볼 루블은 있다. 있지만!

"아니, 여긴 트레저 헌터로서의 능력으로 도전해 보도록 하겠어."

내 오랜 꿈을 이루는 자리다. 스스로의 능력을 시험하는 것은 당연하다.

—알겠습니다. 부디 행운을.

"좋아, 가볼까!"

나는 의욕적으로 나섰다.

\*　　　　\*　　　　\*

"히익! 허억! 흐억!"

주, 죽을 뻔했다!

설마 마지막 함정이 12살의 카를 체구가 아니면 통과할 수 없는 함정이었을 줄이야! 만약 내 트레저 헌터로서의 능력이 없었더라면 걸려들어서 몸이 4등분 났을 거다.

대현자의 두 번째 유적 콘셉트는 첫 번째 유적의 재탕인 것으로 보였다. 유적에 배치된 모든 함정에 기시감이 느껴져 혹시나 했는데 역시나였다.

그러나 그렇다고 쉽게 통과할 수 있었던 건 아니었다. 두 번째 유적의 함정들은 한층 더 높은 난이도로 나를 맞이했으니까.

첫 번째 유적의 함정과 비슷한 패턴으로 나오다가 허를 찌르듯 나오는 칼날, 화살, 창날! 정답이 오답으로 바뀌고 오답이 정답으로 바뀌는 순간, 내가 믿을 건 오직 내 위기 감지뿐이었다.

그나마도 지난 유적에서 함정 감지와 위기 감지가 업그레이드되어서 망정이지, 아니었다면 난 이미 죽은 목숨이었으리라.

그것뿐이랴, 함정들의 배치가 또 악랄했다. 마지막 직전까지 성인 카를로서의 피지컬을 요구하는 함정들이 줄기차게 나오다가 최후의 최후에 12살 카를의 체구를 이용해야 살아남을 수 있는 함정이 나오다니.

"죽일 셈이냐!"

나는 악에 받쳐 외쳤다.

—단계적으로 난이도가 오르는 건 당연한 설계지요.

그런 내 노호성에 라플라스의 담담한 목소리가 기름을 끼 얹었다.

"말 다 했냐?!"

—제가 아니라 전 주인님께서 그렇게 말씀하셨다는 의미로 말씀드린 겁니다.

라플라스가 뒤늦게 어물쩍 변명했다.

물론 이 모든 게 라플라스의 탓이 아님을 이성으로는 알고 있었다. 하지만 난 죽을 뻔했다. 그렇다면 화 좀 내도 되는 거 아니겠는가!

"어휴, 그래. 대현자가 변태지, 네가 변태겠냐."

그럼에도 불구하고 내 올바른 인성은 종로에서 뺨 맞고 한 강에서 화풀이하는 걸 용납 못 했다. 찝찝하게 남은 담담함을 한숨과 함께 몰아내 버린 나는 통로 끝에 놓인 문을 향해 저 벅저벅 걸어갔다.

다행히 문에는 아무런 함정이 없었다. 나는 문고리를 붙잡 고 문을 열었다.

"자, 보상의 시간이다."

이렇게 혼잣말을 하며 문을 열었지만, 열자마자 나는 내 생 각이 틀렸음을 알게 되었다.

먼저, 방의 크기가 꽤나 컸다. 거의 카를 황자의 침실 정도 크기다. 다음으로, 보물 상자가 없었다. 상자 비스무리한 것조차 없었다.

대신 폐목재 같은 것이 방 중앙에 수북하게 쌓여 있었다.

"…안 좋은 예감밖에 안 드는데?"

나는 반사적으로 전투태세를 갖췄다. 왼손에는 K—2, 오른손에는 몬토반드의 검. 무슨 근거가 있어서 이러는 게 아니라, 단순히 직감에 따른 행동이었다.

안타깝게도 이번에도 내 직감은 맞아들었다.

내가 전투태세를 취하자마자 폐목재가 제멋대로 모여들더니 그 자리에서 일어났다. 일어난 폐목재는 어느새 인간의 형상을 취하고 있었다. 다만 그 신장이 2미터를 훌쩍 넘기는 게 아주 부담스러웠다.

머리 부분 목재에 눈인 것처럼 뻥 하니 뚫린 옹이구멍에 불길한 빛이 깜박거렸다. 어지간한 장정의 대퇴부보다 더 굵직한 몽둥이를 오른손에 비켜 든 게, 저 나무 괴물이 내게 친근감을 표시할 것 같지가 않았다.

"아하, 과연."

나는 상황을 파악했다.

"보스전이로군."

내가 연 것은 보상 방의 문이 아니었다.

보스 방의 문이었다.

\*          \*          \*

타타타타타타타타!

K—2가 마치 기관총처럼 울부짖었다. 실탄을 이런 식으로 쏴댔다간 금방 총열이 상해 버릴 테지만, 지금 K—2의 총열은 끼릭이고 쏘는 것도 실탄이 아니라 정령탄이었으므로 괜찮았다.

그래, K—2는 괜찮았다. 문제는 오히려 내 쪽에 있었다.

"히익!"

[위기 감지 2]로 목숨의 위협을 느낀 나는 그 자리에서 데굴데굴 굴렀고, 방금 전까지 내가 있던 자리를 나무 괴물의 몽둥이가 스치고 지나갔다.

이러다 죽겠다!

"젠장, 정령탄이 안 통해!"

—공략을 구매하시겠습니까?

"아니!"

나는 다시 K—2를 들어서 드르르르륵 긁었다. 연사에 걸어 놓고 쏜 정령탄이 나무 괴물의 몸에 박히면서 나무껍질이 찢겨져 나갔지만 별 큰 의미는 없다. 껍질은 껍질일 뿐이니까.

"나무 주제에 왜 이렇게 단단해?!"

정령탄으로 큰 피해를 줄 수 없다는 건 잘 알고 있었지만, 저 나무 괴물은 저렇게 몸집이 큰 주제에 꽤 재빨라서 그냥 도망치기만 해서는 구석으로 몰릴 뿐이다. 그 뒤엔? 몽둥이에

난타당해 죽게 되겠지.

그렇다고 칼로 찌른다고 뭐가 크게 바뀔 거 같지는 않았다. 루에노의 죽을 먹었다지만 내 근력은 대단히 상식적인 수준이었고, 이 수준의 힘을 갖고 칼로 나무를 쑤신다고 뭐가 그렇게 바뀌겠는가?

결국 내가 할 수 있는 건 정령탄 연사의 저지력으로 나무 괴물의 행동을 방해하면서 거리를 벌리는 게 고작이었다.

"아냐, 하나 더 있어."

상황은 꽤 절망적이었지만, 그 순간 아이디어가 하나 번뜩 떠올랐다.

"더 강력한 사격!"

내게는 그 수단이 있다.

정령탄이 안 통한다면 실탄을 쏘면 된다! 이미 정령탄의 위력이 K—2 실탄의 위력을 넘어선 지 오래지만, 끼릭이는 실탄 사격조차 강화하는 능력이 있음을 이미 입증하지 않았는가?

문제는 실탄 탄창이 각성창 안에 들었다는 것이었다. 각성창을 열려면 눈을 감아야 하는데, 지금 그럴 여유가…….

"히익!"

잠깐 생각하는 사이 어느새 나무 괴물이 거리를 좁혀 왔고, 나는 급하게 굴러 나무 괴물의 공격을 피했다.

"지금이다!"

순간의 기지를 발휘해, 나는 구르면서 눈을 감았다. 각성창이 열렸고, 나는 성공적으로 탄창을 집어 꺼냈다. 그 대신 오른손에 들고 있던 몬토반드의 검을 던져 버려야 했지만 칼 따위 조금도 도움이 안 되는 상황이다. 이게 훨씬 낫다!

철컥!

K-2에 탄창이 결합되는 쇳소리가 이보다 더 든든할 수가 없다.

"끼릭아! 최대 위력!"

"끼릭!"

타타타타타타타!!

\*          \*          \*

결론부터 말해, 실탄사격도 내가 생각했던 만큼의 성과를 거두지는 못했다. 나무 괴물의 나무 부분, 굳이 비유하자면 '살'은 찢어버릴 위력이 나왔지만 '뼈'를 부러뜨리지는 못했다.

이 미친 대현자 놈, 나무 괴물의 뼈대를 강철로 만들어놨다. 아니, 강철보다 더 튼튼한 금속일지도 모른다. 정령력으로 강화된 지금의 내 K-2 실탄사격은 강철 방패도 걸레짝으로 만들고 남을 텐데, 나무 괴물의 뼈에는 흠집조차 못 냈으니까.

그럼에도 불구하고 나는 승리했다.

트레저 헌터의 [비밀 감지] 능력으로 나무 괴물의 '핵'을 발견해 낸 게 승리 요인이었다.

"이상하게 신경 쓰이는 부분이 있더라니, 거기가 약점이었을 줄이야."

원래 모습인 폐목재 더미로 돌아간 나무 괴물을 허탈하게 내려다보면서 나는 혼자 중얼거렸다. 내 입장에선 허탈할 만도 했다. 그 부분이 신경 쓰인 건 거의 처음부터였으니까.

다만 정령탄으로 쏴도 별 의미가 없기에 약점이 아닌가 보다 넘겨짚었는데, 실탄으로 쏴주자마자 전원 꺼진 로봇처럼 무너져 내렸다. 미리 알았다면 탄창 좀 아꼈을 텐데, 결국 탄창 하나 다 쓰고 두 번째 탄창을 꺼내서야 이판사판으로 쏴본 게 결실을 맺었다.

─죽음을 극복하셨습니다. 경조사비 계좌에 축의금으로 20루블이 송금되었습니다.

그러나 승리의 기쁨은 허탈함보다 컸다. 죽을 뻔했는데 살아남은 거다. 기쁘지 않을 도리가 없다.

"잘했다, 잘했어! 끼릭아!!"

"끼릭! 끼릭!! …쿨럭!"

내가 K─2를 끌어안고 기뻐하고 있으려니 끼릭이도 기쁜 듯 몇 차례 끼릭거리더니 갑자기 쿨럭거리기 시작했다. 얘 왜 이래?

"끼릭아?"

"쿨럭, 쿨럭! 카학! 퉤!!"

끼릭이는 침 뱉는 소리와 함께 탄창을 토해냈다. 아직 덜 쏜 실탄이 든 탄창이 보스 방 바닥을 나뒹굴었다. 그다음에는 총몸이 한꺼번에 철커덕하는 소릴 내며 떨어졌다. 개머리판까지 한꺼번에 떨어진 거라 꽤나 소음이 컸다.

"헉! 끼릭아, 너……!"

"끼릭! 끼릭!!"

"성장했구나!!"

그랬다. 이제까지 끼릭이는 K-2의 부품을 자신의 몸으로 대체하는 식으로 성장해 왔다. 그리고 그 성장이 완전히 이루어진 순간, 끼릭이는 K-2가 되었다. 아니, K-2가 끼릭이가 된 건가? 뭐 어느 쪽이건 상관은 없었다.

"이건… 정말 고무적이로군."

끼릭이 쪽에도 탄창이 결합되어 있는 것을 발견한 나는 탄창을 한번 뽑아보았다. 방금 전의 전투로 분명히 탄창 절반 정도는 비웠던 것 같은데, 탄창 안에는 실탄이 가득 들어 있었다.

"끼릭아, 이거 네 몸이야?"

"끼릭!"

끼릭이가 고개를 끄덕인 것처럼 보였다. 실제론 어디가 고개인지도 모르겠지만, 아무튼 긍정의 대답이라는 게 중요하다. 이것으로 나는 무한 탄창을 손에 넣었다. 실제론 재장전을 할 때마다 정령력을 소모하겠지만 이게 어딘가!

"끼릭아! 넌 정말 대단한 친구야!!"

"끼릭! 끼릭!!"

내가 그렇게 끼릭이를 얼싸안고 기뻐하고 있으려니, 그동안 입 다물고 있던 라플라스가 입을 열었다.

─새 주인님, 아무래도 끼릭이가 완전히 성장한 것 같습니다.

"아, 그렇지? 나도 그런 거 같았어!"

라플라스의 공인까지 받았으니 정말 확실해졌다.

─그렇습니다. 정말… 이해의 범주를 벗어난 성장 속도로군요.

"뭐야, 내 정령력이 넘쳐서 성장이 빨라질 거라고 한 건 너잖아."

─그걸 감안해도 너무 빠릅니다만. …하긴 빨라서 나쁠 건 없지만요.

나쁠 게 없다니 다행이로군.

"후……. 아무튼 좋아."

나는 들뜬 가슴을 가라앉히려 노력하며 끼릭이를 쓰다듬었다.

여기에 오기까지 고생도 많이 했고, 여러 번 죽을 뻔도 했다.

그 끝에, 나는 드디어 수확의 때를 맞이했다.

"자, 우선은 유적 클리어 보상부터 먹어볼까?"

달콤한 시간이다.

"라플라스, 이 유적의 보상은 뭐야?"

─골렘입니다.

"뭐? 골렘이라니……. 저 나무 괴물 말하는 거 맞아?"

─정확히는 그 잔해입니다만. 보상이라기보다는 전리품이지

만요.

라플라스의 말에 의하면 나무 괴물, 즉 골렘의 '살' 부분을 이루는 목재와 '뼈대'를 이루는 금속, 그리고 내가 파괴한 골렘의 '코어'는 모두 고급품으로 충분한 가치를 지닌다고 한다. 자세한 설명은 유료지만, 대충 연금술과 골렘 제작에 유용한 물건들이라나.

물론 나도 연금술이나 골렘 제작을 배울 순 있을 것이다. 그러나 그건 먼 훗날의 일이 될 터였다. 내게는 지금 당장 도움이 되는 힘이 필요했고, 내 생각에 연금술과 골렘 제작은 그 범주에 들어가지 않았다.

그러니 이 골렘 잔해는 내게 있어선 그냥 잔해에 지나지 않았다.

―가치를 아는 이들에겐 비싸게 팔릴 겁니다.

비싸게 팔 '수도 있는' 잔해.

"대현자는 왜 자꾸 보상을 현물로 지급하려고 하지?"

지난번의 후추나 암염도 그렇고, 이번엔 목재와 금속이라니. 무슨 악덕 기업 사장인가? 하긴 내가 대현자를 위해 일한 건 아니니 보수를 현물로 준다고 투덜거릴 신세는 못 된다. 그러나 투덜거릴 자격은 있다. 여기까지 오는 데 한두 번 죽을 뻔했는가?

"뭐, 이번에도 비밀 방이 있겠지?"

열 번 넘게 죽음의 위기를 넘기면서도 내가 투덜거리는 것에 그친 건 이런 기대 때문이었다.

첫 번째 유적에도 있었으니, 두 번째 유적에도 있겠지?

다소 안이한 예상이었으나, 내겐 믿는 구석이 있었다.

—유료입니다.

"아주 좋은 대답이로군."

라플라스의 대답도 대답이지만, 더 믿을 만한 건 역시 [탐사 일지]다. 무엇보다 이쪽은 무료다.

나는 각성창에서 이 유적의 [탐사 일지]를 꺼내 팔락팔락 넘겼다. 아니나 다를까, [탐사 일지]에는 빈 페이지가 남아 있었다. 나는 빙긋 웃으며 선언했다.

"좋아, 그럼 시작해 볼까?"

나는 [비밀 감지]를 활용할 셈으로 보스 방 이곳저곳을 둘러보기 시작했다. 첫 번째 유적 때와는 달리 스포트라이트로 힌트를 준다거나 하는 건 없었기에 더 꼼꼼히 봐야 했다.

\* \* \*

얼마 후.

보스 방 안은 깨끗해졌다. 내가 청소한 덕이다. 물론 내가 한 청소란 건 골렘의 잔해를 모조리 모아 각성창 안에 밀어 넣는 것이었다. 이것도 보상이고 전리품인데 놔두고 갈 리가 없지.

당연히 골렘과 싸우다 던져 버린 몬토반드의 검도 회수했다. 다행히 검은 멀쩡했다. 이 하나 안 빠진 걸 보니 꽤 단단한 소재로 제대로 만든 모양이었다.

잘못 휘거나 이 빠졌다가 몬토반드의 유산을 회수 못 하면 그것도 문제니 앞으론 신경 써야지. …그냥 칼을 꺼내지 말까? 나는 진지하게 고민했다.

칼을 안 쓸 거면 대체품을 마련해야겠지. 나는 각성창에 처박아두었던 K─2 부품들을 꺼내, 이번에 끼럭이가 뱉어낸 총몸과 결합시켰다. 그랬더니 새로운 K─2가 한 정 탄생했다.

어차피 내가 쓰던 거니 새로운 거란 표현은 다소 어폐가 있지만 지금 상관할 건 아니다. 아무튼 이걸로 나는 총 2정을 가진 셈이 된다.

더 강해졌다!

─구매하시겠습니까?

라플라스의 말에, 지금껏 열심히 하고 있던 현실도피가 다 도루묵이 됐다.

"기다려 봐!"

그랬다. 나는 지금까지 현실도피 중이었다. 아무리 찾아도 비밀 문이나 비밀 통로가 발견되지 않았기에 딴짓을 하면서 무력감을 잊으려고 하는 중이었다.

보스 방 안에는 아무것도 없었다. 정확히는 내게 파괴당한 골렘의 잔해가 있었지만 내가 모조리 회수했으니 이젠 그것마저 없었다. 비밀 감지도 조용했고, 위기 감지나 함정 감지도 마찬가지였다. 눈에 보이는 것도 없을 뿐더러 눈에 보이지 않는 것조차 없다는 의미다.

"분명히 뭐가 있긴 할 텐데……."

나는 다시 [탐사 일지]를 꺼내서 봤다. 분명히 페이지가 비어 있었다. 그것도 10페이지나. 물론 보상을 받을 거냐는 페이지를 제외하고 말이다.

"…여기가 아닌가?"

어쩌면 비밀 보상 방으로 진입하는 통로가 보스 방 밖에 있을지도 모른다. 이제는 슬슬 이 경우의 수를 염두에 둬야 할 때가 온 것 같았다.

"좋아, 나가봐야겠어."

나는 보스 방을 나섰다. 그런데 기이하게도, 이미 지나온 통로에 [함정 감지 2]가 반응했다.

"아니……."

어째서? 라는 의문과 동시에 내게 어떤 깨달음 같은 것이 찾아들었다.

"라플라스."

―예, 새 주인님.

"이미 공략한 유적의 함정은 비활성화된다고 하지 않았어?"

―예, 그렇게 말씀드렸습니다.

라플라스는 태연하게 대답했다.

─완전히 공략한 유적의 함정은 비활성화된다고 말씀드린
바 있지요.

"완전히, 말이지."

나는 쓴웃음을 지었다.

변화구도 한두 번이지, 이번 유적에 와서만 세 번째다.

"여기서 카를은 몇 번 죽어나갔냐?"

─…공략을 끝내시면 말씀드리겠습니다.

"고맙다, 그래."

즉, 이 유적의 공략은 아직 완전히 끝나지 않았다. 함정이
있다고 말해주는 거나 마찬가지인 라플라스의 발언에, 나는
고개를 몇 번 끄덕여 주고는 바로 등을 돌렸다.

─새 주인님?

"왜?"

─공략, 안 하십니까?

내가 다시 보스 방으로 돌아오자, 라플라스는 다소 당황한
듯했다.

"응."

그런 라플라스를 향해 나는 뻔뻔하게 고개를 끄덕여주었
다.

"밥 먹고 하자고."

한층 더 위험해진 함정을 통과하고 마지막에 보스인 나무
골렘과도 싸우느라 나는 지쳐 있었고 여기저기 상처도 입은

상태였다.

만전의 상태와는 거리가 먼 몸으로 지금 당장 새로운 함정에 맞서야 할 특별한 이유가 없었다. 휴식과 치료, 그리고 파워 업을 마친 후에 도전해도 늦지 않다.

"다음 정령을 소환하려면, 정령력을 회복시켜 두는 게 낫겠지?"

그렇다. 파워 업.

끼럭이가 성장을 마쳤다는 말은 곧, 두 번째 정령을 소환할 환경이 갖춰졌다는 소리다. 그렇다면 소환을 안 하는 게 더 이상하다.

—네, 물론입니다. 가능하다면 만전의 상태로 소환하는 것이 가장 좋습니다.

"그럼 그렇게 해야지."

보스 방 안에는 말 그대로 아무것도 없기 때문에 안전했다.

나는 A형 텐트를 치고 미리 주워둔 땔감으로 불을 피웠다. 다소 서늘했던 보스 방의 공기가 따스해졌다. 모닥불 위에 물을 담은 코펠을 올리고, 물이 끓는 동안 텐트 안을 정리해 침낭까지 깔아놓았다.

"이 정도면 뭐, 훌륭하지."

물론 시티 오브 카를의 고급 여관의 침실만 못하지만, 그건 지난 여름밤의 백일몽과 같다. 그 백일몽에서 떠 온 물은 여기서 끓고 있지만 말이다.

며칠 먹어본 바로는, 염장 고기는 끓인 물에 삶아서 먹으면 어느 정도 먹을 만해진다. 얇게 저며서 삶으면 더 좋고, 건져 낸 고기에 비싼 후추를 뿌리면 더 좋다. 이걸 잼을 바른 비스 킷 위에 올려서 먹는 게 가장 나았다.

"샀으니까, 먹어야지."

버린다는 선택지는 처음부터 없었다. 먹을 거 버리면 벌받 는다. 역시 다음부터는 돈을 더 주고서라도 그냥 햄을 사기로 재차 다짐하며, 나는 삶아낸 염장 고기를 차례차례 해치웠다.

염장 고기의 끔찍한 맛을 내는 성분들이 잔뜩 녹아 들어간 물은 보통 어디다 쓸데가 없어지지만, 지금은 쓸데가 있다.

여기 오기 전에 잡아둔 멧돼지를 기억하는가? 지금부터 그 걸 도축할 생각이다. 이 소금물은 멧돼지 고기의 피를 씻어내 면서 초벌로 삶아두는 데 역할을 다할 것이다. 물론 바닥에 홍건해질 핏물을 씻어내는 데에도 쓰일 것이고.

"어우, 허리야!"

어째 유적을 공략하는 것보다 멧돼지 도축에 더 많은 체력을 쓰는 것 같다. 그래도 시작한 김에 끝을 봐야지. 나는 다음에 들를 마을에서 제대로 된 도축용 칼을 사기로 마음을 다져먹 고, 대검으로 거꾸로 든 채 다시금 멧돼지를 향해 달려들었다.

\*       \*       \*

역시 지쳤을 땐 12살 카를의 모습으로 푹 자는 게 보약인 거 같다. 시티 오브 카를의 고급 여관에서 잤을 때보다 지금 컨디션이 더 좋은 거 같았다.

나는 침낭에서 팔만 빼고 기지개를 켰다. 그리고 안고 자던 K—2를 툭 건드려 보았다.

"끼릭?"

왜 부르냐는 듯 소릴 내는 끼릭이의 반응에 나는 픽 웃었다.

"정령력은 완전히 회복된 것 같군."

정령력 상태를 확인하는 법은 간단하다. 끼릭이와 교감해 보면 된다. 정령력이 충분하면 끼릭이는 보통 기분이 좋고 팔팔하다. 반대의 경우는 졸려하거나 잠들어 버린다.

—두번째 정령의 소환을 시작하시겠습니까?

라플라스의 질문은 물론 새 정령 소환에 대한 거였다.

"응, 그러자고."

—두 번째 정령부터는 원하시는 정령을 소환하실 수 있습니다.

"그렇다고 했지."

전문용어로는 지정 소환이라고 한다. 나도 이제 더 이상 랜덤에 기대지 않아도 되는 몸이다.

—어떤 정령을 소환하시겠습니까?

지정 소환의 장점은 소환할 정령을 지정할 수 있는 것이지만, 단점 또한 소환할 정령을 지정해야 하는 것이다. 나는 내 머릿속에 들어 있는 1령급 정령사의 데이터베이스를 훑어보며 끙끙거리다가 결국 백기를 들었다.

"어떤 정령을 소환하는 게 좋을 것 같아?"

―그것은 새 주인님이 새롭게 어떤 힘을 얻으실 것인지에 따라 달라질 겁니다.

라플라스의 말에 의하면, [정령법]을 먼저 배움으로써 얻을 수 있는 가장 큰 이점이 바로 이것이라고 한다.

만약 빛의 정령을 불러내면 [성법]을 익히는 데 도움을 얻을 수 있을 것이고, 어둠의 정령을 불러내면 [흑법]을 사용하는 것에 어드밴티지를 얻고 갈 수 있으리라.

이런 식으로 다른 힘을 얻고 사용하는 데에 도움이 되는 정령을 소환함으로써 더욱 빠른 성장을 기대할 수 있게 된다는 설명이었다.

마침 375루블이 모여 있으니, 새로운 힘을 얻을 때도 됐다. 그리고 그것은 동시에 고민의 시작을 뜻하기도 했다. 하지만 고민은 그리 길지 않았다.

"지난번에 네가 [정령법]과 [성법]을 추천했었지?"

―그랬었죠.

"그럼 이번에도 [성법]을 추천할 거야?"

―지금 당장 정령법을 제외한 다른 네 힘 중 단 한가지만 선택하라면 그렇게 추천을 해드리게 될 겁니다.

"그렇다면 [성법]을 익혀야겠군."

나는 결정을 내렸다.

"[성법]을 익히려면 빛의 정령을 소환하면 되겠지?"

내 입장에서는 별생각 없이 한 질문이었다. 바로 몇 분 전에 라플라스가 그런 설명을 해주기도 했고 말이다. 그러나 라플라스는 의미심장한 침묵을 유지한 끝에, 이런 제안을 해왔다.

─…그 질문에 대한 대답을 드리는 데에, 지난번에 아껴두셨던 덤을 소모해도 괜찮으시겠습니까?

나는 잠깐 망설였으나, 망설일 일이 아님을 곧 깨달았다. 무료인 대답과 덤이라곤 하지만 유료의 범주에 속하는 대답. 어느 쪽을 택할지는 명확했다.

"그래."

─그렇다면 새 주인님, 새 주인님께서 소환하셔야 할 정령은 빛의 정령이 아닙니다.

역시 그랬나. 어느 정도 예상한 대답이었기에, 나는 크게 놀라지 않은 채 되물었다.

"그럼?"

─대현자 카를 페르디넌트는 기존의 정령술과 여러 잡술에 뒤섞여 있던 이론과 실기를 정립하고, 세상에 알려진 것과 다른 정령을 불러낼 수 있음을 증명해 냈습니다.

왠지 이야기가 길어질 것 같다. 나는 보스 방 벽에 등을 기대고 편한 자세로 라플라스의 이야기를 경청하기로 했다.

─대현자는 이를 세상에 공표치 않고, 비전의 비의로 지정

해 대현자의 직계 제자에게만 전승시키도록 했습니다. 왜냐하면 이 지식은 기존의 지식과 신념, 세계관을 뒤흔드는 것이었고 지금 세계의 사람들에게는 지나치게 충격을 주는 진실이었기 때문입니다.

아니, 그게 뭐라고. 나는 그렇게 묻지 않았다. 어차피 라플라스가 곧 말해줄 테니까.

─그도 그럴 테지요. 대현자 카를 페르디넌트가 새롭게 발견해 낸 정령은 바로 신성의 정령. 신성은 신만의 것이라 여겨졌던 기존의 믿음을 뒤흔드는 결과물이었습니다.

아, 그럼 내가 소환해야 될 건 빛의 정령이 아니라 신성의 정령이었군. 나는 혼자 답을 얻어 만족하고 있었지만, 라플라스의 이야기는 아직 이어지고 있었다.

─적어도 현 제국 기득권 세력의 한 축을 차지한 신성 교단으로서는 도저히 받아들일 수 없는 진실이었습니다.

나는 혀를 찼다.

"그래서 숨겼다, 이건가."

─그렇습니다.

이해가 될 것 같으면서도 안 된다. 하긴 꼭 세상 모든 것을 이해할 필요는 없다. 나는 내게 필요한 엑기스만을 받아들이기로 했다.

"그렇다면 나도 만약 신성의 정령을 소환한다면, 앞으로 숨기고 다녀야 하겠군."

―꼭 그러실 필요는 없습니다.

그러나 그러한 나의 분석에 라플라스는 이의를 제기했다.

―신성에 대해 모르는 이들은 새 주인님께서 소환하신 신성의 정령을 보고 빛의 정령이라 생각할 것이고, 설령 신성을 다룰 줄 아는 이들이라도 새 주인님께 신의 기적이 닿았다고 멋대로 여길 테니까요.

"허……. 그것 참, 편리하군."

믿고 싶은 대로 믿는다, 이건가. 뭐 내겐 유리한 현상이니 마냥 싫어할 건 아니다.

"좋아, 그럼……. 신성의 정령을 소환하고 싶은데."

[정령법]에 대한 첫 다운로드로 얻은 지식은 어디까지나 첫 정령을 소환하고 다루는 법과 거기 필요한 1령급의 정령력뿐이었다. 특정 정령을 골라 소환하는 지식은 2령급 정령법에 포함되어 있다.

하지만 난 이미 루에노의 죽을 먹어 2령급의 정령력을 얻었으니, 필요한 건 오직 신성의 정령 소환법뿐이다.

―15루블입니다.

예상했던 대로 라플라스는 내가 요구한 지식에 대해 원래 2령급에 오르기 위해 지불해야 했던 300루블의 5%밖에 안 되는 대단히 저렴한 가격을 매겨주었다.

나는 희희낙락 값을 치렀다.

"좋아, 샀다!"

—다운로드에 대비하십시오.

"그래."

15루블 어치의 다운로드는 금방 끝났다. 특별한 부작용도 없었다. 신성의 정령의 소환 방법과 취급 방법, 활용 방법에 대한 매뉴얼을 주입받은 것뿐이니.

나는 각성창에서 정령석과 광휘석 하나씩을 꺼냈다. 그리고 익숙한 손놀림으로 원을 그리고, 원 안에는 신성의 정령을 불러내기 위한 신성 문자를 적어 내렸다.

피 한 방울을 필요로 했던 첫 번째 소환과 달리, 두 번째 소환에는 원 안에 정령력을 주입하기만 하면 됐다.

끼럭이를 소환했을 때와 마찬가지로, 정령석이 먼저 사라졌다. 광휘석은 그냥 사라지지 않았는데, 그 자리에서 부들부들 떨리더니 퍽 하는 소리와 함께 산산조각 나면서 휘황한 빛이 원 안에만 번쩍였다.

"윽……!"

신성의 정령은 눈부심을 버티지 못한 내가 눈을 잠깐 감은 틈을 타 나타났다. 신성의 정령의 모습은 빛무리 몇 개가 모여 제멋대로 깜박이는 형태였다.

"…겉모습은 빛의 정령과 별다를 바가 없다고 하더니."

나는 신성의 정령을 들여다보다가, 문득 픽 웃었다.

"내가 빛의 정령을 본 적이 있어야 비교를 하지."

—안심하셔도 좋습니다. 대현자의 지식을 지닌 제가 보증합

니다. 새 주인님께서 소환하신 신성의 정령과 기존에 잘 알려진 빛의 정령은 완전히 같은 외견을 지니고 있습니다.

응, 그렇구나. 나는 라플라스의 말을 듣고 안도했지만, 그녀의 말은 계속 이어지고 있었다.

—혹시 새 주인님께서 소환하시면 또 뭔가 제가 이해 못 할 이상한… 일이 일어날까 봐 걱정했습니다만 기우였군요. 정말 다행입니다.

뭐라?

하지만 만약 내가 빛의 정령을 소환했으면 백열전구 모습의 정령이 나왔을지도 모르겠다는 생각이 들어, 굳이 따지고 들지는 않았다.

게다가 지금 중요한 건 그런 게 아니지.

"라플라스, 그럼 이제 [성법]을 배워도 되겠지?"

—그렇습니다, 새 주인님.

큰 지름의 때가 임하였다. 이로써 두 번째지만, 전 재산에 가까운 루블을 들어다 바치는 행위에는 역시나 전혀 적응이 안 됐다.

"300루블?"

—200루블입니다.

그러나 라플라스에게는 의외의 대답이 돌아왔다.

"엥? 왜 그렇게 싸?"

—그야 신성의 정령을 소환하셨으니까요.

그렇게 말하면서 라플라스는 뭔가 이론적인 이야기를 떠들었지만, 별로 중요한 것 같지도 않았고 사실 잘 이해도 되지 않아 그냥 대충 흘려들었다.

─빛의 정령을 소환하셨다면 50루블 할인에 그쳤겠지만, 신성의 정령이니 100루블을 절약하실 수 있게 된 겁니다.

요는 이거다.

이득 봤다.

15루블 써서 100루블 아끼다니. 이게 바로 진짜 경제적인 소비생활 아니겠는가. 기분이 좋아진 나는 고개를 끄덕이며 말했다.

"딜."

─이제 새 주인님의 계좌에 남은 경조사비는 140루블입니다. 다운로드를 진행하시겠습니까?

"그래."

─편한 자세를 취해주시기 바랍니다.

나는 아예 텐트의 침낭 안에 기어 들어가 편하게 누웠다.

"시작해."

─다운로드, 실행하겠습니다.


*            *            *


다운로드를 받는다고 기절하거나 기억의 혼선이 오거나 하지는 않는다. 지금까지의 경험에 따르면 그래 왔고, 이번에도 그랬다. 아주 어지러웠을 뿐, 나는 멀쩡했다.

컨디션은 멀쩡했지만, 심정은 그렇지 않았다.

"으음……. 라플라스."

─네.

"이거, 위험한 거 아니야?"

─위험하죠.

라플라스는 태연히 대꾸했다.

위험하다는 건 내 몸에 위험하다는 의미는 아니다. 아니, 신변이 위험하다는 의미로는 그 표현도 딱히 틀린 건 아닐지도 모르지만.

아무튼 성법 자체에 부작용 같은 건 존재하지 않는다.

…사회적인 부작용은 존재하지만 말이다.

─들키지만 않으면 됩니다.

"그 신성 교단인지 뭔지 하는 나부랭이들한테, 말이지."

신성의 정령에 대한 이야기를 나눌 때도 나온 거지만, 대현자 카를 페르디넌트가 정립한 [성법] 이론은 그것보다도 위험하다.

기존의 '기도술'을 쓰는 신관들은 각자 자신이 믿는 신에게 기도해서 기적을 일으킨다.

기도함으로 인해 기적이 일어나는지, 그리고 얼마나 큰 기적이 일어나는지 판가름하는 건 신관의 신앙심과 각자 쌓아온 수양, 그리고 [신성력]이다.

물론 이 중에서 신성 교단이 가장 중요시하는 건 신앙심이다. 신성 교단의 세 성신 중 어떤 신을 믿든, 신에 대한 신앙심이 투철하다면 그만큼 교단에도 충성할 테니 말이다.

그래선지 교단에서는 신앙심만 투철하다면 다른 모든 건 따라온다고 가르친다.

개인의 수양도 중요하긴 하지만 교단에서 주도하는 기도회에 참가하는 것으로 메울 수 있고, 교단에 헌금을 많이 내면 마음의 수양이 이뤄질 거라고 한다. 이러한 수양을 거듭하다 보면 신성력도 자연히 증강된다, 라고 그들 자신조차 굳게 믿는다.

그런데 대현자가 정립한 [성법]의 이론에 따르면 이야기가 조금 달라진다.

[신성력]을 함양하는 데 가장 중요한 건 신앙심도 아니고, 교단이 주도하는 기도회에 열심히 참가하는 것도 아니다. 물론 헌금을 많이 낼 필요도 없다.

필요한 건 오로지 단호한 믿음이다.

여기서 말하는 믿음이란 딱히 신을 믿는 것을 뜻하지 않는다. 물론 신을 믿더라도 [신성력]은 길러지지만, 그 대상이 신이 아니더라도 상관없다. 국가에 대한 믿음, 법과 도덕에 대한 믿음, 혹은 어떤 개인에 대한 믿음, 이를테면 자기 자신을 믿어도 [신성력]은 함양된다.

그런 의미에서 보자면 이 믿음이란 다른 식으로는 신념이라고도 표현할 수도 있겠고, 의지라고도 표현할 수 있겠다.

이쯤 되면 사실 이걸 [신성력]이라고 지칭하는 것 자체가 좀 이상하기도 한데, 이건 그냥 기존에 쓰던 단어를 그대로 쓰다 보니 생긴 괴리감이라고 할 수 있겠다.

뭐, 이 힘을 사용한 결과물이 '신성'하니 아주 억지인 것만은 아니지만.

아무튼 중요한 건, [성법]을 통해 신앙심 없이도 '기도술' 비슷한 효과를 낼 수 있다는 점이다.

이건 신성 교단에게 있어 대단히 심각한 문제다.

깊은 수양을 쌓아 신에게 사랑받는 신앙심 충만한 신관이 '기도술'로 베푸는 기적이야말로, 교단이 숭앙하는 위대한 성신들이 존재한다는 다른 무엇보다 확실한 증거라고 신성 교단은 설파한다.

그런데 이러한 기적을 신앙심이라곤 한 푼도 없는 자가 [성법]을 통해 똑같이 행사하면 어떻게 되겠는가?

어쩌면 사실 성신은 존재하지 않는 거 아니냐는 불경한 의심에 직면하게 될지도 모른다.

즉, [성법]의 존재가 세간에 알려지는 것만으로도 교단의 존립 자체가 위태로워질 수도 있다. 그리고 이미 라플라스의 입에서 나왔듯, 신성 교단은 라틀란트 제국에서 기득권의 위치를 차지하고 있다.

언제 어디서나 그렇듯, 기득권을 적으로 돌리는 건 피곤한 일이다. 그럼에도 불구하고 나는 그냥 [성법]을 수련하고 사용하기로 결정했다.

이미 나는 200루블을 썼다. 신성의 정령 소환에 든 비용까지 합치면 215루블, 두 번째 정령에 대한 기회비용까지 합치면 총 515루블을 소모했다고 봐도 과언이 아니다. 이걸 그냥 매몰비용으로 처리하고 없던 일로 할 순 없다.

"하긴 뭐, 안 들키면 되겠지."

좀 구린 구석이 있긴 하지만 안 들키면 그만 아니겠는가?

"자, 그럼 그 성법이란 걸 한번 직접 써볼까?"

─원래대로라면 성법을 사용하기 위해 신성력을 모으셔야 했겠습니다만.

"지금의 나는 그럴 필요가 없지."

라플라스가 성법값을 100루블이나 할인해 준 건 신성력값을 빼줬기 때문이다. 그리고 그 이유는 [신성의 정령]에 있다.

나는 신성의 정령을 바라보았다. 그런 내 시선에 응답하기라도 하듯 신성의 정령이 반짝거렸다.

"…반짝거리는군."

문득 든 생각에, 나는 혼잣말을 흘렸다.

─네?

내 혼잣말에 라플라스가 이상하게 민감하게 반응했다. 하지만 나는 상관하지 않았다.

"좋아, 정했다."

─잠시만요!

"얘 이름은······. 반짝이로 정했다."

─그 이름은 빛의 정령을 위해 남겨두서야죠!

누가 들어도 납득할 만한, 대단히 정당한 반대 이유였다. 그럼에도 불구하고 나는 고개를 저었다.

"아직 번쩍이가 남아 있어."

─그 이름은 번개의 정령을 위해 남겨두서야······.

"걘 빠직이."

나는 허허 웃었다. 이제 막 2령급 정령사가 되었을 뿐인데, 빛의 정령이니 번개의 정령이니 운운하고 있는 게 재미있게 느껴졌다.

"그럼 반짝아, 잘 부탁해."

내가 지어준 이름이 마음이 드는지, 반짝이는 반짝거렸다.

"끼릭, 끼릭!"

반대로 끼릭이는 마음에 안 드는지 끼릭거리는 소음을 내고 있었다. 질투하는 거려나? 반응이 귀엽기도 하고 어이도 없어서 나는 그만 픽 웃고 말았다.

"야, 둘째랑 친하게 지내야지."

"끼릭!"

내 말에 끼릭이는 항의하듯 끼릭거렸다. 거기 화답이라도 하듯 반짝이가 반짝반짝거리며 자기주장을 했다. 끼릭이만 보지 말라는 거냐? 벌써부터 형제 싸움이라니, 앞으로가 훤하다.

뭐, 아무튼 좋다.

"자, 반짝아! 시작해 보자!"

나는 반짝이를 향해 정령력을 흘려보냈다. 그러자 반짝이는 정령력을 신성력으로 변환시켜 주었다. 원래대로라면 오랜 시간 기도나 명상 따위를 거쳐 찔끔찔끔 모아야 하는 신성력이 단숨에 차오르는 기적이 일어났다.

"좋아, 잘되는군."

다운로드받은 지식이 제대로 체현되는 것을 확인한 나는 남은 정령력을 반짝이에게 쭉 밀어 넣어 신성력으로 바꿨다. 그러자 어느새 내 머리에 은은한 헤일로가 나타나 빛나기 시작했다.

—이로써 1륜급 성법사가 되셨군요. 축하드립니다.

1륜급이라는 건 헤일로의 형태가 빛의 띠 하나를 이루고 있다는 의미다. 성법사로서 수준이 올라가면 더 많이 겹친 형태의 빛의 띠가 생겨나며, 하나씩 늘어날 때마다 2륜급, 3륜급으로 표현한다.

즉, 지금의 나는 그저 기초 중의 기초를 뗀 것에 지나지 않는다.

"축하받을 일인가, 이게?"

—평범한 방법으로는 1륜급에라도 이르는 데에만 최소한 1년은 걸렸을 테니까요. 평범한 재능이라면 10년 이상 수양만 쌓아야 했을 수도 있습니다.

아, 그럼 축하받을 일 맞구나. 나는 납득하고 고개를 끄덕였다.

"이거 정령력도 빨리 닳아 없어져서, 정령법 훈련에도 좋은 것 같은데?"

정령력은 근력과 같아, 쓸수록 는다.

그런데 끼럭이가 완전히 성장함에 따라 효율이 급격히 올라가면서, 이제 정령력을 소모하려면 종일까지는 아니더라도 꽤 시간을 쓰게 됐다.

근력 훈련으로 비유해서 설명하자면, 기존의 루틴으로는 근육을 자극시키지 못하게 되어 더 격렬한 운동을 요구당하는 상황을 맞이하게 된 거라 할 수 있겠다.

이런 상황에서 반짝이를 통해 정령력을 신성력으로 전환하는 건 비효율적이긴 해도 '운동'이 된다. 그동안 10kg 아령만 쓰다가 갑자기 20kg 아령을 손에 넣은 걸로 비유할 수 있을까? 엄밀히 따지자면 좀 다르지만, 아무튼 그렇다.

─그것 또한 [정령법]과 [성법]을 같이 익히게 되면서 얻을 수 있는 큰 장점 중 하나라 할 수 있습니다.

"그런 것 같네."

나는 흡족하게 고개를 끄덕였다. 하지만 라플라스의 말은 아직 끝난 게 아니었다.

─하지만 세간에는 이 두 가지 힘을 같이 익힌 이는 거의 없으니, 다른 사람 앞에서 힘을 드러내서야 할 때는 가능하면 하나씩만 골라 사용하시는 것을 추천해 드립니다.

"어, 그래?"

다운로드로는 얻을 수 없었던 상식이었기에, 나는 라플라스의 말에 귀를 기울였다.

─정령력과 신성력은 일반적으로는 시너지효과가 발생하기는커녕, 서로가 서로를 밀어내는 힘이라 알려져 있습니다.

"내가 배우기론 안 그런데."

─그야 새 주인님께서는 대현자의 지식을 다운로드받으셨으니까요. 그러나 지금 시대의 정령사들과 신관들은 그렇게 생각하고 있습니다.

하긴 나야 라플라스를 통해 자연스럽게 배우고 얻고 있긴 하지만, 대현자의 지식은 지금 시대를 기준으로 볼 때 미래의 지식이나 마찬가지다. 열두 살 카를이 경험을 쌓고 커서 된 게 대현자니 말이다.

적어도 20년에서 30년, 혹은 그보다 더 많은 시간이 흘러야 대현자의 지식이 일반화될 것이다. 물론 이것도 대현자가 지식을 나눌 마음이 있을 때의 이야기고, 지금은 대현자 대신 내가 카를로서 이 세계에 와 있으니 이 또한 나한테 달려 있는 거나 마찬가지다.

─더욱이 신관들은 정령사가 정령이라는 삿된 존재를 믿는 이단자, 배교자들이라고 생각하고 있고, 정령사는 신성 교단에 의해 박해받는 존재인지라 신관들을 피해 다닙니다. 이렇다 보니 두 세력이 서로 의견을 교환하고 비교하고 성장시킬

여지가 없습니다.

그러나 대현자는 정령사도 한 번 되어봤고 신관도 한 번 되어봤다. 그렇기에 홀로 진리에 닿을 수 있었던 것이리라.

"그렇군. 알았어."

내겐 큰 문제가 아니다. 적어도 아직까지는 말이다. 끼럭이는 총의 형태를 취하고 있고, 반짝이는 단순한 빛무리이니 헤일로 주변에 대충 감춰두면 된다.

즉, 나는 당분간 신관인 척을 하면 된다.

물론 교단에 등록된 신관인 건 아니니, 신성 교단 놈들을 만나면 헤일로도 끄고 반짝이도 소환 해제를 해야겠지만.

아무튼 헤일로가 나타났으니, 이걸로 기본적인 [성법]을 사용하기 위한 조건을 채운 셈이다.

1류급 성법사는 하나의 대상에게 하나의 축복을 걸어줄 수 있다. 따라서 나는 나 자신을 대상으로 1류급 성법인 [민첩한 하루]를 걸었다. 그러자 허벅지와 종아리에 신성한 빛이 깃들었다. 효과는 말 그대로 하루 동안 유지되는 민첩성과 순발력을 보조해 주는 축복이다.

시험 삼아 보스 방 안을 잠깐 뛰어보니, 제대로 단련되지 않은 카를의 육체임에도 꽤 손색없는 성능이 나왔다. 축복이 제대로 몸에 적용되었음을 확인하고 흡족해하고 있는 내게 라플라스의 잔소리가 날아들었다.

─다른 사람 앞에서 사용하실 때는 그럴싸한 기도문 하나

외우시면서 발동하시는 걸 추천해 드리겠습니다.

"성법이 아니라 기도술인 척하란 말이지? 알았어."

이미 그럴 생각이었다. 어떤 기도를 할지는 아직 안 정했지만 말이다.

…미리 생각해 두긴 해야겠군.

아무튼 이걸로 휴식과 치료, 파워 업까지 끝났다.

"자, 그럼 유적이나 마저 깨러 가볼까?"

첫 축복으로 [민첩한 하루]를 선택한 이유는 당연히 남은 함정을 정리하고 유적을 완전하게 탐사하기 위함이다. 이 유적 어딘가 있을 비밀 보상도 찾아 먹고 탐사 점수도 마지막 1점까지 싹싹 긁어먹어야지.

"가자!"

<br>

\*            \*            \*

<br>

나는 유적의 통로를 되짚어 돌아가며 여섯 개의 함정을 돌파했다.

"어렵지 않군."

―새 주인님께서 강해지신 겁니다.

"같은 말이야."

나는 겸양하지 않았다. 실제로 여섯 개의 함정은 이전까지 통과해 온 함정보다 한 수준은 더 높았다. 그러나 체감 난이도는 혹 떨어졌는데, 당연히 내가 내 몸에 건 [민첩한 하루] 축복 덕이었다.

"여기가 절반 지점인데. …여기 있군."

나는 쓴웃음을 지으며 멈춰 섰다.

[비밀]이다.

"왜 올 때는 발견 못 했지? 그때도 비밀 감지는 켜져 있었을 텐데."

―그 질문에 대한 대답은 유료입니다.

아, 마법인가 보군. 나는 적당히 넘겨짚었다. 하긴 아무렴 어때.

비밀 감지가 유독 강하게 반응하는 곳을 찬찬히 살펴보니, 역시나 작은 구멍이 있었다. 위기 감지가 반응한다면 언제든 몸을 뺄 수 있도록 적당히 긴장시킨 채 구멍을 향해 천천히 손가락을 내밀었다.

통로의 벽처럼 보였던 곳이 쩌억 갈라지며 문이 열렸다.

―왜 이번엔 "자, 보상의 시간이다"라고 안 하세요?

"…놀리지 마라."

아무튼 보상의 시간이다. 나는 속으로만 생각했다.


\*　　　　\*　　　　\*


두 번째 유적의 비밀 보상 방은 첫 유적의 그것과 차이가 거의 없었다.

은은한 조명, 방 중앙에 놓인 상자. 그리고 벽 한 면을 장식한 거울. 아, 거울은 비밀 보상 방이 아니라 일반 보상 방에 배치되어 있었지만, 뭐 그거야 아무튼. 폭죽이 없는 거야 환영할 만한 변경점이다.

"이번에는 금화가 아니군."

지난번과 달리 보물 상자는 단단히 닫혀 있었다. 입을 쩌억 벌린 상자에서 넘쳐흐르는 금화의 영롱한 빛깔을 기대했던 내게는 아쉬운 일이다.

상자는 잠겨 있지 않았기 때문에, 그냥 열기만 하면 됐다.

상자 안에는 여러 물건들이 있었지만, 가장 눈에 띄는 것은 하얀색의 이상한 가면이었다.

"뭐지, 이건?"

―[천변의 백면]입니다.

"천변… 뭐?"

―[천변의 백면]입니다. 천 가지, 만 가지의 형상으로 변화한다는 뜻에서 붙은 이름이지요. 이 가면을 쓰고 취하고 싶은 형상을 떠올리시면 새 주인님께서는 그 형상의 얼굴을 취하게 되실 겁니다.

"흐음?"

나는 가면을 집어 들고 눈을 감았다. 각성창 안에 가면을 넣자, 나는 자연히 가면의 힘을 어떻게 활용해야 하는지 깨달게 되었다.

"거울이 있었으면 좋겠는데, …그리고 보니 여기 있었네."

그리고 보니 보상 방의 벽 한 면이 거울이었다. 이번엔 거울 너머에 아무것도 느껴지지 않는 걸 보니 비밀 통로로 이어지지는 않은 것 같지만.

아무튼 나는 거울 앞에 다가가 서 각성창 안의 가면을 의식한 채 루에노의 얼굴을 머릿속에 떠올려 보았다.

"오."

다음 순간, 거울의 상을 통해 루에노의 얼굴이 보였다.

"우와, 기분 나빠."

나는 루에노의 얼굴이 된 내 얼굴을 주물럭거려 보았다. 아무래도 환상 같은 건 아닌지, 뺨을 늘리거나 코를 눌러도 그 모습이 그대로 얼굴에 반영되었다.

"재미있는 물건이로군."

대체 어떤 원리로 이런 걸 가능하게 만든 건지는 감도 안 잡히고, 라플라스에게 물어봤자 유료라고 대답할 게 빤하기도 했다.

나는 가면의 힘을 거둬서 원래 내 얼굴을 되찾기로 했다. 그런데 이러자 내 얼굴이 대단히 익숙한 형상으로 변했다. 문제는 그 형상이 카를의 얼굴이 아니라는 점이었다.

—새 주인님? 그 모습은…….

"응. 내 원래 모습이야."

평범한 한국인의 얼굴. 지구 시절의, 내가 아직 김연준이라는 이름을 갖고 있던 때의 모습이었다.

"꼭 이 세계의 인물이 아니더라도 상관없는 모양이로군."

—물론이죠. 그보다 새 주인님께서는 저런 얼굴이셨군요.

"뭐야, 떫어?"

—아뇨.

다시금 가면의 힘을 발휘한 나는 내 얼굴을 카를의 모습으로 바꾸었다. 그리고 거울을 들여보다가 입술을 삐죽거렸다.

"카를이 더 잘생기긴 했군."

—그런 의미로 말씀드린 건 아닙니다만.

"뭐, 됐어. 잘생겼다고 안 죽는 거 아니니까."

실제로 카를은 나보다 훨씬 많이 죽어봤다. 아니, 이걸 비교한다고? 나는 내 사고회로에 진저리를 쳤다.

"라플라스, 레너드 몬토반드의 얼굴 데이터를 다운로드받을 수 있을까?"

그래서 나는 즉각 화제를 바꾸었다.

—가능합니다.

"역시 그런가."

레너드 몬토반드의 행세를 하고는 있지만 불안한 점은 있었다. 혈연이라 얼굴이 좀 닮긴 했다지만 레너드와 친한 인간이라면 카를과 레너드의 차이를 금방 알아볼 가능성이 있다는 점이 바로 그거였다.

그런데 이 가면의 힘을 통해 레너드 몬토반드의 형상을 취할 수 있다면 그런 불안점도 완전히 보완된다. 목소리나 버릇 같은 사소한 차이점은 남겠지만, 그 정도야 어떻게든 되겠지.

"무료지?"

─무료는 아니고, 값을 이미 지불하셨죠.

아, 처음에 지불한 5루블에 포함되었다는 소린가. 납득한 나는 고개를 끄덕였다.

"다운로드."

─네.

나는 라플라스에게서 레너드의 얼굴 데이터를 다운로드받은 즉시 실행시켜 보았다.

"흐음. 확실히 카를이랑 닮았군."

괜히 외가 쪽의 혈연이 아닌 건지, 카를의 얼굴과는 생김새가 꽤 닮아 있었다. 물론 완전히 똑같지는 않고 카를보다는 좀 남자답다… 기보다는 좀 양아치 같은 인상인데.

뭐, 됐다. 그런 게 뭐 중요하겠는가.

"그럼 당분간은 이렇게 다녀야겠군."

딱히 마음에는 안 들지만 레너드 행세를 하고 다니려면 이쪽이 낫다.

아무 생각 없이 서 있어도 그대로 레너드의 얼굴이 유지되는 걸 거울을 보면서 확인했다. 다행히 얼굴 모습을 유지하는 데 집중력이나 다른 자원이 드는 것 같지는 않았다.

"가면 말곤 뭐가 있지?"

그 다음 내가 집은 건 유리병이었다. 뭔가 약병 같은데. 유리병을 열고 내용물을 하나 꺼내 보았다. 새끼손가락보다도 조금 작은 투명한 캡슐 안에 반짝이는 가루 같은 게 들어 있었다.

"이 알약은 뭐야? 영양제처럼 생겼는데."

─대현자 특제 [내력 증진제]입니다.

라플라스의 말에 나는 눈이 번쩍 뜨여 되물었다.

"내력? 아니, 설마 내공 말하는 거야?"

─내공이 뭔가요?

"내공이란 건 말이다."

나는 라플라스에게 지구 시절의 내가 읽었던 무협지에 등장하는 내공에 대해 설명했다.

무협지는 따로 작전이 없을 때 자대 휴게실에 처박혀서 다 떨어져 가는 종이책으로 읽었는데, 중간중간 페이지가 없거나 페이지끼리 붙어서 떨어지지 않거나 해서 제대로 읽진 못했지만 참 재미있었던 기억이 난다.

하기야 군대에서 뭔들 재미없었을까 하는 생각도 들지만 여하간.

─아뇨, 그거랑은 다릅니다.

내 설명을 다 들은 라플라스는 딱 잘라 말했다. 그리고 내력에 대해 뭔가 길게 설명해 줬는데, 내가 이해한 바는 다음과 같다.

"그거 내공 맞네."

신체의 내부에서 힘을 끌어모아 쌓는 것. 이게 내공이 아니면 뭐란 말인가? 적어도 나는 차이점을 느끼지 못했다.

─아닙니다만.

그러나 라플라스는 딱 잘라 고개를 저었다. 하긴 내가 라플라스의 설명을 전부 이해한 것은 아니다. 나는 한 발 물러섰다.

"아무튼 비슷하잖아."

딱 한 발만.

─비슷하다는 말씀에는 반박할 도리가 없군요.

내력은 내공 비슷한 거라는 논리에는 라플라스도 동의했으니, 이걸로 결론은 내려진 것 같다.

"그럼 당장 먹어야지."

나도 내력 만들 거야!

『레전드급 전생자』 2권에 계속…